THE
HOUSE OF SILK

Anthony Horowitz

丝之屋
THE HOUSE OF SILK

Anthony Horowitz

[英国] 安东尼·赫洛维兹 著

马爱农 马爱新 译

译林出版社 | 凤凰阿歇特
hachettephoenix

献给我的老朋友，杰弗里 S. 约瑟夫。

序

　　我经常想，是一连串奇异的际遇导致了我与本时代最独特、最优秀的一位人物的长期关系。如果我有哲学家那样的头脑，就会怀疑我们每个人能在多大程度上掌控自己的命运；或者，我们能不能预见当时看似完全微不足道的行为，会产生怎样深远的影响。

　　譬如，最初是我表哥亚瑟推荐我到诺桑伯兰第五明火枪团担任外科助理医生的，他认为对我来说这是一种不可多得的历练，然而他不可能预见，一个月后我就被派往阿富汗。那个时候，后来被称为第二次英国-阿富汗战争的冲突还没有开始。在迈万德，那个回教徒士兵用手指一扣扳机，把一颗子弹射进了我的肩膀。当天有九百个英国人和印度人丧命，他无疑希望我也是其中之一。但他的子弹射偏了，我虽然身负重伤，却被我忠实而善良的勤务兵杰克·穆里所救，他背着我穿越两英里的敌占区，返回英军阵地。

　　当年九月，穆里死于坎大哈，他永远不会知道我被遣送回家，在伦敦社会的边缘虚度了几个月——算是对他聊表敬意。之后，我曾认真考虑过搬到南海岸去，这是不得已而为之，因为形势严酷，我很快感到手头拮据，而且有人提出海风有益于我的健康。不过，在伦敦选择较为便宜的住房，似乎更值得考虑，我几乎已经租下尤斯顿路一位股票经纪人的公寓。面谈不太顺利，紧接着，我做出了决定，地点是黑斯廷斯，也许不如布莱顿那样舒适宜人，但价格便宜一半。我收拾好个人物品，准备搬过去。

然而，亨利·斯坦弗出现了，他跟我关系并不密切，只是一个熟人，在圣巴特成衣店当过我的服装师。如果他前一天没有喝酒喝到深夜，就不会头疼；如果他不头疼，那天就不会请假，不去他化学实验室上班。他在皮卡迪利广场溜达，决定到摄政街的亚瑟·利伯蒂东印度大楼去给太太买一件礼物。想起来真是匪夷所思，如果他走了另一条路，就不会碰到从基准酒吧出来的我，那样，我也就永远不会见到歇洛克·福尔摩斯。

我在别的地方曾经写过，是斯坦弗建议我跟另一个人合住，他说那人是一位分析化学家，跟他在同一家医院工作。斯坦弗把我介绍给了福尔摩斯，当时福尔摩斯正在试验一种分离血迹的办法。我们俩的第一次见面很别扭，令人感到困惑，当然也是值得纪念的……这似乎正预示着后来发生的一切。

这是我人生的重要转折点。我在文学方面从来没有什么抱负。真的，如果有人说我会成为一位发表作品的作家，我肯定付之一笑。但我认为，可以非常公道、毫不自夸地说，我因为记录福尔摩斯这位伟人的事迹，已经变得颇有名气。我被邀请在威斯敏斯特教堂中他的追悼会上讲话。这让我感到不小的荣耀，但我婉言拒绝了这份邀请。福尔摩斯生前经常嘲笑我的写作风格。我忍不住想，如果我站在讲道坛上，会感到他站在我身后，从另一个世界轻声取笑我所说的话。

他总是坚信我夸大了他的才华和他卓越大脑的非凡智慧。我的叙述方式是把结论放到最后，对此他大加嘲笑，发誓说他在一开始就推断出来了案情。他不止一次指责我是庸俗的浪漫主义，认为我比街头的三流作家强不了多少。总的来说，我认为他有失公允。我认识福尔摩斯这么长时间，从没看见他读过一篇虚构作品——除了最糟糕的滥情文学——虽然我不敢夸耀自己的描写能力，但我可以负责任地说，我的文字表达了它们所要表达的意思，换了他本人也不可能做得更好。确实，当福尔摩斯终于拿起纸笔，用他的话说，开始描述哥德弗莱·埃姆斯沃斯的那桩奇案时，他自己也差不多承认了这点。这个故事后来取名为《皮肤变白的军人》，其实我认为这个题目是有缺陷的，"变白"用来形容一颗放久了的果仁肯定会更加合适。

我说过，我在文学方面的努力获得了一定的承认，但那绝对不是关键所在。经过我刚才讲述的这些曲折经历，上天选择了我把这位世界顶级侦探大师的成就公布于众，向热情的读者呈现六十多桩神奇案例。然而，对我更有价值的，则是我跟这个伟人长久不衰的友谊。

就在一年前，福尔摩斯在当斯街的家中被发现已经死去，那颗杰出的大脑永远沉默了。噩耗传来，我意识到自己不仅失去了最亲密的同伴和朋友，而且从许多方面来说，失去了生活的理由。两次婚姻，三个孩子，七个孙儿，医学事业有成，一九〇八年还获得了爱德华七世陛下亲自颁发的功绩勋章，换了任何人都会认为成就非凡。但我不这么想。我至今仍在怀念他，有时梦中醒来，似乎又听见了那句熟悉的话："好戏开场了，华生！"这只会让我想到，我再也不能握着那把值得信赖的佩枪，一头钻进贝克街黑暗朦胧的缭绕迷雾里。我经常想，福尔摩斯就在我们都要前往的黑暗王国中等着我，说实在的，我也渴望去找他。我很孤单。旧伤一直折磨着我，欧洲大陆爆发了一场可怕但毫无意义的战争，我发现自己再也不能理解我生存的这个世界。

那么，我为何还要最后一次拿起笔，重提那些最好被遗忘的旧事呢？也许我的理由是自私的。也许，就像许多生命即将完结的老人一样，我在寻找某种慰藉。照顾我的护士对我说，写作也是一种疗法，能防止我陷入那时时袭来的抑郁情绪。然而，还有另外的原因。

"戴圆帽的男人"和"丝之屋"从某些方面来说，是歇洛克·福尔摩斯生涯中最耸人听闻的两个案子，但是当时我不能把它们讲出来，其中的原因读者很快就会知道。这两个案子相互交织，错综复杂，很难分开。我一直渴望把它们记录下来，完成福尔摩斯探案全集。在这点上我就像化学家在寻找一个公式；或像一位珍稀邮票收藏家，知道还有两三张珍品没有到手，因而总是对自己的藏品不能满意。我无法克制自己。必须把它们写下来。

以前我不能写——不仅是因为众人皆知福尔摩斯一向讨厌宣传自己，而且还因为我即将描述的事情实在太诡异、太令人震惊，几乎无法见诸文字。今天仍是这样。可以毫不夸张地说，它们会使整个社会震惊。我不敢冒这样的风险，特别是在眼下的战争时期。完稿之后——倘若我有足够的精力完成此事——我要把这份手稿包裹起来，送到查林十字街考克斯联合公司的保险库里，那里还存放着我的另外一些私人文件。我会留下指示：一百年内不得打开包裹。很难想象到了那时候世界会变成什么样子，人类会有怎样的发展。也许将来的读者跟我们时代的读者相比，对丑闻和腐败更加习以为常。我要把歇洛克·福尔摩斯先生的最后一幅肖像遗留给他们，那是一番从未有人目睹过的景象。

我已经在我自己的顾虑上浪费了太多精力。我早就应该打开贝克街221B号的门，走进那个许多神奇案件开始侦破的房间。我看见了窗户后面的灯光和那十七级台阶正在召唤街上的我。它们看上去多么遥远，我已经多久没有去过那里了。是的。我看见了他，手里拿着烟斗。他转向我，脸上露出笑意："好戏开场了……"

第一章
温布尔顿画商

"流感非常讨厌，"歇洛克·福尔摩斯说，"不过你的考虑是对的，在你妻子的照料下，那孩子很快就会恢复健康。"

"但愿如此。"我回答，接着突然顿住，目瞪口呆地望着他。茶还没送到嘴边，我把它又放回桌上，放得太重，茶杯和托盘差点儿分开。"可是看在老天的分上，福尔摩斯！"我惊叫道，"你说的正是我脑子里想的。我发誓我一个字也没有和你提到过那个孩子和他的病情。你知道我的妻子出门了——那恐怕是你看到我上这儿来而推断出来的。可是我并没有向你提及她离开的原因，而且我相信我的行为举止不可能向你提供任何线索。"

这段对话发生的时间是一八九〇年的十一月底。伦敦正值隆冬，街道上非常寒冷，汽灯似乎都被冻得凝固，那一点点微弱的灯光已被无边无际的浓雾吞没。外面，行人像幽灵一样飘过人行道，低着头，挡着脸。四轮马车辘辘地驶过，拉车的马儿迫不及待地往家赶。我庆幸自己待在室内，壁炉里烧着旺火，空气里弥漫着熟悉的烟草味儿——虽然我朋友喜欢把屋子里搞得乱七八糟——却让我感到每件东西都在它合适的地方。

我拍了封电报，说打算到福尔摩斯这里来，在我原来的房间里住一段时间。我很高兴得到了他的默许。我的诊所没有我也能行。我暂时不需照料家人，只是惦记着我的朋友福尔摩斯，我要看着他完全恢复健康。福尔摩斯故意让自己饿了三天三夜，不吃不喝，为了让一个冷酷无情、报复心强的对手相信他已经离死不远。他的计谋得逞了，那个人如今落入了苏格兰场莫顿检察官的铁掌。但我仍然担心福尔摩斯给自己的压力太大了，认为最好照看他一段时间，直到他的身体完全恢复。

　　因此，我很高兴看到他津津有味地一边喝茶，一边蘸着紫罗兰蜂蜜和奶油吃一大盘烤饼，还有一大块蛋糕，所有这些都是哈德森夫人用托盘端来给我们俩的。看样子，福尔摩斯确实在逐渐好起来。他舒舒服服地躺在大扶手椅里，穿着晨衣，两只脚一直伸到炉火前。他一向非常瘦削，体格像死人一样单薄，一双犀利的眼睛配上鹰钩鼻更显得锐气逼人，不过他的脸色至少有了一些红润，而且他的声音和举止说明：原来的那个福尔摩斯又回来了。

　　他刚才热情地跟我打招呼。我在他对面坐下时，有一种异样的感觉，似乎刚从梦里醒来。似乎这两年什么事也没发生，我没有遇到我心爱的玛丽，也没有跟她结婚并搬到肯辛顿的家里，那是我们用阿格拉珍珠的收益买下的房子。我似乎仍然是个单身汉，跟福尔摩斯一起住在这里，分享他追踪和破解一个又一个谜案时的激动。

　　我突然想到，他大概也更喜欢这样。福尔摩斯很少谈及我在家庭方面的安排。我结婚时他在国外，我当时就想到这恐怕不完全是一种巧合。也不能说我结婚的话题是个禁区，但我们之间似乎有一种默契，不会过多谈论这个话题。我的幸福和满足对福尔摩斯来说是一目

2

了然的，他能做到不嫉妒就已经很大度了。我刚进来时，他问候了华生夫人，但没有再追问更多的情况，我当然也没有主动再说什么，这就使他说的那段话显得更加匪夷所思。

"你这么看着我，就好像我是个魔法师。"福尔摩斯笑着说，"看来，你不再研究埃德加·爱伦·坡①的作品了？"

"你是指他笔下的那个侦探卢平？"我说。

"他用到一种他称之为推理的方法。按照他的观点，无需说话就能读出某人内心深处的想法。只要研究他们的举止，比如眉毛的轻轻一挑，就能很容易看透一个人。当时这种观点非常吸引我，但我记得你好像有点鄙视——"

"毫无疑问，我现在付出代价了。"我赞同道，"可是，请你认真地告诉我，福尔摩斯，你真的能从我面对一盘烤饼的反应，就推断出一个你从未见过的孩子的病情？"

"不仅如此，还有更多。"福尔摩斯回答，"我还知道你刚从霍尔邦高架桥回来。你匆匆离开家门，但还是没赶上火车。这也许是因为你目前没有女佣。"

"不，福尔摩斯！"我喊了起来，"这太不可思议了！"

"我说错了吗？"

"没有，你说得一点儿不差。可是这怎么可能……"

"很简单，观察和推理，一件事揭露出另一件事。如果我解释给你听，你会发现其实都很幼稚。"

"我一定要你给我解释解释。"

"好吧，既然你这么好心地过来探望我，我就只能照办了。"福尔摩斯打了个哈欠回答，"我们先说说是什么风把你吹到这里来的吧。如果我的记忆没出差错，你的第二个结婚纪念日快要到了，是不是？"

"确实如此，福尔摩斯。就在后天。"

"你在这个时候跟妻子分开就很反常了。正如你刚才说的，你决定跟我住在一起，而且不是一天两天，这说明你妻子出于某种原因不得不跟你分开。那会是什么原因呢？我记得，玛丽·摩丝顿小姐——她婚前的名字——从印度来到英国，在这里没有亲朋好友。她曾在坎伯韦尔当家庭教师，照顾一位塞西尔·福莱斯特夫人的儿子，当然，你就是在那里认识她的。福莱斯特夫人对玛丽非常好，特别是在她需要的时候给她帮助，我可以想象她们俩的关系一直很密切。"

"确实如此。"

"所以，如果有谁能把你妻子从家里叫走，应该非她莫属。接着我就开始琢磨，在这样冷的天气，她把你妻子叫去会是什么原因呢？小孩生病的想法突然跳到了我脑子里。我相信，让病中的孩子看到他以前的家庭教师，对他来说肯定是很大的安慰。"

"那孩子名叫理查德，今年九岁。"我赞同道，"但你怎么能够这样肯定地说是流感，而不是某种更加严重的疾病呢？"

"如果病情很重，你肯定会坚持亲自给他治疗。"

"到现在为止，你的推理从各方面来说都很清楚。"我说，"可是，你并不能解释你怎么知道我的思绪在那一刹那转向了这些事情。"

"亲爱的华生，请原谅我这么说：你对我来说就像一本摊开的书，你的每个举动都像翻开了书的另一页。你坐在那里喝茶时，我注意到你把目光投向了身旁桌上的那张报纸。你扫了一眼大标题，就伸手把报纸反了过去。为什么呢？也许是那篇关于几星期前诺顿·菲茨沃伦火车相撞事件的报道让你感到不安。十位遇难旅客的第一批调查结果今天公布，你刚把妻子送到火车站，当然最不愿意读到这样的内容。”

"那确实让我想到了玛丽的行程。"我表示同意，"可是孩子生病的事呢？"

"你的注意力离开报纸后，转向了书桌旁的那块地毯，我清楚地看到你暗自微笑了一下。你曾经把你的医药包放在那里，这肯定使你联想到了你妻子去探望那个孩子的原因。"

"这都是猜测，福尔摩斯。"我仍然不服气，"比如，你说是霍尔邦高架桥，其实伦敦的每一个火车站都有可能啊。"

"你知道我不赞成猜测。有时候必须用推理把一些证据串联起来，但这跟猜测完全不是一回事。福莱斯特夫人住在坎伯韦尔，前往伦敦查塔姆和多佛火车站的列车定期从霍尔邦高架桥出发。我认为从逻辑上来说，玛丽会从那里上车，其实你把自己的箱子放在门口，已经帮了我的忙。从我坐的地方能清楚地看到箱子把手上系着霍尔邦行李寄存处的标牌。"

"其他的呢？"

"你没雇女佣，而且是匆匆离家？你左边袖子上的那块黑色鞋油清楚地说明了这两点。你自己擦鞋，而且擦得很马虎。还有，你着急赶时间，忘了拿手套——"

"哈德森夫人拿走了我的大衣，也可能同时拿走手套。"

"如果是那样，那么我们握手时，你的手怎么会那么凉？不，华

5

生，你的整个状态都说明了你很慌张，没有秩序。"

"你说的每一点都对。"我承认道，"但是还有一个疑惑。你怎么这样肯定我妻子没有赶上火车？"

"你刚一进来，我就注意到你衣服上有很浓的咖啡味儿。你很快就要到我这里来喝茶了，为什么还要喝咖啡呢？我的推理是你们误了火车，你不得不多陪妻子一会儿。你把箱子寄放在行李处，跟妻子一起去了咖啡屋。是不是洛哈特咖啡屋？我听说那里的咖啡特别香。"

片刻的沉默之后，我突然大笑起来。"好吧，福尔摩斯。"我说，"看来我没有理由担心你的健康了。你的风采不减当年。"

"这都是最基本的。"大侦探懒洋洋地挥挥一只手，回答道，"不过，也许一件更加有趣的事情正在逼近。如果我没有弄错的话，前门……"

果然，哈德森夫人又进来了，这次领进一个男人。他进门时的姿态好像正在登上伦敦舞台。他穿得很正式，黑色燕尾服，尖翻领，白领结，肩头披着一件黑色的斗篷，此外还有马甲，手套，定制的真皮皮鞋。他一只手里拿着一双白色手套，另一只手挂着一根银头银柄的红木手杖。乌黑的头发长得惊人，从高高的额头上往后梳，脸上没有一点胡子。他肤色苍白，脸庞略长了一点，谈不上英俊。他的年龄估计在三十五六岁，然而他那副一本正经的样子，以及对于自己来到这里的明显的不安，使他显得更老相些。他让我立刻想起几个向我问诊的病人。他们不愿相信自己有病，一定要等症状出现了才无话可说，结果到头来他总是病得最重的人。这位来访者站在我们面前，也是这种心不甘情不愿的样子。哈德森夫人把他的名片递给福尔摩斯时，他站在门口，焦虑地打量着四周。

"卡斯泰尔先生，"福尔摩斯说，"请坐吧。"

"您必须原谅我这样冒昧来访……不打招呼，没有通报。"他说起话来短促而生硬。他的目光仍然没有跟我们对视。"实际上，我根本没打算到这里来。我住在温布尔顿，靠近绿地，到城里来看歌剧——其实我对瓦格纳并不是特别喜欢。我刚到俱乐部去见了我的会计师，我已经认识他很多年，现在把他当成朋友。我跟他谈到目前遇到的麻烦，谈到使我的生活变得苦不堪言的那种压力。他提到了您的名字，建议我来向您咨询。正巧，我的俱乐部离这里不远，就决定从他那儿直接来找您了。"

"我很高兴为您效力。"福尔摩斯说。

"这位先生是？"来访者转向我。

"约翰·华生医生，是我的私人顾问，我向您保证，您对我说的每一句话，都可以当着他的面说。"

"很好。我的名字您已经看到了，是埃德蒙·卡斯泰尔，我的职业是画商。我有一个画廊，卡斯泰尔和芬奇画廊，在艾比马尔街上，已经营业六年。我们专营大师的作品，主要是上世纪末和本世纪初的：庚斯博罗、雷诺兹、康斯特布尔和透纳。我相信他们的画作对您来说并不陌生。这些画售价很高。仅仅这个星期我就卖了范戴克的两幅肖像给一位秘密客户，总价为两万五千英镑。我们生意做得很成功，画廊兴旺发达，虽然周围的街面上出现了很多新的——可以说档次较低的画廊。这么多年来，我们为自己树立了严谨、可靠的名声。画廊的客户中有不少贵族，我们看见自己画廊卖出的作品挂在全国最气派的豪宅里。"

"您的搭档是芬奇先生？"

"托比亚斯·芬奇比我年长许多，但我们是平等的合伙人。要说我们之间有什么分歧，就是他比我更加谨慎和保守。譬如，我对欧洲大陆的一些新作品有浓厚的兴趣。我指的是被称为'印象派'的那些画家，如莫奈和德加。就在一星期前，我得到一幅毕沙罗的海景作品，我认为非常漂亮，色彩丰富。然而我的合伙人却有截然不同的看法。他坚称这样的作品只是一片模糊的色团。确实，有些景物近距离看很难分辨。我设法说服他，让他明白自己没有抓住关键。不过，我不想高谈阔论艺术，让两位绅士厌烦。我们是一家传统画廊，应该，至少目前，保持着我们的风格。"

福尔摩斯点点头，说："请继续。"

"福尔摩斯先生，两个星期前，我意识到自己受到监视。我的家宅名叫'山间城堡'，坐落在一条狭窄的小路一侧，不远处的小路尽头是一片救济房屋，那就是离我们最近的邻居。家宅周围是一片公共用地，从我们家的更衣室能看到村里的绿地。一个星期二的早晨，我在更衣室里，突然意识到有个男人抱着双臂、又叉着双腿站在那里——他一动不动，很是反常，立刻引起了我的注意。他离我太远，看不真切，但我能看出他是个外国人。他穿着一件长长的带垫肩的男士大衣，那款式肯定不是英式的。其实，我去年去过美国，要让我来猜，我会说他是一个地道的美国人。不过，最让我感到震惊的，是他还戴着一顶帽子，一顶有时被称为奶酪刀的低顶圆帽。至于我震惊的原因，我很快就会解释。

"首先吸引我注意的，是这顶帽子和这个人站着的姿势。我感到惶恐不安，我敢发誓，即使是个稻草人，也不可能比他静止得更加彻底。那时候下着小雨，从公共用地刮来一阵风，但他似乎根本没有注意到。他的眼睛盯着我的窗户。我可以告诉你们，他的眼球黑亮，似乎能一直看到我的心底。我凝视了他至少一分钟，也许还要更久，然后下楼去吃早饭。不过，在开始吃饭前，我派洗碗的男孩出去看看那个人是不是还在那儿。他已经不在了。男孩回来告诉我草地上没有人。"

"真是咄咄怪事。"福尔摩斯说，"但我相信，'山间城堡'是一座漂亮的住宅，到这个国家来的游客可能觉得它值得好好观赏一番。"

"我也是这样告诉自己的。可是几天后，我第二次看见了他。这次是在伦敦。我和妻子刚从剧院出来——我们去了萨伏伊剧院——就看见他站在马路对面，还是穿着那件大衣，戴着那低顶圆帽。我本来不会注意到他的，福尔摩斯先生，可是他像上一次那样，站在那里一动不动，任凭来来去去的人群绕过他的身边。他就像湍急水流中一块坚硬的磐石。很遗憾，我没法把他看清，他虽然选了一个路灯很亮的地方，但灯光在他脸上投下的阴影如同一道面纱。也许这正是他的意图。"

"您能肯定是同一个男人？"

"毫无疑问。"

"您妻子看见他了吗？"

"没有。我不愿意提这件事，以免让妻子受到惊吓。我们的马车等在那里，我们立刻就离开了。"

"非常有趣。"福尔摩斯说，"这个男人的行为毫无道理。他站在村庄绿地上，站在一盏路灯下。一方面，他似乎想方设法让别人看见他。另一方面，他却并没有企图接近您。"

"他接近我了。"卡斯泰尔回答，"实际上就在第二天，我回家很早。我的朋友芬奇在画廊里，把塞缪尔·司各特的一批绘画和蚀刻编入目录。他不需要我的帮助，同时我仍然为两次看见那个男人感到不安，因此快到三点钟时，我就回到了'山间城堡'——幸亏我这么做了。那个无赖居然又来了，正朝我的前门走去。我大声喊他，他转过身看见了我，立刻拔腿朝我跑来。我以为他肯定是想来攻击我，甚至想举起手杖准备自卫。但是他并没有使用暴力。他径直走到我面前，我第一次看清了他的脸：薄薄的嘴唇，深褐色的眼睛，右边脸颊上有一道青紫色的伤疤，似乎最近中过子弹。他刚喝过酒——我能闻到他嘴里喷出的酒味儿。他一句话也没说，只是把一张纸条举起来，塞进了我手里。然后，没等我拦住，他就跑走了。"

"那张纸条呢？"福尔摩斯问。

"我带来了。"

画商拿出一张折了四折的方纸，递给福尔摩斯。福尔摩斯小心翼翼地展开。"华生，劳驾，把镜子递给我。"他说。我把放大镜递到他手里，他转向卡斯泰尔，问道："没有信封吗？"

"没有。"

"我认为那是最关键的。不过让我们看看……"

纸上只有九个粗粗的黑体字。

圣玛丽教堂。明天。中午。

"纸是英国的，"福尔摩斯说，"虽然那位游客不是英国人。你注意到他写的是粗黑体字，华生。你认为他的目的会是什么呢？"

"掩盖字体。"我说。

"有可能。不过此人从未给卡斯泰尔先生写过信，以后或许也不会给他写，他的字体可以看作无关紧要。卡斯泰尔先生，纸条递给您的时候就是折着的吗？"

"没有。我认为没有。是事后我自己折起来的。"

"线索越来越清晰了。他所指的这所教堂，圣玛丽教堂，应该是在温布尔顿吧？"

"在暖房巷。"卡斯泰尔回答，"从我家走过去只要几分钟。"

"这个行为同样缺乏逻辑，您不认为吗？那个人想跟您说话。他把表达这一愿望的纸条递到您手里，却并没有说话。一句话也没说。"

"我猜想他希望跟我单独谈谈。过了一会儿，我妻子凯瑟琳从家里出来了。她一直站在餐厅里。餐厅朝着车道，她看见了刚才的事情。'那是谁？'她问。

"'不知道。'我回答。

"'他想干吗？'"

"我把纸条拿给她看。'肯定是想要钱，'她说，'我刚才在窗口看见他了———一个相貌粗野的家伙。上个星期公共用地有一些吉普赛人。他肯定是其中的一个。埃德蒙，你千万别去和他会面。'"

"'你不用担心，亲爱的，'我回答，'我并没有打算去见他。'"

"您向妻子做了保证，"福尔摩斯轻声说，"但您还是在指定时间去了教堂。"

"确实如此——我还随身带了一把左轮手枪。他不在教堂。教堂管理不善，冷得要命。我踏着青石地板徘徊了一个小时，然后就回家了。从那以后，就没有他的消息，也没有再看见他，但是我怎么也没法把他从我脑海里驱赶出去。"

"您认识这个男人。"福尔摩斯说。

"是的，福尔摩斯先生。您说到点子上了。我相信我知道此人的底细，不过必须承认，我不知道您是怎样推理，得出这个结论的。"

"我认为这是不言而喻的。"福尔摩斯回答，"您只见过他三次。他提出见面，却没有出现。从您的描述来看，此人没有对您构成任何威胁，可是您一开始就告诉我们，您是因为焦虑不安才来到这里，而且您必须带着手枪才敢去见他。另外，您还没有告诉我们低顶圆帽的意义。"

"我不知道他是谁，但知道他想要什么。他竟然跟踪我到了英国，这令我震惊。"

"从美国？"

"是的。"

"卡斯泰尔先生，您的故事充满趣味，如果您的歌剧开演前还有时间，或者，如果您同意放弃序幕，我认为您应该把这件事的来龙去脉详细地告诉我们。您提到一年前去过美国。您就是那时候见到这个戴低顶圆帽的人的？"

"我从没见过他，但我是因为他的缘故才去那儿的。"

"你不会反对我把烟斗装满吧？不反对？那么，把我们带到过去，跟我们说说你在大西洋彼岸的经历吧。我本来以为画商不是那种给自己树敌的人。但您似乎恰恰相反。"

"确实如此。我的仇敌名叫奇兰·奥多纳胡，我真希望这辈子没听过这个名字。"

福尔摩斯伸手去拿那只装烟草的波斯拖鞋，开始填他的烟斗。与此同时，埃德蒙·卡斯泰尔深深吸了口气，讲了下面这个故事。

第二章
圆帽帮

"一年半以前，我经介绍认识了一位名叫康奈利斯·斯蒂尔曼的非凡人物。他在欧洲游历很久，最后来到伦敦。他的家在美国东海岸，他被人称为波士顿的精英，也就是属于那种名门望族。他靠卡鲁梅和赫克拉的矿业发了财，还投资铁路和电话公司。他年轻时显然有志成为一个艺术家，这次出访的部分原因是参观巴黎、佛罗伦萨、罗马和伦敦的美术馆和画廊。

"像许多富裕的美国人一样，他内心充满值得称道的公民责任感。他在波士顿的后湾区购置土地，已经开始建造一个艺术画廊，取名为帕台农神庙，计划在里面挂满他这次旅行购得的精美画作。我在一次晚宴上和他相识，发现他是一个活火山似的男人，精力充沛，充满热情。他的衣着有些老派，留着胡子，戴着单片眼镜，说流利的法语和意大利语，略通古希腊语。他的艺术知识和审美感觉使得他跟美国民众大相径庭。福尔摩斯先生，您是否认为我有过分狭隘的民族主义呢？他亲口跟我说过他成长过程中熟悉的那种艺术生活的诸多弊端——譬如伟大的杰作跟人鱼和侏儒等自然界的怪胎放在一起展览，莎士比亚话剧演出中穿插着走钢丝和柔体杂技。这就是波士顿当时的状况。帕台农神庙将会完全不同，他说。它会像这个名字所暗示的那样，成为一个艺术和文明的神殿。

"斯蒂尔曼先生同意到我们艾比马尔街的画廊来看看，我非常高兴。我和芬奇陪了他好几个小时，给他看我们的作品目录，还拿出最近在全国各地拍卖会上购得的几幅作品让他过目。最后，他从我们手里买下了罗姆尼、斯塔布斯和劳伦斯的作品，还买了约翰·康斯特布尔的一套四幅风景画，这可以说是我们画廊的骄傲。都是湖区风景，绘于一八○六年，跟画家其他作品的风格迥然相异，其中蕴含着深刻的情感和精神，感人至深。斯蒂尔曼先生保证，它们将被放在一间专门设计的光线明亮的大展厅里展出。我们在愉快的气氛中分手。我应该补充一句，此后我在银行里存入了一笔数目可观的钱。确实，芬奇先生也说，这无疑是我们一生中最成功的一次交易。

"接下来要做的就是把作品寄往波士顿。作品被仔细包裹，放在一个箱子里，交给白星航运公司从利物浦运往纽约。真是造化弄人，一点小小的波折当时以为不算什么，结果却是后患无穷。我们本打算把它们直接运往波士顿的。皇家邮政'冒险家号'走这趟路线，可是我们差几个小时没有赶上，就选择了另一艘船。我们的代理人，一个名叫詹姆斯·德沃伊的机灵小伙子，在纽约提取邮件，带着它登上波士顿至奥尔巴尼的列车——行程一百九十英里。

"可是画作没有被送到目的地。

"当时波士顿有大批的黑帮组织，在南城的查尔斯顿和萨默斯维尔尤其猖獗。其中许多都起了花哨的名字，如'死兔子'、'四十大盗'等等，黑帮成员最初来自爱尔兰。想起来令人悲哀，这些人被欢迎来到那个伟大的国家，而他们竟然以犯罪和暴力作为回报。但情况就是这样，警察也无力遏制他们，或将他们绳之以法。其中最活跃、最危险的一个帮派名叫'圆帽帮'，领头的是一对爱尔兰双胞胎兄弟——罗尔克和奇兰·奥多纳胡，来自贝尔法斯特[2]。我会尽量详细地向你们描述这两个恶魔，因为他们是我故事中的核心人物。

"这两个人总是形影不离。虽然出生的时候一模一样，但罗尔克更加魁梧结实，虎背熊腰，拳头很大，随时准备打架。据说他还不满十六岁的时候，就在玩牌时把一个男人活活打死。他的双胞胎弟弟正好相反，似乎是他的一个影子，身材瘦小，性格安静。是的，他几乎很少说话——有传言说他不会说话。罗尔克胡子拉碴，奇兰脸上总是刮得干干净净。他们俩都戴着低顶圆帽，他们黑帮的名字便由此而来。人们还普遍相信，他们的胳膊上文着对方姓名的首写字母，两人在生活的各个方面都密不可分。

"至于帮内其他成员，只要听听他们的名字，就能了解得八九不离十。有'疯狗'弗兰克·凯利、'刀片'帕特里克·麦克林。还有一位名叫'幽灵'，跟任何超自然的鬼怪一样令人闻风丧胆。他们做的坏事五花八门，街头犯罪、抢劫、偷盗、收保护费。然而，他们在波士顿的许多穷苦居民心中却有很高的地位，这些贫民似乎无法把他们看成是毒害社会的坏人。有些人认为他们是受压迫者，向一个对他们漠不关心的体制发起进攻。我无需向你们指出，自从人类文明初期，双胞胎就出现在神话传说中。譬如罗慕路斯和勒莫斯[3]，阿波罗和阿耳忒弥斯[4]，卡斯托耳和波吕丢刻斯[5]，他们都作为双子星座永远存在于夜空。奥多纳胡兄弟似乎也有这种特性。人们相信他们永远不会被捕，不管做什么都能逍遥法外。

"当时我对'圆帽帮'一无所知——从没听说过他们。我在利物浦把画作送上轮船，可是不知怎的，就在那个时候，有消息说几天后将有一大笔现金从纽约的美国纸币公司转入波士顿的麻省第一国家银行。这笔款子据说是十万美元，就在波士顿至奥尔巴尼的火车上。有人说罗尔克是'圆帽帮'的智囊，也有人相信奇兰才是其中出谋划策的。总之，他们俩想到一个主意，要在火车到达城市前上去抢劫，把现金卷走。

"当时车匪路霸在美国西部边疆，在加利福尼亚和亚利桑那还很盛行，但是这样的事情发生在比较发达的东部沿海，几乎是不可想象的。因此，列车离开纽约的中央火车站时，只有一个警卫带着武器看守邮政车。现金装在一个保险箱里。真是上天跟我们作对，那批画作也装在箱子里，碰巧跟现金放在同一个车厢。我们的代理人詹姆斯·德沃伊坐的是二等车厢。他一向恪尽职守，选了一个尽量靠近邮政车的座位。

"'圆帽帮'选择皮茨菲尔德郊外的一个地区施行抢劫。铁路线从这里陡直向上，然后穿越康涅狄格河。有一条两千英尺的隧道，根据铁路规则，火车司机要在出口时检查刹车。因此火车开出隧道时速度非常缓慢，罗尔克和奇兰·奥多纳胡很轻松地跳到了一节车厢的顶上。他们从那里爬过煤水车，突然拔出手枪，出现在驾驶室，令火车司机和司闸员大吃一惊。

"他们命令把货车停在一片林中空地上。周围都是高耸入云的五叶松树，构成天然的屏障，掩盖他们的犯罪行为。凯利、麦克林和帮里其他成员骑马等在这里——带着他们从一个建筑工地偷来的炸药。

他们都全副武装。火车放慢速度，罗尔克用他的手枪把司机砸晕。奇兰没说一句话，拿出一些绳子，把司闸员绑在一根金属柱子上。这个时候，帮里其他成员也爬上了火车。他们命令乘客留在座位上，然后朝邮政车走去，并在门口放了炸药。

"詹姆斯·德沃伊看见了这一切，对事情的后果感到绝望。他肯定猜到强盗来这里不是为了康斯特布尔。毕竟，知道这些画作的人寥寥无几，即使这些强盗有智慧，有修养，认出一位年迈大师的作品，也不会知道向谁兜售这些画作。周围其他乘客都战战兢兢。德沃伊离开座位，顺着过道走来，想向土匪求求情。至少我认为他是打算那么做的。但没等他开口说一个字，罗尔克·奥多纳胡就扑过来，开枪把他撂倒了。德沃伊胸口中了三枪，死在一摊血泊之中。

"在邮政车里，警卫听见了枪声，我只能想象他听见外面土匪活动时感到的恐惧。如果土匪下令，他会把门打开吗？我们永远不会知道了。片刻之后，巨大的爆炸声划破空气，车厢的整个车皮都被炸飞。警卫当场丧命。装钱的保险箱暴露在外。

"第二次小规模的爆炸把保险箱炸开，土匪们这才发现他们的情报不准确。运往麻省第一国家银行的现金只有两千美元，对这些流浪汉来说是一笔巨款，但与他们所期待的数额相差悬殊。不过他们还是狂喜地欢呼着，把钞票抢劫一空，毫不顾忌身后留下的两具尸体，也没有意识到他们的爆炸彻底毁掉了四幅油画，其价值是他们拿走钱款的二十倍。这些油画和其他作品被毁，是英国文化不可估量的损失，在当时和现在都是这样。直到今天，我还提醒自己不要忘记那天死去的那个忠于职守的年轻人；但是我很羞愧地承认，若是实话实说，我对那些画作的损失也同样痛心疾首。

"我和我的朋友芬奇得知这一消息后大为惊恐。起初以为画作被盗走了，我们倒情愿是那样，至少那些作品还有可能被人欣赏，说不定什么时候就能重新找到。然而，造化弄人，为了追求区区一点钞票，致使这些画作毁于一旦！我们深深地懊悔不该选择那条路线，并为此痛苦自责，同时还要考虑经济方面的损失。斯蒂尔曼先生为画作支付了一大笔保证金，但是根据合同，在画作送到他手上之前，我们负有全部责任。幸亏我们在伦敦的劳埃德保险公司上了保险，不然就彻底破产了。除了还钱别无选择，还要考虑怎么安抚詹姆斯·德沃伊的家人。我后来才得知他有妻子和一个年幼的孩子。必须有人去照顾他们。

"为了这些原因，我决定前往美国。我几乎立刻就离开了英国，首先来到纽约。我见了德沃伊夫人，向她保证她会得到一些赔偿金。她儿子九岁，你想象不出比他更漂亮更可爱的孩子了。然后我去了波士顿，从波士顿再去普罗维登斯，康奈利斯·斯蒂尔曼在那里建有避暑别墅。我必须说，虽然我跟这个人一起待了好几个小时，但眼前的景象还是让我始料不及。'牧童湾'规模很大，由著名建筑学家理查德·莫里斯·亨特按法国城堡的风格建造。光是园林就有延绵三十公顷，别墅内部的富丽堂皇，远远超出我的想象。斯蒂尔曼坚持亲自带我到处看看，一路的所见所闻令我终生难忘。大厅里豪华气派的木质楼梯，藏书室里的万卷藏书，曾经属于腓特烈大帝的棋盘，以及放着普赛尔弹奏过的古老风琴的小礼拜堂……当我们来到带游泳池和保龄球道的地下室时，我已经筋疲力尽。还有艺术！我还没有走到客厅，就已经见识到了提香、伦勃朗和贝拉斯克斯的作品。就在我掂量所有这些财富，细想我的东道主能够调集的无限资金时，一个主意在我头脑里形成。

"晚餐时——我们坐在一张中世纪风格的特大餐桌旁，由穿着殖民地风格服装的黑人上菜——我提起了德沃伊遗孀和遗孤的话题。斯蒂尔曼向我保证，尽管他们不是波士顿居民，他也会提请城市元老对他们多加关照。我大受鼓舞，接着谈起了'圆帽帮'的问题，问他有没有办法把他们绳之以法，因为波士顿警方一直没有取得什么显著进展。我提议，是否可以高额悬赏，追查他们的下落，同时雇请一家私人侦探机构，替我们去抓捕他们。这样，不仅替惨死的詹姆斯·德沃伊报了仇，同时也为康斯特布尔风景画的损失惩罚了这些恶棍。

"斯蒂尔曼对我的主意抱有极大的热情。'你说得对，卡斯泰尔！'他用拳头一砸桌子，大声说道，'这正是我们要做的事。我要让那帮流浪汉们看看，他们敢来占我康奈利斯·T．斯蒂尔曼的便宜，真是活得不耐烦了！'这不是他平常说话的风格，但我们俩已经喝了一瓶特别醇美的红葡萄酒，又开始喝波特酒，他的情绪比平常更加放松。他甚至坚持由他支付全部的侦探费用和悬赏金额，尽管我提出也出一份。我们握手成交，他建议我在安排这些事宜时住在他那儿，我欣然接受了他的邀请。不管是作为收藏者还是作为交易商，艺术都是我的生命，斯蒂尔曼的避暑别墅里的作品足够我痴迷好几个月的。

"然而，事情的发展比这还要迅速。斯蒂尔曼先生跟平克顿侦探所签了合同，雇请了一个名叫比尔·麦科帕兰的律师。我没有亲自去见那个人——斯蒂尔曼是那种做事独来独往、有自己独特方式的人。但我对麦科帕兰的名声早有耳闻，相信他是一位杰出的调查官，不把'圆帽帮'擒获决不罢休。与此同时，《波士顿每日公告》上登出启事，悬赏一百美元——一笔可观的数额——追查罗尔克和奇兰·奥多纳胡，以及所有跟他们有关人员的线索。我很高兴斯蒂尔曼先生把我的名字和他的一起放在启事的下面，尽管钱都是由他出的。

"接下来，我在牧童湾和波士顿待了几个星期。波士顿是一个漂亮宜人、发展迅速的城市。我返回纽约几次，利用这个机会在大都市艺术博物馆里逗留了几个小时。博物馆的建筑设计很差，但里面有一流的艺术藏品。我还拜访了德沃伊夫人和她的儿子。在纽约的时候，我收到了斯蒂尔曼发来的电报，催我回去。高额悬赏起作用了。麦科帕兰得到一个情报。逮捕'圆帽帮'的大网正在收紧。

"我立刻赶了回去，下榻在学院街的一家旅馆。当天晚上，我在那里听康奈利斯·斯蒂尔曼说了事情的来龙去脉。

"情报来自南海角的一个酒馆老板——美国人称之为酒吧。南海角是波士顿一个很不健康的地区，大批爱尔兰移民已经把这里当成他们的家。奥多纳胡孪生兄弟就躲藏在靠近查尔斯河的一个逼仄的经济公寓里。那是一座阴暗、肮脏的三层楼房，几十个房间挤在一起，没有门厅，每层楼只有一个厕所。污浊的下水道贯穿走廊，近百个小炉子燃烧着炭火，才勉强抵挡住那股恶臭。在这个人间地狱里，挤满了哭闹的孩子、酗酒的男人，以及嘟嘟囔囔、疯疯癫癫的女人，楼房后面加盖了一个粗糙的独立建筑，主要是由木头和几块压制砖拼凑而成，孪生兄弟就把这里占为己有。奇兰自己有一个房间。罗克尔跟另外两个土匪合住另一个房间。第三个房间里住着其他土匪。

"他们从火车上偷来的钱全部用于喝酒和赌博,已经挥霍一空。那天晚上太阳落山时,他们蜷缩在炉子周围,喝杜松子酒,玩牌。没有派人站岗放哨。那些住户都不敢告发他们,而且他们相信波士顿警方早就对两千美元的盗窃案失去兴趣。因此,他们浑然不觉麦科帕兰正在逼近。麦科帕兰带着十二个全副武装的人,逐渐包围了经济公寓。

"平克顿律师所得到的指令是尽量活捉罪犯,因为斯蒂尔曼特别希望看到他们被带上法庭;而且,周围有许多无辜百姓,应该尽一切可能避免大规模的枪战。麦科帕兰看到手下人各就各位后,就拿出随身携带的电子扬声器,开始大声喊话。如果他曾指望'圆帽帮'乖乖投降,片刻之后的枪声大作便彻底击碎了他的梦想。孪生兄弟可以允许自己遭遇突然袭击,但是绝不会不战而降。枪弹如瀑布一般射向街道,不仅从窗户,而且从墙上凿开的洞眼射出。平克顿律师所的两个人被摞倒,麦科帕兰本人也受了伤,其他人则奋起还击,用他们的六发左轮手枪直接朝小屋开火。很难想象几百发子弹穿透脆弱的木板会是什么情景。没有任何保护,没有任何地方可以躲藏。

"枪战结束后,他们发现五个男人躺在硝烟弥漫的屋内,尸体被射得千疮百孔。一个人逃跑了。起初人们认为这似乎不太可能。麦科帕兰的线人向他保证,'圆帽帮'土匪都会聚集在那里;而且在枪战中,他感觉到有六个人在还击。他们搜查了房间,最后谜底终于揭开。有一块地板是松动的。它被掀到一边,露出一条狭窄的管道,这条排水管通往地底下，最后一直通到河里。奇兰·奥多纳胡就从这里逃跑了。他肯定挤得很难受，这条管道只能勉强容纳一个孩子，平克顿的雇员们当然都不愿钻进去试试。麦科帕兰带着几个人赶到河边，但这时候天色已黑，他知道任何搜索都将徒劳无获。'圆帽帮'被摧毁，但是一个帮主却脱逃了。

"这就是那天晚上在旅馆里，康纳利斯·斯蒂尔曼向我讲述的结局。其实故事远远没有结束。

"我在波士顿又待了一个星期，隐约希望奇兰·奥多纳胡还有可能被找到。我心里开始产生一个小小的担忧。其实这担忧可能从一开始就存在，但直到那时我才意识到它。就是我刚才提到的那个要命的启事，上面印着我的名字。斯蒂尔曼让大家知道我参与了悬赏和捉拿'圆帽帮'。当时我很感激，只想到我的公众责任感，并因为跟这位伟人联系在一起而受宠若惊。这时候我才考虑到，我们杀死了孪生兄弟中的一个，而另一个继续活着。这会使我变成复仇的目标，特别是在那样一个地方，就连最凶残的罪犯都能得到许多朋友和崇拜者的支持。我进出旅馆时心中忐忑不安。我不敢溜达到城里那些比较粗野的地方，夜里绝对不敢出门。

"奇兰·奥多纳胡没有被抓获，有人甚至怀疑他并没有活下来。他可能受了重伤，失血过多，像只老鼠一样死在地底下。他也可能被淹死了。我最后一次跟斯蒂尔曼见面时，他显然已经说服自己相信了这点，而他属于那种绝不愿意承认失败的人。我已经订了库纳德公司的'卡塔卢尼亚号'航船返回英格兰。我很遗憾没能跟德沃伊夫人及其儿子告别，但没有时间返回纽约了。我离开旅馆。我记得已经踏上跳板，正要登船时，听到了那个消息。是一个报童大声喊出的消息，就登在报纸头版。

"康纳利斯·斯蒂尔曼在他普罗维登斯家中的玫瑰园里散步时，遭到枪杀。"我用颤抖的手买了一份报纸，从上面读到枪杀案就发生在前一天。有人看见一个穿斜纹布夹克，戴围巾和低顶圆帽的年轻男子从现场逃离。大规模搜捕已经展开，并将覆盖整个新英格兰，因为遭到枪杀的是一位波士顿上流人士，必须不遗余力地将凶手绳之以法。据警方说，比尔·麦科帕兰正在协助警方，这倒是具有几分讽刺意味。就在斯蒂尔曼死前几天，麦科帕兰还跟斯蒂尔曼吵了一架。斯蒂尔曼扣留了他承诺付给平克顿律师所的一半费用，说只有找到最后一具尸体，工作才算全部完成。结果，最后一具尸体站起来走动了。刺杀斯蒂尔曼凶手的身份不可能有任何疑问。

"我读完报纸，走上了跳板，径直走进自己的船舱，在那里一直待到傍晚六点。随着一阵震耳欲聋的汽笛声，'卡塔卢尼亚号'起锚，缓缓驶离港口。这时候我才回到甲板上，目送波士顿渐渐消失在远方。终于离开了，我大大松了口气。

"先生们，这就是康斯特布尔画作遗失和我的美国之行的故事。当然了，我把事情的经过告诉了我的合伙人芬奇先生，也跟我妻子说过，但除此之外，没跟任何人提起。事情发生一年多了。那个戴低顶圆帽的男人出现在温布尔顿我家门外之前，我曾以为——我曾祈祷——再也不用提及这件事。"

早在画商结束他的讲述之前，福尔摩斯就抽完了烟，修长的十指扣在胸前，神情十分专注地听着。画商讲完后，屋里沉默良久。壁炉里一块煤落下，爆裂出火花。这声音似乎把福尔摩斯从沉思中拉了回来。

"您今晚打算去看的是什么歌剧？"他问。

我怎么也没想到他会问这样一个问题。跟刚才听到的那些事情相比，这个问题显得太无关紧要了。我简直怀疑他是故意要表现得无礼。

埃德蒙·卡斯泰尔肯定也是这样想的。他退后一步，转向我，然后又转向福尔摩斯。"我要去看瓦格纳的歌剧——但是，我刚才说的对您毫无触动吗？"他问。

"恰恰相反，我觉得特别令人感兴趣。而且您讲得那么清楚、详细，实在是值得称道。"

"那个戴低顶圆帽的男人……"

"您显然相信他就是那个奇兰·奥多纳胡。您认为他跟踪您到英格兰，实施他的复仇行动。"

"难道还能有什么别的解释吗？"

"我随随便便就能列出六七种。我总是认为，对一系列事件可以有任何解释，直到所有的证据都指向某个另外的可能性；而且即使到了那个时候，也应该三思而行，不能仓促得出结论。在这个案子里，不错，很可能是那个年轻人越过大西洋，找到您在温布尔顿的家。然而，我们要问，他为什么过了一年多才踏上旅程？他邀请您到圣玛丽教堂见面是什么目的？如果他想取您性命，为什么不当场把您一枪打死？更加奇怪的是他竟然没有露面。"

"他是想恐吓我。"

"他成功了。"

"是的。"卡斯泰尔垂下了头，"您是说您无法帮助我吗，福尔摩斯先生？"

"在目前的情况下，我认为我做不了什么。您的这位不速之客，不管是谁，没有给我们留下任何可以找到他的线索。不过，如果他再次出现，我将会很高兴向您提供力所能及的帮助。我能够告诉您的还有最后一点，卡斯泰尔先生。您可以平心静气地欣赏您的歌剧。我相信他并没有打算伤害您。"

　　然而，福尔摩斯错了。至少第二天看起来是这样。就在那天，那个戴低顶圆帽的男人又出击了。

第三章
山间城堡

第二天早晨，我们一起坐下来吃早饭时，收到了电报。

奥多纳胡昨夜又来。保险箱被盗，已报警。您能来否？

签名是埃德蒙·卡斯泰尔。

"你对此有何看法，华生？"福尔摩斯把电报纸扔在桌上，问道。

"他回来得似乎比你料想的快。"我说。

"绝对没有。我知道会发生类似的事。从一开始，我就发现这个所谓的圆帽男人更感兴趣的是'山间城堡'，而不是它的主人。"

"你料到会有人室盗窃？"我结结巴巴地说，"可是，福尔摩斯，你为何不提醒卡斯泰尔先生呢？至少可以暗示一下这种可能性。"

"你听见我说的话了，华生。没有更多的证据，我恐怕很难得出结论。不过，现在我们的不速之客十分慷慨地决定协助我们。他很可能是破窗而入。他走过草坪，站在花圃里，在地毯上留下泥泞的脚印。我们至少可以由此判断他的身高、他的体重、他的职业，以及他的步态特点。他也许还会好心地掉落某件东西，或留下一点

27

儿什么。如果他偷了首饰，肯定需要脱手。如果是钱，也有可能被人发现。他现在至少会留下一个让我们追踪的线索。劳驾，能不能把橘子酱递给我？到温布尔顿的火车很多。我想，你是愿意陪我一起去的吧？"

"当然愿意，福尔摩斯。我求之不得。"

"很好。有时候我问自己，如果不是相信众人在恰当的时候能读到调查的每个细节，我怎么还会有精力和意愿再去调查一个疑案。"

我对这种玩笑话早就习以为常，把它看做朋友心情愉快的表示，所以没有回答。片刻之后，福尔摩斯抽完每天早上的那袋烟，我们穿上大衣，离开了住所。到温布尔顿的距离并不远，但我们到达时已接近十一点，我怀疑卡斯泰尔先生已经对我们彻底不抱希望了。

我对"山间城堡"的第一印象，是一座完美的珠宝盒一般的房子，非常适合一位艺术收藏家。他肯定在里面陈列了许多珍贵的艺术品。公路上有两扇对开的大门，马蹄形的砾石车道绕过弧形的精心修剪的草坪，通向正门。大门两侧是华丽的壁柱，每根壁柱上都有一个石狮抬起爪子，似乎在警告来访者三思而行，不要贸然闯入。两根壁柱之间是一道低矮的围墙。房子本身隐在后面较远的地方。依我的看法，称之为别墅比较恰当。它以乔治王时代的古典风格建造，通体白色，方方正正，精致的窗户在正门两边完全对称。这种对称甚至延伸到树木上。这里有许多优良树种，全是对称栽种，使得花园一侧几乎是另一侧的镜中影像。然而，到了最后一刻，这布局却被一个意大利喷泉完全破坏，喷泉本身非常美丽，有石雕的小爱神和海豚，阳光照在一层薄冰上，闪闪烁烁，然而放在那里却有点格格不入。你看到它，忍不住想要把它拔起来，挪到左边两三码的地方。

我们发现警察已经来过并离开了。一位衣冠楚楚、神情严肃的男仆打开房门。他领我们穿过一道宽宽的走廊。走廊两边都有房间，墙壁上挂着绘画和雕塑，以及古镜和挂毯。一张弯腿的小桌上放着一座雕像，是一个牧童拄着他的手杖。走廊那头竖着一个精致的长壳钟，白色和金色相间，滴答滴答的柔和声音整个别墅都能听见。我们被领进客厅。卡斯泰尔坐在一张躺椅上，正跟一个比他年轻几岁的女士交谈。他穿着黑色的礼服大衣和银色的马甲，脚下是一双黑漆皮鞋。长长的头发整齐地梳在脑后。你看着他，会以为他只是刚才输了一局桥牌，而很难相信发生过比这更加麻烦的事情。不过，他一看见我们，就立刻站了起来。

"啊！你们终于来了！您昨天还告诉我，没有理由害怕这个我相信是奇兰·奥多纳胡的男人。结果昨天夜里，他闯进了这座房子，从我的保险箱里偷走了五十英镑和首饰。幸亏我妻子睡得不沉，在他行窃时突然发现了他。若非如此，天知道他还会做出什么事来！"

我把注意力转向坐在他身边的那位女士。她约莫三十岁，个头娇小，是个很有魅力的女人。她透亮聪慧的脸庞，自信的风度，立刻就吸引了我。她浅色的头发拢到脑后，缩成一个结，这种发型似乎格外突显了她五官的优雅和柔媚。虽然她早上受了惊吓，但我猜想她有一种轻快的幽默感，显现在她的眼睛里和嘴唇上。她的眼睛是一种介于绿色和蓝色之间的奇异颜色，嘴唇似乎总带着一点笑意，面颊上有一些淡淡的雀斑。她穿着一件简单的长袖连衣裙，没有镶边，也没有饰带，脖子上戴着一串珍珠项链。她身上有某种东西，使我几乎立刻想到了我亲爱的玛丽。她还没有开口说话，我就相信她一定和玛丽有着同样的性情。一种自然的独立精神，同时对她以身相许的男人有着强烈的责任感。

"也许您应该先给我们做个介绍。"福尔摩斯说道。

"当然。这是我的妻子凯瑟琳。"

"您一定是歇洛克·福尔摩斯先生。非常感谢您这么快就回应了我们的电报。是我叫埃德蒙发电报的。我说你们肯定会来。"

"我听说您遭遇了一件非常令人不安的事。"福尔摩斯说。

"确实如此。正如我丈夫告诉您的，我昨夜一觉醒来，看见钟上已经是三点二十。一轮满月从窗外照进来。我起先以为是一只小鸟或猫头鹰把我吵醒，接着突然听见另一种声音，从房子内部传来，于是我知道自己弄错了。我从床上起来，披上一件晨衣，走下楼梯。"

"你不该做这件傻事，亲爱的。"卡斯泰尔说，"这么做很可能会受到伤害。"

"我当时并不认为自己有危险。说实在的，我根本就没想到房子里会有个陌生人。我还以为是柯比先生或柯比太太——或者是帕特里克。你知道我不是完全信任那个男孩。反正，我匆匆看了一眼客厅。没有任何异常。然后，不知怎的，我不由自主地朝书房走去。"

"你没有带着灯吗？"福尔摩斯问。

"没有。有月光就够了。我打开房门，里面有个人影，是坐在窗台上的一个侧影，手里拿着什么东西。他看见我，我们俩都呆住了，隔着地毯面面相觑。起初，我没有喊叫。我太震惊了。然后他似乎往后一仰，翻出窗外，落到下面的草地上。这时候，我才好像摆脱了魔咒。我大声喊叫，并拉响了警报。"

"我们马上就去检查保险箱和书房。"福尔摩斯说，"不过在此之前我想问一句，卡斯泰尔夫人，我从您的口音听出您是美国人。你们结婚很久了吗？"

"我和埃德蒙结婚快满一年半了。"

"我应该把我认识凯瑟琳的经过告诉你们的，"卡斯泰尔说，"它跟我昨天说的那个故事有很大的关系。我之所以没有那么做，是因为我认为它没有什么意义。"

"每件事情都有意义。"福尔摩斯说，"我经常发现，一个案子里最不重要的方面可能同时也是至关重要的。"

"我们是在'卡塔卢尼亚号'离开波士顿的那天认识的。"凯瑟琳·卡斯泰尔说。她伸手握住丈夫的手。"我独自旅行，当然啦，雇了一个女孩陪伴我。当我看见埃德蒙上船时，立刻就知道发生了什么可怕的事情。他的脸色、眼睛里的恐惧都说明了这一点。那天晚上我们在甲板上擦身而过。我们俩都是单身。也许是命运的巧妙安排，吃饭时我们发现两人的座位紧挨着。"

"如果没有凯瑟琳，真不知道我怎么能熬过那趟漂洋过海的航行。"卡斯泰尔继续说道，"我一向是个敏感多虑的人，遭遇了画作遗失、康奈利斯·斯蒂尔曼的惨死，以及可怕的暴力……我实在承受不住了。我感到很不舒服，发起烧来。凯瑟琳从一开始就悉心照顾我。我发现随着美国海岸离我越来越远，我对她的感情不断加深。必须说一句，我向来嘲笑'一见钟情'的说法，福尔摩斯先生。我可能在廉价小说里读到过那类东西，但从未相信。然而，这样的事情竟然发生了。当我们到达英国时，我知道我找到了愿意与她共度余生的女人。"

"请允许我问一句，您到英国来的原因是什么呢？"福尔摩斯转向卡斯泰尔的妻子，问道。

"我在芝加哥有过一次短暂的婚姻，福尔摩斯先生。我丈夫是经营房地产的。虽然他在生意上很受尊重，而且经常去教堂做礼拜，但对我一直不好。他的脾气坏得吓人，有时候我甚至为自己的安全担心。我几乎没有朋友，他想尽一切办法不让我交到朋友。在我们婚姻的最后几个月，他竟然把我囚禁在家中，也许是担心我会出去说他的坏话。可是，很突然地，他患上肺结核死了。可悲的是他的房产和大量财富都落到他的两个姐妹手里。我没有得到多少钱，也没有朋友，就没有理由继续留在美国了。于是我离开了那里，到英国来寻找一个新的开始。"她垂下眼帘，带着一种谦逊的表情说，"没想到这么快就如愿以偿，找到了我生活中缺失已久的幸福。"

"您刚刚提到过跟您一起乘坐'卡塔卢尼亚号'的一位旅伴。"福尔摩斯说。

"我是在波士顿雇佣她的，以前从没见过——一到英国，我们就解除了雇佣关系。"

门外的走廊上，大钟敲响了。福尔摩斯站起身来，脸上带着微笑，带着我十分熟悉的兴奋和活力。"不能再浪费时间了！"他大声说，"我希望检查保险箱，和放保险箱的那个房间。你说拿走了五十英镑。考虑到所有因素，这倒不是一笔很大的款子。让我们看看小偷是否留下了什么。"

可是没等我们动身，另一个女人走进了房间。我一眼就看出，她虽然也是家中一员，却跟凯瑟琳·卡斯泰尔有着天壤之别。她长相平平，面无笑容，穿着一袭灰衣，黑色的头发紧紧地扎在脖子后面。她戴着一个银质十字架，双手扣在一起，似乎在祈祷。从她的黑眼睛、白皮肤，以及嘴唇的形状，我推测她肯定是卡斯泰尔家的亲戚。她没有卡斯泰尔先生身上的那种戏剧性，倒更像是个台词提示者，永远躲在暗处，等着他忘记自己的台词。

"又怎么啦？"她问道，"先是警官在我的房间里打扰我，问一些荒唐的问题，我根本就不知道怎么回答。难道这还不够吗？难道要邀请全世界的人来侵犯我们的私人空间吗？"

"这位是歇洛克·福尔摩斯先生，伊莱扎。"卡斯泰尔结结巴巴地说，"我跟你说过，我昨天咨询过他的意见。"

"这对你有什么好处？他根本无能为力。肯定咨询得很不错吧，埃德蒙？没准哪天我们都会在自己的床上被人杀死。"

卡斯泰尔亲切地，同时又很焦虑地看了她一眼。"这是我姐姐伊莱扎。"他说。

"您也住在这个家里？"福尔摩斯问伊莱扎。

"是啊，我还没被赶走。"那位姐姐回答，"我住在阁楼里，不跟别人来往。大家似乎也觉得这样挺好。我住在这里，却不是这个家庭的一员。他们宁可跟仆人说话，也不来搭理我。"

"你知道你这么说不公平，伊莱扎。"卡斯泰尔夫人说。

福尔摩斯转向卡斯泰尔，说："也许您最好跟我说说，这个家里一共有多少人。"

"除了我自己和凯瑟琳，伊莱扎确实住在顶层。家里还有柯比，他是我们的门房和杂差。刚才就是他领你们进来的。他妻子是我们的管家，夫妻俩住在楼下。他们有个年轻的侄子，叫帕特里克，最近刚从爱尔兰来，在厨房里帮忙，有时出去跑跑腿。我们还有一个女帮厨。除此之外，还有一个马夫和一个车夫，但他们住在村子里。"

"一个繁忙的大家庭。"福尔摩斯说，"不过我们刚才是要去检查保险箱的。"

伊莱扎·卡斯泰尔站在原地没动。我们其他人离开客厅，顺着走廊走进卡斯泰尔的书房。书房在房子的最后面，从这里能看见花园和一个装饰用的池塘。这是一个舒适的、设备完善的房间，除了两扇窗户之间的书桌、天鹅绒窗帘、精美的壁炉外，还有几幅风景画。从这些画鲜艳画的色彩和几乎杂乱的布局来看，我知道它们肯定属于卡斯泰尔说过的印象派。保险箱非常坚实牢固，放在一个墙角，仍然打开着。

"您发现的时候就是这样吗？"福尔摩斯问。

"警察检查过了。"卡斯泰尔回答，"但我觉得最好让它开着，等你们来了再说。"

"您做得对。"福尔摩斯说。他看了一眼保险箱，"锁似乎不是强行撬开的，说明用了钥匙。"他说。

"钥匙只有一把，我一直带在身上。"卡斯泰尔回答，"不过大约六个月前，我叫柯比又配了一把。凯瑟琳把她的首饰放在保险箱里。我不在家的时候——我仍然去参加全国各地的拍卖会，有时还去欧洲大陆——她觉得应该有一把自己的钥匙。"

卡斯泰尔夫人跟我们进了书房，此刻站在书桌旁。她把两只手攥在一起。"我把钥匙丢了。"她说。

"什么时候的事？"

"我记不太清了，福尔摩斯先生。也许是一个月前，也许更久。我和埃德蒙都已经忘记这件事了。几星期前，我想打开保险箱，却找不到钥匙。最后一次用它是在我生日的时候，也就是八月。后来就不知道它放在哪里了。我一般不是这么粗心大意的。"

"有没有可能被偷走了？"

"我把它放在床边的抽屉里，除了仆人，没有人进我的房间。据我所知，钥匙没有离开这个家。"

福尔摩斯转向卡斯泰尔，问道："您没有更换保险箱。"

"我一直打算这么做的。可是我想，就算钥匙不知怎的掉在了花园里，甚至村子里，也不会有人知道它是开什么的。如果它还在我妻子的物品里——我认为这种可能性更大，就不可能落到别人手里。而且，我们不能肯定打开保险箱的就是我妻子的那把钥匙。柯比可能会多配一把。"

"他在你们家多久了？"

"六年。"

"您一直没有对他不满？"

"从来没有。"

"在厨房帮忙的这个男孩，帕特里克，他怎么样？您妻子说不信任他。"

"我妻子不喜欢他，是因为他不懂礼貌，可能还有点狡猾。他来这里只有几个月，我们是因为柯比太太的请求才收留他的。柯比太太请我们帮他找工作。有她给这个男孩作担保，我没有理由认为他不诚实。"

福尔摩斯拿出他的眼镜，仔细检查保险箱，对锁给予了特别的注意。"您说有一些首饰被盗，"他说，"是您夫人的吗？"

"不是。实际上，是先母的一串蓝宝石项链。三簇蓝宝石镶嵌在黄金底座上。我认为这对那个小偷来说没有特别巨大的经济价值，但对于我的情感却弥足珍贵。先母一直跟我们生活在一起，直到几个月前……"他说不下去了，他妻子走过去，把一只手放在他胳膊上。"出了一场事故，福尔摩斯先生。她的卧室里有一个煤气取暖器。不知怎的，火灭了，她在睡梦中被熏死了。"

"她很年迈了吗？"

"六十九岁。她平常睡觉总关着窗户，夏天也不例外。不然也不会死于非命。"

福尔摩斯离开保险箱，走到窗口。我也跟了过去。他查看窗台、窗格和窗框，大声说出自己观察到的东西，这是他的习惯——不完全是说给我听。"没有百叶窗，"他说道，"插销插着，离地面有一段距离。显然是从外面破窗而入。木头裂开了，这也许能解释卡斯泰尔夫人听见的声音。"他似乎在计算着什么，随后他说，"如果可以的话，我想跟那个柯比谈谈。然后我会在花园里走走，虽然我认为当地警察已经把或许可以给我提供线索的东西都破坏了。他们有没有把他们的调查方向告诉你？"

"在你们到来之前不久，雷斯垂德调查官又返回来跟我们说话。"

"什么？雷斯垂德？他刚才在这儿？"

"是的。不管您对他的看法怎样，福尔摩斯先生，我觉得他既细致深入，又很有成效。他已经查明，一个操美国口音的男人今天早晨

36

五点钟从温布尔顿搭第一趟列车前往伦敦。从他的衣着和左脸上的那道伤疤判断，他就是我在家宅外面看见的那个人。"

"我可以向您保证，只要雷斯垂德插手，您就知道他肯定会非常迅速地得出一个结论，尽管是一个完全错误的结论！祝您愉快，卡斯泰尔先生。很高兴认识您，卡斯泰尔夫人。走吧，华生……"

我们顺着原路，从走廊返回前门，柯比已经在那里等着我们。他刚才对我们的到来似乎不太热情，这恐怕是因为他觉得我们妨碍了他井井有条地治理家务。他方下巴，瓦刀脸，看上去还是不到万不得已不愿开口说话，但至少在回答福尔摩斯的问题时比较顺从了。他说他确实在"山间城堡"待了六年。他来自巴恩斯特普尔，妻子是都柏林人。福尔摩斯问，他在这里的时候，房屋有没有很大的变化。

"哦，有的，先生。"他回答道，"卡斯泰尔老夫人很坚持她自己的习惯。如果有什么不合她的意，她肯定会让你知道。新来的卡斯泰尔夫人却完全不一样。她性情非常随和。我妻子认为她就像一股新鲜空气。"

"你很高兴看到卡斯泰尔先生结婚吗？"

"我们都很高兴，先生，同时也很惊讶。"

"惊讶？"

"或许我不该说这个话，先生，可是卡斯泰尔先生以前似乎对这些事情毫无兴趣，把全部精力都放在家庭和工作上。卡斯泰尔夫人就像是从天而降的，我们都认为家里因此大有改观。"

"卡斯泰尔老夫人死的时候，你在场吗？"

"我在场的，先生。我多少有点自责。老夫人特别害怕受风，所以，在她的坚持下，我把每个可能进风的缝隙都堵死了。结果煤气就没法跑出去。早晨是女仆艾尔西发现了她。那时候房间里全是煤气——这件事真是太可怕了。"

"当时那个帮厨的男孩，帕特里克，也在家里吗？"

"帕特里克是一星期前才来的。开头就不吉祥，先生。"

"我听说他是你的侄子。"

"是我妻子的侄子，先生。"

"来自都柏林？"

"是的。帕特里克发现找事情做并不容易。我们希望给他创造一个良好的开始，但是他还没有掌握适合他身份的礼仪和态度，特别是跟家里的主人说话的方式。不过，在某种程度上，这也可能是由我们刚才说到的那个不幸事件，以及之后的混乱状况造成的。他并不是一个糟糕的年轻人，我希望他今后能走上正轨。"

"谢谢你，柯比。"

"不客气，先生。我给您拿大衣和手套……"

在外面的花园里，福尔摩斯表现得异常轻松愉快。他大步穿过草坪，深深呼吸着下午的空气，为短暂逃离城市而满心喜悦，贝克街的浓雾没有跟踪我们到这里。这个时期，温布尔顿的一些地方仍然非常类似于乡村。我们看见羊群聚集在山坡上，旁边是一片古老的橡树林。我们周围星星点点地散落着几座房屋。这片静谧的风景，以及把一切都照得格外醒目的奇异光线，令我们俩感到诧异。"这真是一个很有意思的案子，你认为呢？"福尔摩斯大声问，这时我们正朝小路走去。

"我觉得这案子微不足道。"我回答，"五十英镑被盗，还

38

有一串古色古香的项链。这对你似乎算不上是最严峻的挑战，福尔摩斯。"

"考虑到我们听说的关于这个家庭的情况，我发现那串项链特别有意思。那么，你已经得出结论了吗，华生？"

"我认为，一切都取决于这位不速之客是否就是波士顿的孪生兄弟之一。"

"如果我告诉你，几乎可以肯定地说他不是呢？"

"那我要说，你确实令人十分费解，而且这不是第一次了。"

"我亲爱的华生，有你在我身边真好。嗯，我认为这就是昨晚那个闯入者到过的地方……"我们走到了花园尽头，车道在这里跟小路汇合，另一边就是村庄的绿地。持续的严寒和精心维护的草地，共同创造了一幅完美的画卷，之前二十四小时的往来活动都被凝固在了这里。"如果我没有弄错的话，这就是既细致深入，又卓有成效的雷斯垂德的足迹。"周围都是脚印，但福尔摩斯专门指出了一对。

"你不可能确认这就是他的脚印。"

"是吗？步子的长度显示这是一个身高约五英尺六英寸的男人，雷斯垂德恰好这么高。此人穿一双方头靴，正是我经常在雷斯垂德脚上看到的那种。而最关键的证据，是这些脚印朝着一个完全错误的方向，错过了所有重要的东西——除了雷斯垂德，还有谁会这样呢？你会看到，他是从左边的大门进出的。这是一个非常自然的选择，你走近这座房子时，首先接近的是左边这扇门。然而，入室者肯定是从另一边过来的。"

"我觉得两扇门一模一样，福尔摩斯。"

"确实完全相同，但是由于喷泉的位置，左边那扇门比较隐蔽。如果你靠近房屋时不想让别人看见，肯定会选择这扇门。你会发现，这里只有一串脚印需要我们研究。哟！这是什么？"福尔摩斯蹲下身，捡起一个烟头，递给我看。"是美国烟，华生。烟草毫无疑问。你会注意到这附近没有烟灰。"

"只有烟头，没有烟灰？"

"说明他虽然小心地不让人看见，但并没有逗留很久。你不觉得这很能说明问题吗？"

"那是半夜三更，福尔摩斯。他看见房子里一片漆黑，并不担心会被人发现。"

"尽管如此……"我们循着脚印穿过草坪，绕到房子那边的书房前面。"他走的速度很平稳。他完全可以在喷泉那儿停一停，看看自己是不是安全，但他没有那么做。"福尔摩斯仔细查看我们已经从里面检查过的窗户，"他一定是个十分强壮的人。"

"窗户并不是很难撬开。"

"确实如此，华生。但是要考虑到它的高度。你可以看到他行窃后跳出来落在了哪里。他在草地上留下两个深深的脚印。我们看不见梯子，甚至没有一把花园里用的椅子。他很有可能在墙上找到了一个落脚点。但他仍然需要用一只手扒住窗台，用另一只手撬开窗户。我们还必须提出疑问，他是因为巧合才选择闯入装有保险箱的房间的吗？"

"他绕到房子后面，肯定是因为这里更加隐蔽，不容易被人发现，是吗？然后他随便挑选了一扇窗户。"

"如果那样，他真是非常幸运。"福尔摩斯给他的观察得出结论，"这倒跟我希望的一样，华生，"他继续说道，"一串黄金底座、镶有三簇蓝宝石的项链，应该不难查找，那应该能使我们直接找到这个人。雷斯垂德至少已经证实他乘火车去了伦敦桥。我们也必须这么做。车站不远，天气很好。我们可以走着去。"

我们顺着车道穿过房子前面。然而，还没走到小路上，"山间城堡"的门突然打开，一个女人匆匆走了出来，停在我们面前。是伊莱扎·卡斯泰尔，画商的姐姐。她在肩头披了一条大围巾，并把围巾紧紧裹在胸前。从她的面容、她失神的眼睛，以及散乱在额头上的一缕缕黑发，可以很清楚地看出她处于一种惊慌失措的状态。

"福尔摩斯先生！"她喊道。

"卡斯泰尔小姐。"

"刚才在屋里我对您很不礼貌，请您一定要原谅我。我必须告诉您，每件事都不是外表看到的那样。如果您不帮帮我们，解除这个地方遭到的诅咒，我们就都完了。"

"卡斯泰尔小姐，请您镇静一些。"

"这一切都是那个女人造成的！"姐姐用一根手指谴责地指着房子。"凯瑟琳·马里亚特——这是她第一次结婚时的名字。她在埃德蒙处于最低谷的时候接近他。埃德蒙一向脆弱敏感，小时候就是这样。他在波士顿经历了那样的痛苦折磨，神经肯定无法承受。他心力交瘁，身体虚弱——是的，需要有人照顾。结果那个女人就投怀送抱了。一个美国小女人，名下几乎没有任何财产，她有什么权利这么做？他们在海上航行多日，她就在埃德蒙周围结了一张网。等到埃德蒙回到家中，一切都已经晚了。我们根本无法劝阻他。"

"您情愿自己照顾他。"

"只有当姐姐的才会那样爱他。我妈妈也爱他。我绝对不能相信，妈妈竟然死于一场事故。福尔摩斯先生，我们是一个受人尊敬的家庭。我父亲是一位画商，从曼彻斯特来到伦敦，他在阿比马尔街开了那家画廊。唉，我们很小的时候他就去世了，从那以后，我们三个相依为命，非常融洽。后来埃德蒙宣布决定跟马里亚特夫人联姻，并且跟我们争论，根本听不进任何意见。我母亲伤透了心。当然了，我们也很愿意看到埃德蒙结婚。他的幸福是我们在这个世界上最看重的事。可是怎么能娶那个女人呢？一个外国的女冒险家，我们以前从未见过的人，而且从一开始就显然只关心埃德蒙的财产和地位，以及他能给予她的舒适和保护。我母亲是自杀的，福尔摩斯先生。她无法忍受这场可恶的婚姻带来的羞辱和痛苦。于是，婚礼六个月后，她打开煤气开关，躺在床上让煤气发挥作用，把她从我们身边带入仁慈的天国。"

"您母亲跟您交流过她的意图吗？"福尔摩斯问。

"她不需要这么做。我知道她脑子里在想什么。他们发现她的时候，我几乎没有感到意外。妈妈做出了自己的选择。自从那个美国女人来了之后，这个家就不是一个愉快的所在了，福尔摩斯先生。现在又出了这档子事，一个人闯入我们家，偷走了妈妈的项链，那是我们对已故慈母的最珍贵的念想。这也是那个罪恶勾当的一部分。谁说得准呢？也许这个不速之客就是为那女人而来，而不是追着我弟弟报仇的。那人第一次出现时，那女人跟我一起在客厅里。我从窗口看见了那人。也许他是那女人的一个老熟人，追到这里来找她。也许还不仅如此。这一切只是开始，福尔摩斯先生。只要这段婚姻还在继续，我们就谁都不会安全。"

"您弟弟似乎对他的婚姻非常满意。"福尔摩斯似乎有点漠不关心地回答，"除了这点，我还有什么可以为您效劳的？一个男人可以选择跟谁结婚，而无需得到母亲的祝福。或者，得到姐姐的祝福。"

"您可以调查那个女人。"

"那不是我的工作，卡斯泰尔小姐。"

伊莱扎·卡斯泰尔轻蔑地盯着他。"我读到过您的光辉业绩，福尔摩斯先生。"她回答道，"我始终认为它们是言过其实。您虽然机智过人，但我一直觉得您不是一个善解人意的人。现在我知道我的想法是对的。"说完，她一转身，回家去了。

福尔摩斯一直目送她关上房门。"真是匪夷所思，"他说，"这桩案子越来越蹊跷和复杂了。"

"我从没听见一个女人这样怒气冲冲地说话。"我说。

"确实如此，华生。但是有一件事情我特别想知道，我已经开始发现这种局面隐藏着巨大的危险。"他扫了一眼喷泉，又看了看石头雕像和那凝固的弧形水柱，接着说，"我很想知道，凯瑟琳·卡斯泰尔夫人会不会游泳。"

第四章
民间警察部队

第二天早晨，福尔摩斯睡到很晚，我独自坐着，阅读温伍德·瑞德®的《人类的殉难》，福尔摩斯不止一次向我推荐这本书，坦白地说，我觉得读起来很费劲。不过，我能看出这位作者为什么对我的朋友有吸引力，他憎恶"愚蠢和无所事事"，崇尚"神圣的智慧"，认为"推理是人类的天性"。福尔摩斯自己就能写出许多类似的话。我很高兴终于读完最后一页，把书放到一边，我觉得它至少使我洞察到了大侦探的一些思维活动。早晨的邮件里有玛丽的一封信。坎伯韦尔一切都好。理查德·福莱斯特病情已经好转，不再因看见以前的家庭教师而欣喜若狂。玛丽显然跟男孩的母亲相处愉快。那位夫人没有把玛丽当成以前受雇的家庭教师，而是当成一个同等的人，这种态度是值得称道的。

我拿起笔给玛丽写回信，这时门外突然传来响亮的门铃声，接着，许多双脚啪嗒啪嗒地走上楼梯。我太熟悉这个声音了，因此，当六七个街头流浪儿冲进房间时，我没有感到丝毫的惊讶。他们在那个年纪最大、个头最高的孩子的大声指挥下，整整齐齐站成一排。

"维金斯！"我还记得他的名字，便大声喊道，"没想到还能见到你。"

"福尔摩斯先生给我递了封信,先生,召集我们去办一件特别紧急的事情。"维金斯回答,"对于福尔摩斯先生,我们是随叫随到。所以我们就来了。"

歇洛克有一次称他们为警探部队的贝克街分队,还有一些时候称他们为非正规军。很难想象还有比他们更邋遢、更衣衫褴褛的一伙人了。这些男孩年纪在八岁到十五岁之间,满身的尘土和污垢,衣服破成碎片又缝起来,很难说得清以前曾被多少孩子穿过。维金斯本人穿着一件成人夹克衫,裁成两半,中间和顶上剪掉一条又缝合在一起。几个男孩光着脚。我注意到,只有一个男孩看上去比别的孩子漂亮和营养充足一些,衣服不那么破烂。我心里暗想,不知道是什么恶行——也许是偷东西或抢劫——使他不仅活了下来,而且竟然还活得很滋润。他应该不会超过十三岁,但是像他们所有人一样,已经完全是个成年人了。毕竟,童年是贫穷从孩子那里偷走的第一枚宝贵的金币。

片刻之后,歇洛克·福尔摩斯出现了,哈德森夫人也一起走了进来。我看出我们的房东太太十分慌乱,不知所措,而且没有试图掩饰自己的想法。"我真受不了,福尔摩斯先生。我跟您讲过的。这是一座体面的房子,不能把一群破衣烂衫的流浪儿请进来。天知道他们身上带着什么疾病——天知道他们走后会有什么金银细软不见踪影。"

"请你平静一些,我好心的哈德森夫人。"福尔摩斯大笑着说,"维金斯!我已经告诉过你,不许这样闯进这座房子。以后,你一个人进来向我汇报就行了。既然来了,而且把弟兄们都带来了,就仔细听我的吩咐吧。我们的目标是个美国人,三十五六岁,有时会戴低顶圆帽。他的右侧面颊上有一道较新的伤疤,而且,我认为可以断定他在伦敦人生地不熟。昨天他在伦敦桥火车站，随身物品中有一串三簇蓝宝石的金项链，不用说，是他的非法所得。好了，你们认为他会去哪里销赃呢？"

"福伍德出租行！"一个男孩大声说。

"衬裙巷的犹太商店！"另一个男孩喊。

"不！在黑店里能卖更好的价钱，"第三个男孩说，"我会去花街或地巷。"

"当铺！"刚才吸引我注意的那个衣着较好的男孩插进来说。

"当铺！"福尔摩斯赞同道，"孩子，你叫什么名字？"

"我叫罗斯，先生。"

"很好，罗斯，你具有当一个侦探家的潜质。我们寻找的这个人对伦敦不熟，不会知道花街、福伍德出租行，或任何一个你们这些男孩给自己找麻烦的神秘角落。他只会去最显眼的地方，而三颗金球①的标志举世闻名。所以我希望你们从那里入手。他到达伦敦桥车站，我们姑且断定他选择住在车站附近的一家旅馆或出租公寓。你们必须光顾那个地区的每家当铺，向店家描述这个男人，和他可能打算脱手的那件首饰。"福尔摩斯把手伸进口袋，"费用跟以往一样。每人一先令，找到目标的人将再得到一个几尼②。"

维金斯打了个响指。随着一阵杂乱的噪音，我们的民间警察部队排着队走了出去。哈德森夫人用锐利的目光盯着他们，她整个上午都会仔细清点刀具的数量。孩子们刚离开，福尔摩斯就一拍巴掌，坐到椅子上。"怎么样，华生，"他大声说，"你认为如何？"

"你似乎对找到奥多纳胡很有信心。"我说。

"我可以肯定我们能找到那个闯入'山间城堡'的人。"福尔摩斯回答。

"你不认为雷斯垂德也会去调查当铺吗？"

"我感到怀疑。显然他并没有想到这点。不过，我们有一整天时间没有事做，既然我没赶上早饭，我们就一起在干草市场剧院旁边的欧陆咖啡馆吃午餐吧。虽然叫这个名字，菜式却是英国风味，非常精美。然后，我想去拜访阿比马尔街的卡斯泰尔和芬奇画廊。认识一下托比亚斯·芬奇先生肯定会很有意思。哈德森夫人，如果维金斯回来，你就叫他到那里去找我们。可是现在，华生，你必须跟我说说你对《人类的殉难》的看法。我发现你终于把它读完了。"

我扫了一眼老老实实躺在那里的书。"福尔摩斯……"

"你用一张香烟纸当书签。我目睹了从第一页到最后一页的曲折进展，现在看见它躺在桌上，终于从这场苦役中解脱出来。我很有兴趣听听你得出的结论。哈德森夫人，请你行行好，端一些茶上来。"

我们离开住所，慢慢溜达着朝干草市场走去。雾已经散去，虽然依旧很冷，却是一个明媚的艳阳天。百货商店进进出出的人群络绎不绝；街头小贩推着他们的小车，大声叫卖。在温珀尔街，一大群人聚集在一个街头手风琴师周围。那是一个年迈的意大利人，在演奏一支忧伤的那不勒斯乐曲，吸引了各种各样的骗子钻进人群，逢人就讲他们自己的悲惨遭遇。几乎每个角落都有街头艺人，这个时候，似乎谁都不愿意把他们赶走。我们在欧陆咖啡馆就餐，吃的是美味的发泡野味馅饼。福尔摩斯的情绪高涨。他没有谈论案情，至少没有直接谈起，我记得他在考虑绘画艺术的特点，以及它对于破案所能起到的作用。

"你还记得卡斯泰尔跟我们说的遗失的康斯特布尔四幅画作吗？"他说，"它们是本世纪初绘制的湖区风景，那时候的艺术家显然是严肃和忧郁的。因此，画布上的颜料是探究画家心理的一个线索。由此推断，如果一个人选择这样的作品挂在他的客厅里，我们也能对他的思想状态有许多了解。譬如，你有没有注意到山间城堡陈列的画作？"

"其中大量都是法国的。有一幅布列塔尼®风景，还有一幅塞纳河桥上的风景。我认为这些画作都很精美。"

"你欣赏它们，但没有从中看出任何东西。"

"你是指关于埃德蒙·卡斯泰尔的性格？他喜欢乡村胜于喜欢城市。他留恋童年的纯真。他是一个喜欢被色彩包围的男人。我认为可以从他墙上挂的图画推断出他的一些人格特征。然而，我们不能肯定每幅画作都是卡斯泰尔本人挑选的。也许是他妻子或他已故的母亲做的决定。"

"言之有理。"

"即使是一个杀妻的凶手，性格中也有温柔的一面，在选择画作时会表现出来。你肯定没有忘记阿伯内提家的那桩案子。我记得，霍拉斯·阿伯内提在墙上挂了许多当地植物的精美图片，然而他却是一个极为讨厌和凶残的人。"

"既然你提到这点，在我的记忆中，图片上绘的许多植物都是有毒的。"

"那么贝克街呢，福尔摩斯？难道你是想告诉我，进入你客厅的客人会通过打量周围挂的那些作品，找到了解你内心世界的线索吗？"

"不。但是那些作品会告诉你关于我前任房客的许多东西。华生，我可以向你保证，我住所里的所有画作，都是在我搬去之前就存在了。你难道真的以为我会去买下那幅亨利·瓦尔德·比彻的肖像吗？就是以前挂在你的藏书后面的那幅。虽然大家都说他是个非常优秀的人，他对奴役和偏见的看法值得称道，但是那幅画是我之前的某个人留在房间里的，我只是让它待在原处罢了。"

"你没有购买戈登将军的画像吗？"

"没有。不过，在我不小心开枪打中它之后，确实是我把它修好，重新装框的。哈德森夫人坚持要我这么做。你知道，我完全可以就这个问题写一篇专题论文：艺术在探案中的作用。"

"福尔摩斯，你坚持把自己看作一架机器，"我笑了起来，"即使是一幅印象派的杰作，在你眼里不过是用来追查某桩案件的一件证据。也许，你需要增强自己的艺术鉴赏能力。我强烈要求你跟我一起到皇家学院去一趟。"

"我们的日程上已经有卡斯泰尔和芬奇画廊，华生，我认为这就足够了。服务生，请把干酪板拿来。另外，再给我的朋友来一杯摩泽尔白葡萄酒。波特酒太冲，不适合下午喝。"

到画廊的距离很近，我们又一次并肩步行。必须承认，我在跟他静静交流的这些时候感到巨大的满足，觉得自己是伦敦最幸运的人，能够跟歇洛克·福尔摩斯这样一位伟人进行我刚才描述的那种交谈，而且这样悠闲地并肩散步。当时大约是四点钟，天光已经开始暗淡，我们到达画廊时，才发现它其实不在阿比马尔街上，而在街外一个旧的跑马场里。除了一个用金色字母写的不起眼的招牌，几乎没有什么东西显示这是一家商行。一扇低矮的门通向一个十分昏暗的房间，里面有两张沙发、一张桌子，还有一幅支在画架上的油画——是荷兰画家保罗·波特画的田野上的两只母牛。我们进屋时，听见两个男人在隔壁房间争吵。我听出了其中一个声音，是埃德蒙·卡斯泰尔。

"这个价钱很理想，"他说，"我对此确信不疑，托比亚斯。这些作品就像醇美的好酒，肯定会升值的。"

"不，不，不！"另一个人用尖利刺耳的声音说，"他称这些作品是海景画。没错，我能看见海……但除此之外什么也没有。他的最后一次画展遭遇惨败，现在跑到巴黎避难去了，我听说他在那里的名声急剧下降。这是把钱打水漂，埃德蒙。"

"惠斯勒的六幅作品——"

"这六幅作品我们永远没法脱手！"

我站在门口，关门时用了不必要的力气，想让里面的两个人知道我们的存在。这个办法果然有效。谈话中断了，片刻之后，一个瘦瘦的、白发苍苍的人从帘子后面出来。他衣冠楚楚，穿一套黑色西装，硬翻领，黑领带，马甲上挂着一根金链子，鼻尖上架着一副夹鼻眼镜，也是金的。他肯定至少有六十岁了，但脚步轻快，一举一动都透出某种焦躁的精力。

"您一定是芬奇先生吧？"福尔摩斯说。

"是的，先生。确实是我。您是……"

"我是歇洛克·福尔摩斯。"

"福尔摩斯？我们好像并不认识，但这个名字很耳熟——"

"福尔摩斯先生！"卡斯泰尔也走进了房间。两人形成了强烈的反差。一个年迈、枯瘦，好像属于另一个年代；另一个年轻、时髦，五官仍然带着些许怒气和焦虑。这无疑是刚才我们听到的那段对话造成的。"这是福尔摩斯先生,我跟你说过的那位侦探。"他向合伙人解释说。

"是的,是的。我当然知道。他刚才自我介绍了。"

"我来是因为很有兴趣看看您工作的地方。"福尔摩斯说,"同时也有许多问题要问您,关于您在波士顿雇佣的平克顿律师所的那些人。"

"真是一件可怕的事!"芬奇突然插进来说,"我永远不会从那些画作的损失中缓过劲来,到死都不会。这是我事业上最为惨痛的一次灾难。如果我们卖给他的是几幅惠斯勒的作品就好了,埃德蒙。就让它们被炸成碎片吧,没有人会在乎!"老人一旦开口,似乎就停不下来,"买卖画作是一个受人尊敬的行当,福尔摩斯先生。我们跟许多贵族客户打交道。我不希望让大家知道我们跟枪手和谋杀搅在一起!"

门突然打开,一个小男孩冲了进来。老人看到这样的人也来光顾画廊,顿时拉长了脸。我立刻认出男孩是维金斯,那天早晨刚去过我们住所;但是对芬奇来说,似乎遭遇了一次最猛烈的突然袭击。"滚开!滚出去!"他激动地喊道,"这里没有你要的东西。"

"您不用担心,芬奇先生。"福尔摩斯说,"这个男孩我认识。怎么了,维金斯?"

"我们找到他了,福尔摩斯先生!"维金斯兴奋地喊道,"就是您要找的那个家伙。我们亲眼看见他的,我和罗斯。当时我们正要走进伦敦桥巷的那家德国店——罗斯知道那家店,他经常在那里进进出出——店门突然打开,他出来了。再清楚不过了,脸上一道伤疤。"男孩在自己的面颊上比画了一下,接着说,"是我看见他的,不是罗斯。"

"他现在人呢？"福尔摩斯问。

"我们跟踪他进了旅馆，先生。如果我们带你们去，能每人得到一个几尼吗？"

"如果不带我们去，当心你们的小命。"福尔摩斯回答，"其实我对你们一向是很公道的，维金斯。这你知道。告诉我，这家旅馆在哪里？"

"在伯蒙齐，先生。奥德摩尔夫人的私人旅馆。罗斯还在那儿。我把他留在那里望风，我一路猛跑，先去您的住所，又跑到这里来找您。如果那个人再出来，罗斯会盯着他去哪儿。罗斯是个新手，但是特别机灵。你们跟我一起回去吗，福尔摩斯先生？您要叫一辆出租马车吗？我也能坐在上面吗？"

"你可以跟赶车人坐在一起。"福尔摩斯转向我。我立刻发现他眉头紧锁，神色焦虑，说明他全部的心思都集中在眼前这件事情上。"我们必须立刻动身。"他说，"运气不错，调查对象已经在我们的掌控中。千万不能让他从我们的指缝间溜走。"

"我跟你们一起去。"卡斯泰尔大声说。

"卡斯泰尔先生，为了您自身的安全——"

"我见过这个人。是我向你们描述他的，如果有谁能保证您的这些男孩没有认错人，此人非我莫属。而且我个人也渴望看到这件事的结果，福尔摩斯先生。如果这正是我认为的那个人，他是因为我而出现的，我应该看到整个过程。"

"没有时间争论了。"福尔摩斯说，"好吧。我们三个一起出发。别再浪费丝毫时间了。"

福尔摩斯、维金斯、卡斯泰尔和我匆匆走出画廊，只留下芬奇先生呆呆地看着我们的背影。我们找到一辆出租的四轮马车，坐了上去，维金斯爬到赶车人身边，赶车人轻蔑地扫了他一眼，随即态度缓和下来，还分了点毛毯给他盖上。鞭子一响，我们上路了，似乎几匹马也感知到我们迫切的心情。天已经快黑了，随着夜幕的降临，我刚才感受到的轻松愉快已经消失殆尽，城市又一次变得冷漠而充满敌意。店主和街头艺人都已回家，取而代之的是一批完全不同的人，衣衫褴褛的男人，艳丽俗气的女人，需要在阴影下完成他们的交易，事实上，他们的交易本身就带来了阴影。

马车载着我们驶过黑衣修士桥，凛冽的寒风像刀子一样朝我们吹来。福尔摩斯上车后一直没有说话，我觉得他似乎对于即将发生的事情有一种预感。这是他从来不肯承认的。如果我提出来，我知道他肯定会生气。他不是个占卜家！正如他有一次说的。他都是凭借智慧，凭借系统化的常识。然而我仍然意识到存在着某种无法解释的东西，甚至可以看作是超自然的力量。不管怎样，福尔摩斯知道今晚发生的事情将会提供一个关键的转折点，从那之后，他的生活——我们俩的生活——都和以前不一样了。

奥德摩尔夫人的私人旅馆登广告说，每星期三十先令提供一张床铺和客厅。一分价钱一分货，那地方正是这个价钱所能指望的。一座寒酸破败的房子，一侧是个小卖部，另一侧是个砖窑。这里靠近河边，空气潮湿肮脏。窗户后面亮着灯，但是玻璃上结着陈年的污垢，灯光几乎透不出来。维金斯的伙伴罗斯正等着我们，他虽然衣服里面垫着厚厚的报纸，还是冻得浑身发抖。看到福尔摩斯和卡斯泰尔从马车上下来，罗斯退后一步，我看出他好像受了很大的惊吓。他眼睛里满是惊恐，小脸在路灯的照耀下，白如死灰。可是当维金斯跳下车，一把抓住他时，似乎魔咒被打破了。

"没关系了，伙计！"维金斯喊道，"我们俩都能拿到一个几尼。福尔摩斯先生答应的。"

"告诉我，你一个人在这里的时候发生了什么？"福尔摩斯说，"你们认出的那个人离开旅馆了吗？"

"这些先生是谁？"罗斯先指指卡斯泰尔，又指指我，"是探子吗？是警察吗？他们上这儿来做什么？"

"放心吧，罗斯。"我说，"你不用担心。我是约翰·华生，是个医生。你今天早晨到贝克街的时候看见过我。这位是卡斯泰尔先生，他在阿比马尔街上开一家画廊。我们不会伤害你的。"

"阿比马尔街——在富人住宅区？"男孩冷得要命，牙齿不停地打战。伦敦街头的流浪儿肯定对冬天已经习惯，但是他独自在这里站了至少两个小时呢。

"你看见什么了？"福尔摩斯问。

"什么也没看见。"罗斯回答。他的声音变了。从他的神情看，几乎可以推断他在刻意隐藏什么。我不止一次地想到，这些孩子都已过早地超越了他们幼小的年纪，进入成年。"我一直在这里，等你们。他没有出来。也没有人进去。真冷啊，冷到我的骨头缝里去了。"

"这是我答应给你的钱——还有你，维金斯。"福尔摩斯把钱付给两个男孩，"好了，回家去吧。今晚你们已经做了不少事。"男孩接过硬币，一起跑走了，罗斯还回头看了我们最后一眼。"我建议我们到旅馆里去面对这个人。"福尔摩斯接着说道，"上帝作证，这个地方我一分钟都不愿多待。那个男孩，华生。你有没有觉得他在遮遮掩掩？"

"他肯定有什么事情不想告诉我们。"我表示同意。

"但愿他没有什么背叛我们的行为。卡斯泰尔先生，请往后站站。我们的目标不太可能有暴力举动，但我们来这里是毫无准备的。华生医生那把可信赖的佩枪，肯定用布包着，躺在肯辛顿的某个抽屉里睡大觉呢。我身上也没带着武器。只能靠我们的智慧保住性命了。来吧！"

我们三个走进旅馆。上了几级台阶，来到前门。进门后是一个公共门厅，没有地毯，灯光微弱，旁边有一间小办公室。一位上了年纪的男人坐在里面的一张木头椅上，昏昏欲睡，看见我们，立刻惊醒过来。"先生们，上帝保佑你们，"他用颤抖的声音说，"我们提供上好的单人床，五先令一晚——"

"我们不是来住宿的。"福尔摩斯回答，"我们在追查一个最近刚从美国来的男人。他一侧面颊上有一道近期留下的伤疤。事情非常紧急，如果你不想给自己惹上官司的话，请告诉我们在哪里能找到他。"

旅馆伙计不愿意惹麻烦。"这里只有一个美国人，"他说，"你说的肯定是纽约来的哈里森先生。他的房间在这层的过道尽头。他不久前刚进来，我没有听见一点声音，估计他肯定在睡觉呢。"

"房间号是多少？"福尔摩斯问。

"六号。"

我们立刻往里走。穿过一道空荡荡的走廊，两边的房门互相挨得很近，里面的房间肯定比壁橱大不了多少。煤气灯开得很小，我们几乎是在黑暗中摸索着往前走。六号房间确实在走廊尽头。福尔摩斯举起拳头，准备敲门，接着退后一步，唇间倒抽了一口冷气。我低头一看，一缕液体，在昏暗的光线中几乎呈黑色，从门缝底下流淌出来，在壁脚板边聚成小小的一汪。我听见卡斯泰尔惊叫了一声，并看见他双手捂住眼睛，往后退缩。旅馆伙计在走廊那头看着我们，就好像他知道会发生这种恐怖的事。

福尔摩斯推了推门。没有推开。他没有说话，用肩膀使劲去撞门。本来就不结实的锁被撞碎了。卡斯泰尔留在走廊上。我们俩走进屋里，立刻看到我曾经以为区区不足挂齿的一桩案子已经恶化。窗户开着，屋里被翻得乱七八糟。我们追查的那个人蜷着身子，脖子上插着一把刀。

第五章
雷斯垂德负责调查

就在最近，我又一次看见了乔治·雷斯垂德。

他一直没有从调查那几桩诡异的谋杀案时受到的枪伤中完全恢复。那些谋杀案被大众媒体称为克勒肯维尔连环凶案，虽然其中一桩发生在相邻的霍克斯顿，另一桩被证实是自杀。当然，我们最后相见时，雷斯垂德已经从警察局退休很久，他非常友善地到我刚搬的家中找到我，整个下午我们俩就在一起追忆往事。我们谈话的大部分内容都是关于歇洛克·福尔摩斯的，对此我的读者们肯定不会感到惊讶。我觉得我有两件事需要向雷斯垂德致歉。第一，我从来没有用热情洋溢的笔触描写他。我脑海里跳出的是"贼眉鼠眼、酷似雪貂"之类的字眼。不过，这样的描写虽然有些刻薄，但至少是准确的。雷斯垂德本人有一次也自嘲说，变化无常的大自然把他打造成了一个罪犯而不是警官的模样，从各方面来说，如果他选择了罪犯的职业，或许倒能成为一个比较富裕的人。福尔摩斯也经常这样说自己，说以他本人的技能，特别是在撬锁和造假方面的手艺，可以使他成为一个高明的罪犯，跟他当侦探一样成功。想象这两人如今在另一个世界里，或许正在法律的对立面密谋合作，倒是一件很有趣的事。

第二，我曾暗示雷斯垂德没有任何智慧或调查能力，这或许是有失公允的。确实，歇洛克·福尔摩斯有时对他评价不高。但是福尔摩斯是这样与众不同、智力超凡，整个伦敦都没有人是他的对手，他对遇到的几乎每位警察都嗤之以鼻。也许斯坦利·霍普金斯除外，可是，即使他对那位年轻侦探的信心也经常受到严峻的考验。简单地说，在福尔摩斯身边，任何一位侦探都会发现自己几乎不可能出人头地。就连我，陪伴他的时间比任何人都多，有时也不得不提醒自己，我并不是个一无是处的傻瓜。其实，雷斯垂德在许多方面都是一个能力很强的人。你如果查查国家档案，就会发现他独立调查的许多成功案例，报纸也总是对他评价很高，就连福尔摩斯也敬佩他的坚韧顽强。不管怎么说，他完成了在苏格兰场负责刑事调查的助理行政长官的职业生涯，虽然他的名声很大程度上依赖于实际上由福尔摩斯侦破的案件，但他因此得到了好评。在我们长时间的愉快谈话中，雷斯垂德向我指出，他在歇洛克·福尔摩斯面前可能有点战战兢兢，这或许使得他不能那么有效地行使职责。唉，如今他已作古，我相信他不会介意我把他私下里说的话透露出来，恢复他应有的名誉。他不是一个坏人。我最终清楚地知道了他内心的感受。

总之，第二天一早，是雷斯垂德赶到了奥德摩尔夫人的私人旅馆。没错，他还是那样苍白的肤色，一双凹陷的、炯炯有神的眼睛，整个举止神态，活像一只打扮起来到王宫里去赴宴的老鼠。自从福尔摩斯叫来街头巡警之后，那个房间就一直关着，由警察严加把守，直到寒冷的晨光驱散阴影，使全面的调查工作得以展开，包括对整个旅馆周围的调查。

"好啊，好啊，福尔摩斯先生，"他有点恼怒地说，"我在温布尔顿的时候，他们就跟我说您也会去，现在您又上这儿来了。"

"我们都跟踪着这个在此丧命的不幸者的足迹。"福尔摩斯回答。

雷斯垂德看了一眼尸体。"这看起来确实就是我们要找的人。"福尔摩斯没有说话，雷斯垂德锐利地看了他一眼，问道，"您是怎么找到他的？"

"说起来非常简单。多亏了您卓越的调查，我知道他乘火车返回伦敦桥。从那时起，我的特工人员就一直在那个地区搜寻，其中两个运气不错，在街上碰见了他。"

"我想，您指的是您召之即来挥之即去的那帮街头流浪儿吧。如果我是您，就会跟他们保持距离，福尔摩斯先生。您这样做不会有什么好结果的。没有您的资助的时候，他们都是小偷和扒手。那条项链有线索了吗？"

"似乎还没有明显的线索——是的。不过，我还没有来得及彻底搜索这个房间。"

"也许我们应该就从这里着手。"

雷斯垂德说干就干，开始仔细检查房间。这是一个寒酸破败的地方，破旧的窗帘，发霉的地毯，那张床看上去比试图睡在上面的人更加疲惫。墙角有个脸盆架，脸盆肮脏不堪，还有一块看不出形状的、硬邦邦的肥皂。窗外是一条狭窄的小巷，对面是一堵砖墙，看不见什么风景。虽然泰晤士河位于看不见的远处，房间里却弥漫着那种潮湿和腥味。接着，雷斯垂德把注意力转向死者。他的衣着跟卡斯泰尔第一次描述的一样：长及膝盖的大衣，厚厚的马甲，衬衫纽扣一直扣到脖子下面。所有这些衣服都被鲜血浸透。那把令他丧命的刀子没至刀柄，深深扎进了动脉血管。我的经验告诉我，他肯定是当场毙命。雷斯垂德搜查了他的口袋，什么也没找到。现在我能比较仔细地查看他，才发现这个跟踪卡斯泰尔到"山间城堡"的男人约莫四十出头，身体魁梧，肩宽背厚，胳膊上的肌肉很结实。一头短发已经开始变得灰白。最引人注目的是那道伤疤。从嘴角开始，斜着穿过颧骨，差点儿伤到眼睛。这伤痕证明他曾有过一次死里逃生的经历，但是这一次就没有那么幸运了。

"我们是不是可以确定，这就是那个纠缠埃德蒙·卡斯泰尔先生的男人？"雷斯垂德问。

"确实如此。卡斯泰尔可以辨认。"

"他刚才在这儿？"

"就在刚才，没错。遗憾的是，他不得不离开了。"福尔摩斯暗自微笑，我想起了我们是怎样把埃德蒙·卡斯泰尔塞进一辆马车，打发他返回温布尔顿的。他只瞥见尸体一眼，就晕厥过去了，我由此便能理解他在波士顿遭遇了"圆帽帮"之后，在"卡塔卢尼亚号"上是怎样一副情形了。他大概跟他陈列的那些画作的作者一样敏感脆弱。可以肯定，伯蒙齐地区的血腥和肮脏显然不适合他。

"如果您需要，这里还有证据。"福尔摩斯指了指床上的一顶低顶圆帽。

这个时候，雷斯垂德已经把注意力转向了近旁桌上的一包香烟。他仔细查看标签，说："'老法官'牌……"

"我想您会发现这是纽约的古德温公司生产的，我在'山间城堡'也发现了这种香烟的烟头。"

"是吗？"雷斯垂德惊讶地轻叫一声。"好吧，"他说，"我想，我们可以抛弃这位美国朋友死于偶然袭击的想法了，是不是？虽然这片地区偶然事故频发，这家伙也可能是返回房间时惊动了一个进屋行窃的人，接着展开搏斗。对方拔出刀子，这家伙死于非命……"

"我认为这确实不太可能。"福尔摩斯表示赞同，"这个人刚到伦敦，而且显然不怀好意，却突然以这种方式命归黄泉，这似乎过于巧合了。这个旅馆房间发生的事情，只能是他在温布尔顿所作所为的直接后果。另外还有尸体的位置，和刀子插入脖子的角度。在我看来，凶手是在光线昏暗的房间里，躲在门边等着他的，因为我们进来的时候这里没点蜡烛。死者走进来，突然从背后遭到袭击。仔细看看他，你可以看出他是个力气很大的人，完全能够保护自己。可是在这种突然袭击之下，他一下子就丧命了。"

"动机仍然可能是偷窃。"雷斯垂德坚持道，"还有那五十英镑和那串项链需要考虑呢。如果它们不在这里，会在哪儿呢？"

"我有充足的理由相信您会在伦敦桥巷的某家当铺找到那串项链。死者刚从那里回来。看样子显然是凶手拿走了那笔钱，但我认为这不是犯罪的首要原因。也许您应该问问自己，房间里还有什么东西被拿走了。这是一具身份不明的尸体，雷斯垂德。您知道一个来自美国的游客应该带有护照，和一封交给银行的介绍信。我注意到，他的钱包不翼而飞。您发现他在旅馆登记用的是什么名字吗？"

"他称自己是本杰明·哈里森。"

"这当然是目前美国总统的名字。"

"美国总统？那是，那是。我也发现了。"雷斯垂德皱起了眉头，"不管他选择什么名字，我们都知道了他的确切身份。他是来自波士顿的奇兰·奥多纳胡。您看见他脸上的伤疤吗？这是枪伤。关于这点您应该没有什么异议！"

福尔摩斯转向我，我点了点头。"这毫无疑问是枪伤。"我说。

我在阿富汗看见过许多类似的伤。"估计是一年以前的。"

"这和卡斯泰尔跟我说的事情正好吻合。"雷斯垂德得意地说出他的结论，"在我看来，整个悲惨的故事已经有了结论。奥多纳胡在波士顿出租房屋的枪战中受了伤。与此同时，他的孪生哥哥被杀死，于是他来到英国伺机报仇。这就像铁板钉钉，明摆着的事。"

"在我看来，如果按您所说，那么杀人凶器是块铁板也是明摆着的事。"福尔摩斯提出了异议，"那么，雷斯垂德，也许您能向我们解释一下：是谁杀死了奇兰·奥多纳胡？杀人动机是什么？"

"嗯，最明显的嫌疑人就是埃德蒙·卡斯泰尔本人。"

"可是谋杀发生时卡斯泰尔先生是跟我们在一起的。而且，看到他发现尸体时的反应，我真的认为他不会有动手杀人的勇气和意志力。况且他并不知道他要杀的人住在哪里。据我们所知，'山间城堡'没有人知道这个情报，因为我们也是在最后一刻才了解到的。我还要问您一句，如果这真的是奇兰·奥多纳胡，为什么他香烟盒上印的姓名的简写字母是WM呢？"

"什么香烟盒？"

"在床上，被床单挡住了一半。这无疑解释了凶手为什么也没有发现它。"

雷斯垂德找到那个烟盒，粗略地检查了一下。"奥多纳胡是个窃贼，"他说，"所以这很有可能是他偷来的。"

"那么他偷这烟盒的原因会是什么呢？这不是一件值钱的东西。锡皮做的，上面印着字母。"

雷斯垂德已经把烟盒打开了，里面是空的。他啪地合上烟盒。"这都是毫无意义的空话。"他说，"福尔摩斯，您的问题在于，总是喜欢把事情搞得复杂。我有时怀疑您是故意这么做的。似乎您需要罪案接受您的挑战，似乎案情必须不同寻常才值得您去破解。这个房间里的死者是个美国人，他曾经在枪战中受伤。他在斯特兰德大街被看见过一次，在温布尔顿被看见过两次。如果他确实光顾过您说的那家当铺，我们便会知道他就是那个盗窃卡斯泰尔家保险箱的贼。然后，这里发生的事情就很容易解释了。奥多纳胡无疑在伦敦还有别的犯罪联系人。他很可能招来其中一个帮助他复仇。但是两人闹翻了。另一个人拔出刀子。结果就成了这样！"

"您能确定？"

"要多确定有多确定。"

"好吧，走着瞧吧。不过，在这里谈论案情不会再有什么收获了。也许旅馆的老板娘会给我们一点启发。"

奥德摩尔夫人已经在刚才旅馆伙计待的那间小办公室里等着了，她没有什么要补充的。她是个头发灰白、面相刻薄的女人，坐在那里用双臂抱着身子，似乎这栋房子会把她给弄脏，她只能尽量跟墙壁保持很远的距离。她戴着一顶小小的无边软帽，肩膀上搭着一块皮草披肩，我打了个哆嗦，心里在想提供这块皮草的是什么动物，又是怎样惨死的。很可能是死于饥饿。

"他租下一星期的房间，"她说，"给了我一个几尼。一位美国绅士，刚在利物浦下船。他就告诉我这么多，没别的了。他是第一次到伦敦来。他没有这么说，但我能看出来，因为他出门都找不着路。他说要去温布尔顿看一个人，问我怎么走。'温布尔顿，'我说，'那可是富人区，许多有钱的美国人在那里有豪华的房子，没错。'他身上倒没有什么豪华的东西——几乎没有行李，衣服也破破烂烂的，脸上还有那道吓人的伤疤。'我明天去。'他说，'那里有人欠我点东西，我打算去要回来。'从他说话的口气，我看出他不怀好意，我当时就对自己说——不管这个人是谁，恐怕都要多留点神了。我就知道会有麻烦，可是有什么办法呢？如果我把找上门来的看着可疑的顾客都回绝掉，我还做不做生意呢？结果这个美国人，这个哈里森先生，竟然被杀死了！唉，我想着也是意料中的事儿。我们就生活在这个世道里，不是吗？一个体面的女人要开旅馆，就没法避免墙上溅上血迹，地板上躺着尸体。我真不应该待在伦敦的。这是个可怕的地方。太可怕了！"

我们出来，让她坐在那里兀自痛苦。雷斯垂德离开了。"我相信我们还会碰面的，福尔摩斯先生。"他说，"如果您需要我，您知道在哪儿能找到我。"

"如果我有什么时候需要雷斯垂德调查官，"福尔摩斯在他走后嘟囔道，"那事情肯定是急转直下了。好了，华生，我们到那条小巷里去看看吧。我的事情办完了，但还有一个小问题需要处理一下。"

我们走出旅馆前门，来到大街上，然后转入那条狭窄的、扔满垃圾的小巷，那个被害的美国人的房间就对着这里。小巷中央可以清楚地看见那扇窗户，窗户底下放着一个板条箱。显然，凶手是踩着箱子翻窗进屋的。窗户本身没有锁，从外面很容易推开。福尔摩斯潦草地扫了一眼地面，那里似乎没有什么东西吸引他的注意。我们一起走到小巷的尽头，一道高高的木栅栏后面是一片空旷的院子。我们从那里返回到大路上。这时，福尔摩斯陷入了沉思，我从他苍白细长的脸上看到了不安。

"你还记得昨晚的那个男孩吗——罗斯？"他说。

"你当时认为他有事情瞒着我们。"

"现在我对此确信不疑。从他站的地方，他能清楚地看到旅馆和小巷，我们俩刚才都看见了，小巷尽头是堵死的。因此，凶手只能从主路进入旅馆，罗斯很可能看见了他是谁。"

"他当时显然很不自在。可是，福尔摩斯，如果他看见了什么，为什么不告诉我们呢？"

"因为他有自己的计划，华生。在某种程度上，雷斯垂德是对的。这些男孩每时每刻都靠自己的智慧生存。要想活下来，他们必须学会这么做。如果罗斯看到有钱可挣，他会独自去跟魔鬼打交道！可是这里还有一件事我完全不能理解。这个孩子可能看见了什么呢？煤气灯下的一个身影，飞快地跑进通道，消失在视线中。也许他听见了行凶时的一声惨叫。片刻之后，凶手再次出现，匆匆逃走，融入夜色。罗斯留在原地。过了不久，我们几个来了。"

"他当时很害怕。"我说，"他把卡斯泰尔当成警察了。"

"不仅仅是害怕。我觉得这男孩被一种类似恐惧的东西抓住，但我推测……"他用手拍了一下额头，"我们必须再找到他，跟他谈谈。希望我没有犯下一个严重错误。"

在返回贝克街的路上，我们去了一家邮局，福尔摩斯又给他那支小小的非正规军的首领维金斯发了一封电报。然而二十四小时后，维金斯仍然没有回来向我们汇报。又过了不久，我们听到了一个最糟糕的消息。

罗斯失踪了。

第六章
乔利·格兰杰男生学校

在我所写的一八九〇年，被称为伦敦警视厅区①的方圆六百英里范围内有大约五百五十万人。古往今来，富裕和贫穷总是相邻，在同一个地盘上很不自在地比邻而居。我目睹了这些年来的许多重大变化，现在突然想到，我应该以吉辛——或比他早五十年的狄更斯的风格，详细描绘一下蔓延在我当年生活的那个城市的混乱无序。我可以替自己辩护说我是一位传记作家，而不是历史学家或新闻记者，我的经历不可避免地把我带到一些更加高深莫测的生活层面——豪宅、旅馆、私人俱乐部、学校和政府办公室。确实，福尔摩斯的客户来自各个阶层，然而（也许某人有朝一日会凝神思索这其中的深刻含义），那些比较有趣的、我选择叙述的案例，基本上总是由富人制造的。

不过，为了理解我们面前这个任务的艰巨性，有必要反思一下伦敦这个大染缸的底层，也就是吉辛称之为"下层世界"的地方。我们必须找到一个孩子，一个跟千千万万其他孩子一样贫穷困苦、衣衫褴褛的孩子。而且，如果福尔摩斯的判断是对的，如果危险真的存在，我们就没有一点时间可以浪费。从哪儿开始呢？这个城市动荡不安，居民似乎每时每刻都处于流动中，从一座房子搬到另一座房子，从一

66

条街道迁往另一条街道，人们对隔壁邻居的姓名几乎一无所知，这给我们的调查增加了难度。这主要应该归咎于贫民窟的清理和铁路的拓展；不过也有许多人来伦敦的时候就躁动不安，不可能在一个地方定居很久。他们像吉普赛人一样流动，哪儿能找到工作就去哪儿。夏天摘水果、砌砖头；隆冬来临，生机萧条下来，他们便慌忙去寻找煤火和糊口的东西。他们会在某个地方待一段时间，钱一花光，就又拔脚开溜。

结果就出现了我们这个时代最大的祸端，这种不负责任的生活使得成千上万的孩子流落街头。乞讨、扒窃、偷盗，实在混不下去，就只能孤苦伶仃地默默死去。他们的父母即使还活着，对他们也是漠不关心。这些孩子如果凑够了晚上住店的钱，就挤在最便宜的旅馆里，那环境甚至连牲口都养不活。孩子们睡在房顶上，睡在地下市场的围栏里，睡在下水道里，甚至我还听说睡在哈尼克尼沼泽的垃圾堆中刨出的坑洞里。我很快就会讲到，有一些慈善机构致力于帮助他们，给他们提供衣食和教育。可是僧多粥少，这些孩子的数量实在太多了，即使到世纪结束的时候，伦敦仍有足够的理由为自己感到羞愧。

好了，华生，闲话少说，言归正传吧！福尔摩斯如果还活着，肯定会无法忍受这样的感慨的……

自从我们离开奥德摩尔夫人的私人旅馆后，福尔摩斯的情绪就一直焦虑不安。白天，他像一只困熊一样在房间里踱来踱去。他一刻不停地抽烟，午饭和晚饭几乎一口没吃。我发现他有一两次看了看放在壁炉架上的那只漂亮的袖珍皮盒，不禁深感担忧。我知道盒子里放着一管皮下注射器。百分之七的可卡因溶剂无疑是福尔摩斯最令人震惊的恶习，但是我从未没听说过他在案件调查的过程中会沉溺于此。我认为他根本没有睡觉。昨天深夜，我合眼之前，听见他在拉他那把斯特拉迪瓦里小提琴①，但乐声刺耳，很不和谐，可以听出他的心不在焉。我太理解我朋友内心的紧张和焦躁了。他提到过可能犯下一个严重错误。罗斯的失踪似乎已然证明他说得对，如果真是那样，他永远也不会原谅自己。

我以为我们会再去温布尔顿。根据福尔摩斯在旅馆里所说的话，他已明确表示那个低顶圆帽男人的案子业已结束，只等他开始叙述案情——那样的叙述总会让我纳闷自己怎么会愚钝至此，竟没有从一开始就看出端倪。然而，吃早饭的时候，我们收到凯瑟琳·卡斯泰尔的一封信，告诉我们，她和丈夫要出去一趟，在萨福克郡的朋友家住几天。埃德蒙·卡斯泰尔秉性脆弱，需要时间恢复内心的平静；而福尔摩斯如果没有听众，是绝不会把自己知道的事情和盘托出的。因此，我只好等待。

实际上，又过了两天，维金斯才回到贝克街221B号，这次他是一个人来的。他收到了福尔摩斯的电报（我不知道是怎么收到的，我从未听说维金斯住在哪里，环境怎样）。此后，他一直在寻找罗斯，但一无所获。

"他是夏天结束时到伦敦来的。"维金斯说。

"从哪儿来到伦敦的？"福尔摩斯问。

"我不知道。我见到他的时候，他跟人合住在国王十字区一户人家的厨房里——那家九个人住两间屋。我去找过他们，但他们说自从旅馆那一夜之后，就没见过他。谁也没见过他。我感觉他好像躲起来了。"

"维金斯，我希望你把那天夜里发生的事情告诉我。"福尔摩斯严厉地说，"你们俩跟着那个美国人从当铺走到旅馆。留下罗斯望风，你过来找我。罗斯肯定独自在那里待了两个小时。"

"罗斯是自愿的。我没有逼他。"

"我丝毫没有这个意思。最后，我们一起去了那里，卡斯泰尔先生、华生先生、你和我。罗斯还在那儿。我把钱给了你们俩，让你们走了。你们俩一起离开的。"

"我们在一起没待多久，"维金斯回答，"他走了，我回家了。"

"他有没有跟你说什么？你们俩交谈了吗？"

"罗斯的情绪很奇怪，那是肯定的。他好像看见了什么……"

"在旅馆里？他有没有跟你说他看见了什么？"

"他看到了一个人。没别的了。他好像为此惊恐不已。罗斯只有十三岁，但他一向头脑很清楚。您知道吗？真的，他从心底里害怕极了。"

"他看见了凶手！"我激动地说。

"我不知道他看见了什么，但我可以把他说的话告诉您。'我认识他，我可以从他身上捞一笔。远远不止该死的福尔摩斯先生给我的这个几尼。'请原谅我，先生。这就是他的原话。我估摸着他是打定主意要去敲诈某个人了。"

"还有别的吗？"

"他当时急急忙忙就离开了。他跑进了黑夜里，没有去国王十字区。我也不知道他上哪儿去了，只知道谁也没有再见过他。"

福尔摩斯听着，脸色变得前所未有地凝重。他走到男孩面前，蹲下身子。维金斯跟他相比显得那样瘦小。这男孩营养不良、病弱苍白，黏糊糊的头发纠结在一起，两眼浑浊，皮肤被伦敦的污垢弄得肮脏不堪，他混在人群里很难辨认。也许正是因为这点，人们才这样容易忽视这些孩子遭受的苦难。他们数量太多了，看上去都一个模样。"听我说，维金斯，"福尔摩斯说，"我认为罗斯面临巨大的危险——"

"我找过他！哪儿都找遍了！"

"这我相信。但是你必须把你知道的他的过去告诉我。在你认识他之前，他是从哪儿来的？他的父母是谁？"

"他从来就没有父母。他们很早以前就死了。他从没说过他是从哪儿来的，我也没有问过。您认为我们是从哪儿来的呢？那很重要吗？"

"想想吧，孩子。如果他发现自己有了麻烦，会不会找人帮助，会不会到什么地方去寻求避难？"

维金斯摇摇头，但似乎又在思索着什么。"您能再给我一个几尼吗？"他问。

福尔摩斯眯起了眼睛，我能看出他在拼命克制着自己。"难道你同胞的生命就值这么点钱吗？"他问道。

"我不懂什么是'同胞'。他跟我一点关系也没有，福尔摩斯先生。我凭什么要关心他是死是活？如果罗斯从此不见了踪影，有二十个男孩会顶替他的位置。"福尔摩斯仍然盯着他，维金斯突然妥协了。"好吧。他有一阵子得到了照顾。有个慈善机构把他收容了进去。乔利·格兰杰，就在汉姆沃斯那儿。是个男生学校。罗斯有一次告诉我，他在那里待过，可是不喜欢，所以就逃走了。然后他就住在国王十字区了。可是我想，如果他受到惊吓，如果有人追他，他可能还会回去。熟悉的环境总是好对付些……"

福尔摩斯直起身子。"谢谢你，维金斯。"他说，"我希望你继续寻找他，我希望你逢人就打听。"他拿出一枚钱币，递了过去。"如果找到他，必须立刻把他带到这里来。哈德森夫人会给你们东西吃，照顾你们，直到我回来。明白了吗？"

"明白了，福尔摩斯先生。"

"很好。华生，我相信你会陪我去吧？我们可以从贝克街搭车。"

一小时后，一辆马车把我们送到三栋漂亮的房子前。三栋房子并排伫立在一条狭窄的小巷边，从罗克森斯村陡直往汉姆沃斯山坡上的至少半英里处。三栋房子里最大的是中间那栋，酷似一百年前英国绅士的乡村别墅，红瓦屋顶，底层有一圈完整的游廊。房子的前面藤蔓密布，夏季肯定繁茂，现在已经枯萎凋零；房子周围都是农田，一片草坪倾斜着通向下面一处果园，里面种满了古老的苹果树。很难相信我们离伦敦这么近，因为这里空气清新，四周都是田园风光。如果天气温和一些，肯定非常迷人，然而现在气温降得很低，开始下起了毛毛雨。旁边的两栋房子是谷仓或酿酒厂，但是可能已经被学校征用。小巷另一边还有第四栋房子，围着一道华丽的金属栅栏，大门敞开。它给人的印象好像是空的，里面没有灯光，也没有动静。一个木头标牌上写着：乔利·格兰杰男生学校。我眺望田野，注意到有一小群男孩子正用铲子和锄头伺弄一片菜地。

我们在前门摁了铃，一个男人开门让我们进去。他穿着一身深灰色的西装，沉默不语地听福尔摩斯解释我们是谁，来这里有什么目的。

"好的，先生们。请你们在这里等一等……"他把我们领进去，让我们站在一个简朴的、镶着木板的大厅里。墙上只挂着几幅肖像，已经退色

71

模糊，几乎难以辨认；此外还有一个银质十字架。一道长长的走廊通向远处，走廊两侧有几扇房门。我可以想象门里是教室，但没有声音传出来。我突然想到，这地方不像一个学校，倒更像一座修道院。

然后那个仆人——如果这是他的身份的话——回来了，带来一个矮胖、圆脸的男人。他要走三步才跟得上同伴的一步，累得大声地喘着粗气。新来的这个人全身上下都是圆滚滚的。他的体型使我想起如今在摄政公园随处可见的那些雪人。他的脑袋是一个圆球；身体是另一个圆球；五官非常简单，可以说是一个胡萝卜加几个煤球。他大约四十岁年纪，秃顶，只在耳朵周围有寥寥几许黑发。他的衣着很像一位牧师，甚至戴着牧师领，在脖子周围又形成一个圆圈。他朝我们走来时，满面笑容，热情地伸开双臂。

"福尔摩斯先生！您让我们感到太荣幸了。我当然读过您的那些事迹，先生。全国最伟大的咨询侦探，竟然来到了乔利·格兰杰！真是让我们蓬荜生辉啊。您一定是华生医生，我们在课堂上读过您所写的故事。男孩子们都非常喜欢。他们一定不敢相信你们竟然出现在了这里。你们有没有时间跟他们说几句话？唉，我这是强人所难了。先生们，你们必须原谅我，我实在克制不住激动的心情。我是查尔斯·菲茨西蒙斯牧师。沃斯珀对我说，你们这次来有要紧的事情。沃斯珀先生帮我管理学校，同时还教数学和阅读。请随我到我的书房去。你们一定要见见我的妻子，或许，我可以请你们喝一杯茶？"

我们跟着矮个子男人走过另一条走廊，然后进入一个房间。这个房间太大、太冷，虽然煞费苦心地摆了书架、一张沙发，壁炉周围还放了几把椅子，但还是让人感到不舒服。一张大书桌上高高地堆满文件，坐在桌旁能透过两扇大型落地窗看到外面的草坪和远处的果园。

走廊上很冷，这里更冷，炉子里倒是生着火。红红的火光和煤火的气味，使人产生温暖的幻觉，但仅此而已。雨点啪啪地打在窗户上，顺着玻璃流淌下来，使田野失去了颜色。虽然才是下午三点多钟，天已经差不多黑了。

"亲爱的，"我们的东道主大声喊道，"这是歇洛克·福尔摩斯先生和华生医生。他们有事来请我们帮忙。先生们，请允许我向你们介绍我的妻子乔安娜。"

我刚才没有注意到那个女人，她坐在房间最阴暗的墙角的一把扶手椅里，正在读一本摊放在膝头的几百页的厚书。如果这就是菲茨西蒙斯夫人，那么这真是一对非常古怪的夫妇。她个头高得惊人，而且我认为她的年龄比丈夫还大几岁。她一袭黑衣，式样古老的缎子连衣裙，领口高高地围住脖子，袖子紧紧地箍住手臂，肩膀上挂着珠缀的饰带。她的头发在脑后绾成一个结，十根手指又细又长。如果我是个小男孩，可能会觉得她像个巫婆。是的，望着这两个人，我产生了一种或许很不应该的想法，我认为我能够理解罗斯为什么要逃跑了。我若是处于他的位置，很可能也会那么做的。

"你们喝点茶吗？"女人问道。她的声音跟她身体的其他部位一样纤细，语音语调却很考究。

"不给您添麻烦了。"福尔摩斯回答，"您也知道，我们来这里是有一件紧急的事情。我们在找一个男孩，一个街头流浪儿，只知道他的名字叫罗斯。"

"罗斯？罗斯？"牧师在脑海里搜寻，"啊，想起来了！可怜的小罗斯！我们有好一阵没见到他了，福尔摩斯先生。他因为生活非常困难来到我们学校，这里的许多孩子都是这样。罗斯在这里并没有待多久。"

"他是个讨厌的、很难管教的孩子。"他妻子插嘴道，"从不遵守纪律。他妨碍了其他孩子，而且屡教不改。"

"亲爱的，你言重了，言重了。不过这是事实，福尔摩斯先生，罗斯对我们试图给予他的帮助从不感激，不肯适应我们这里的规矩。他在这里只待了几个月就逃走了。那是去年夏天……七月或八月。我要查查记录才能确定。我可以问一句吗，你们为什么要找他？希望他没有做什么坏事。"

"没有，没有。几天前的一个夜晚，他在伦敦目睹了一些事情。我只是希望了解他看到了什么。"

"听起来非常蹊跷，是不是，亲爱的？我不会再要求您说得更详细。我们不知道他是什么地方的人，也不知道他去了哪里。"

"那就不占用你们更多的时间了。"福尔摩斯转向门口，不过又似乎立刻改变了主意，他说，"不过，在我们离开之前，您或许愿意跟我们说说您在这里的工作。乔利·格兰杰是您的产业吗？"

"不是，不是，先生。我和我妻子是受雇于伦敦儿童教养协会。"他指着靠在柱子上的一幅贵族绅士的肖像说，"这就是协会的创办人，克里斯平·奥格威尔勋爵，已经过世。他五十年前买下这片农庄，多亏他留下的遗产，我们才得以维持这个学校。这里共有三十五个孩子，都来自伦敦街头。如果不来这里，他们的未来就是摘棉花、干苦力、浪费生命。我们给他们提供食宿，更重要的是，提供一种良好的基督教教育。除了阅读、写作和基础数学，男孩们还要学习鞋匠、木匠和裁缝的手艺。您大概已经注意到了那片田地。我们有一百公顷土地，平常的食物基本上都是地里生长的。此外，男孩们还学习喂猪和饲养家禽。从这里出去以后，他们许多人都会去加拿大、澳大利亚或美国，开始新的生活。我们跟许多农场主都有联系，他们会很乐意收留这些孩子，给他们一个新的起点。"

"你们有多少教师？"

"加上我妻子，只有四位。我们分工明确。您在门口遇见了沃斯珀先生。他是门房，兼教数学和阅读，我刚才好像已经说了。现在是下午课时候，沃斯珀和另一位教师正在班里上课。"

"罗斯是怎么来这里的？"

"他毫无疑问是从某个临时收容所或临时过夜处被找来的。协会有一些自愿者，他们在城里寻找，把男孩子带到我们这里。如果您需要，我可以去查一查，但是我们已经很长时间没有他的消息了，恐怕也帮不了多少忙。"

"我们不能逼那些男孩留下来。"菲茨西蒙斯夫人说，"他们大部分人都愿意留在这里，长大以后自己有出息，也给学校增光。但是偶尔也会有讨厌的男孩，惹是生非，没有一丁点感激之情。"

"我们必须对每个孩子都有信心，乔安娜。"

"你就是心肠太软，查尔斯。他们是在利用你呢。"

"罗斯那个样子也不能怪他。他父亲是个屠夫，因为接触一只病羊，染上病慢慢地死去了。他母亲开始酗酒，后来也死了。有一段时间，罗斯由一位姐姐照料，但我们不知道那个姐姐后来怎样了。啊，对了！我想起来了。您问罗斯是怎么到这里来的。他是因为在商店里偷东西被捕。地方法官动了恻隐之心，就把他送到我们这里来了。"

"那是他的最后一次机会。"菲茨西蒙斯夫人摇着头说，"我真不敢想象他现在变成什么样了。"

"那么，您不知道我们在哪里会找到他？"

"真对不起，浪费你们的时间了，福尔摩斯先生。对于那些选择离开这里的男孩，我们没有办法找到他们；而且说实在的，那还有什么意义呢？'你抛弃了我，我也就离开了你。'您能不能告诉我，他究竟目睹了什么，为什么你们一定要找到他？"

"我们认为他有危险。"

"所有这些无家可归的男孩都有危险。"菲茨西蒙斯猛地一拍巴掌，似乎突然想起了什么。"如果你们跟他以前的几位同班同学谈谈，是不是会有帮助呢？他很可能会把瞒着我们的什么事情，告诉其中的某个同学。如果你们愿意跟我来，我就有机会带你们看看这所学校，更加详细地解释一下我们的工作。"

"您真是太热情了，菲茨西蒙斯先生。"

"不胜荣幸之至。"

我们离开书房。菲茨西蒙斯夫人没有跟我们一起走，而是仍坐在墙角的扶手椅里，埋头看那本大部头的厚书。

"请一定要原谅我的妻子。"菲茨西蒙斯牧师低声说，"你们可能认为她有些严厉，但我向你们保证，她把心思都扑在那些男孩身上了。她教他们神学，帮他们洗衣服，在他们生病的时候照料他们。"

"你们没有自己的孩子吗？"我问。

"也许我没有把意思表达清楚，华生先生。我们有三十五个自己的孩子，因为我们完全把他们当成了自己的亲骨肉。"

他领我们穿过我刚才注意到的那个走廊，走进一个房间，里面有一股强烈的皮革和新鲜大麻的气味。这里有八九个男孩，都干干净净，梳洗整洁，穿着围裙，对着面前摆放的鞋子，全神贯注地默默干活。我们在门口遇见的那个男人，沃斯珀先生，在一旁看管他们。我们进去时，男孩们都站起来，毕恭毕敬地沉默着。菲茨西蒙斯快活地挥挥手让他们坐下。"坐下吧，孩子们！坐下吧！这位是伦敦来的歇洛克·福尔摩斯先生，他上这儿来看望我们。要让他看看我们有多么勤劳能干。"男孩们继续干活，"一切都好吧，沃斯珀先生？"

"一切正常。先生。"

"很好！很好！"菲茨西蒙斯赞许地露出了微笑。"他们还要再干两个小时，然后休息一小时，吃茶点。八点钟结束一天的工作，祈祷，上床睡觉。"

他又走开了，两条短腿使劲摆着，带动身体向前，这次他领我们上楼，给我们看了一间宿舍。宿舍有点简朴，但是绝对干净，通风良好。床铺像军营里一样排列有序，互相间隔几英尺。我们还看了厨房、餐厅和一个工作室，最后来到一间正在上课的教室。这是一个方方正正的房间，墙角放着一个小炉子，一面墙上挂着一块黑板，另一面墙上是刺绣的圣诗第一行经文。搁架上整整齐齐地摆着几本书、一把算盘和一些零散的东西——松果、岩石和动物骨头——肯定是野外实习课上采集来的。一个年轻的男人坐着，在写字帖。一个十二岁的男孩好像是班长，站在那里给全班同学读一本破旧的《圣经》。十五个学生坐成三排，听得很专心。我们走进去时，男孩停住了。学生们又一次毕恭毕敬地站起来，脸色苍白、神色严肃地看着我们。

"请坐下！"牧师大声说，"威克斯先生，请原谅我们打扰了你。我刚才听见的是《约伯记》吗，哈利？'我赤身出母腹，也必赤身归回……⑫'"

"是的，先生。"

"很好。内容选得不错。"他示意仍然独自坐在那里的教师。这

77

个教师大约二十八九岁，有一张奇怪的、扭曲的脸，褐色的头发蓬乱纠结，张牙舞爪地歪在脑袋一侧。"这位是罗伯特·威克斯，毕业于贝利尔学院①。威克斯先生在伦敦事业有成，但是他选择到这里来一年，帮助那些不像他那么幸运的孩子们。威克斯先生，你还记得那个叫罗斯的男孩吗？"

"罗斯？他就是那个逃走的孩子。"

"这位绅士就是大名鼎鼎的侦探，歇洛克·福尔摩斯先生。"几个男孩认出他来，变得异常兴奋，"他担心罗斯惹了麻烦。"

"这不奇怪，"威克斯先生嘟囔道，"他以前就不是一盏省油的灯。"

"哈利，你跟他是朋友吗？"

"不是，先生。"班长回答。

"好吧，这间教室里肯定有人跟他是朋友，或许还跟他说过话，现在可以帮助我们找到他，对吗？孩子们，你们应该记得，罗斯离开这里以后，我们有过很多议论。我问过你们他可能会去哪里，你们什么也没能告诉我。现在我请求你们最后再考虑一下这个问题。"

"我只是希望帮助你们的朋友。"福尔摩斯补了一句。

短暂的沉默之后，后排一个男孩举起了手。他浅黄色的头发，非常瘦弱，年纪大约是十一岁。"您就是故事里的那个人吗？"他问。

"没错。这位就是写故事的人。"我很少听见福尔摩斯以这种方式介绍我。不得不说，我听了心里十分受用，"你读过那些故事？"

"没有，先生。那里面的生词太多了。可是威克斯先生有时候会念给我们听。"

"现在必须让你们继续学习功课了。"菲茨西蒙斯说着，开始领着我们朝门口走。

可是，后排那个男孩的话还没有说完。"罗斯有个姐姐，先生。"他说。

福尔摩斯转过身，问："她在伦敦吗？"

"我想是的。没错。罗斯有一次谈到过她。她名叫萨利。罗斯说她在一家酒馆打工，叫'钉袋酒馆'。"

菲茨西蒙斯牧师第一次显出恼怒的样子，圆圆的面颊上绽开两团红晕。"这就是你的不对了，丹尼尔，"他说，"你为什么以前没有告诉过我？！"

"我那会儿忘记了，先生。"

"如果你当时记得，我们就能找到他，保护他，避免他陷入现在的麻烦。"

"对不起，先生。"

"好了，别再说了。走吧，福尔摩斯先生。"

我们三个人走回学校的正门。刚才福尔摩斯付钱让马车夫在门口等我们，我很高兴他还在那儿，虽然雨依然下得很大。

"您应该为这个学校感到骄傲，"福尔摩斯说，"这些男孩子们看上去那么安静和训练有素，实在令人敬佩。"

"非常感谢您的赞赏。"菲茨西蒙斯回答，他又恢复了先前那种松弛、随和的神态，"我的办法很简单，福尔摩斯先生。胡萝卜加大棒——一点儿也不夸张。男孩子行为不端，我就鞭打他们。如果他们努力用功，遵守纪律，就能得到好吃好喝。我和我妻子在这里六年了，死过两个男孩，一个是先天性心脏病，一个是肺结核。罗斯是唯一一个逃走的。如果您找到他，我相信您肯定能找到，希望您劝说他

79

回来。这里的生活并不像这种恶劣气候里呈现的那样艰苦。阳光灿烂的时候，男孩子们可以在野外撒欢儿。乔利·格兰杰也算是一个令人愉快的地方呢。"

"我相信是这样。还有最后一个问题，菲茨西蒙斯先生。对面的那栋房子，也是学校的一部分吗？"

"确实如此，福尔摩斯先生。我们刚来的时候，那是一个车厢制造厂，我们把它按自己的需要改造了，现在用于公开演出。我有没有跟你说过，学校里的每个男孩都是乐队的成员？"

"你们最近有过一场演出。"

"就在两天前的晚上。您无疑注意到了许多车辙。如果您能来观看我们的下次演出，福尔摩斯先生，我将不胜荣幸——还有您，华生医生。说真的，你们会不会考虑成为学校的赞助人呢？我们在尽自己的全力，同时也需要得到尽可能多的帮助。"

"我们肯定会考虑的。"我们握手告辞，"必须马上就去钉袋酒馆，华生。"刚钻进马车，福尔摩斯就说，"一秒钟也不能耽搁。"

"你真的认为……"

"那个叫丹尼尔的男孩，把他不肯告诉教师的事情告诉了我们，只因为他知道我们是谁，认为我们能救他的朋友。华生，只有这一次，我是凭直觉而不是智慧行事。我不明白，为什么我感到这样的惊惶不安？车夫，扬起鞭子来，送我们去车站！上帝保佑，但愿我们还不算太晚。"

第七章
丝之屋

如果不是伦敦有两家酒馆都叫"钉袋"这个名字，事情的结果就会完全不同。我们知道西尔狄区中心有一家，认为那大概是身无分文的街头流浪儿的姐姐打工的地方，便直接去了那里。那是街角一个脏兮兮、不起眼的酒馆，木头缝里散发出馊啤酒和香烟的臭味儿，老板倒是很热情，在一条布满污垢的围裙上擦着一双大手，注视着我们朝吧台走去。

"没有叫萨利的人在这里打工。"我们说明来意后，他说，"以前也没有。两位先生，你们怎么以为会在这里找到她呢？"

"我们在找她的弟弟，一个叫罗斯的小男孩。"

他摇摇头，说："我也不认识什么罗斯。你们肯定没有找错地方吗？我知道朗伯斯区还有一家'钉袋酒馆'。也许你们应该到那里去碰碰运气。"

我们立刻出门回到街上，很快就乘坐一辆双轮双座马车横穿伦敦，当时天色已晚，赶到朗伯斯区南部时，夜幕已经降临。第二家钉袋酒馆比第一家看着要舒服些，然而老板却不如第一家的热情。他是一个胡子拉碴、脾气暴躁的家伙，一个带伤的鼻子歪斜在脸上，跟他气呼呼的表情正好相配。

"萨利？"他问道，"是哪个萨利呀？"

"我们不知道她姓什么。"福尔摩斯回答道，"只知道她有个弟弟，叫罗斯。"

"萨利·迪克森？你们要找的就是那个女孩？她有个弟弟。你们可以在房子后面找到她，但必须先说清楚找她做什么。"

"我们只想跟她谈谈。"福尔摩斯回答。我又一次感觉到他内心紧张焦灼的情绪，那种推动他调查每个案子的不懈的精力和渴望。当各种环境令人灰心沮丧时，没有哪个男人比他的感受更为强烈。他把几枚硬币放在吧台上，说："这是对占用您和她的时间所做的补偿。"

"不用不用。"老板回答着，但还是把钱收下了，"好吧。她就在院子里。但我担心你们从她那里恐怕得不到什么消息。她不是一个爱说话的姑娘，我雇一个哑巴或许能比她好相处一点儿。"

酒馆后面有个院子，刚下过雨，地面的石头还湿着，闪闪发光。院子里堆满各种各样的废品，五花八门的东西在院墙边堆积如山，我忍不住纳闷它们都是从哪儿来的。我看见一架破钢琴，一个儿童木马，一只鸟笼，几辆自行车，还有一些破桌子破椅子……各种家具，没有一件是完整的。这边是一堆破板条箱，那边是几只运煤的旧麻袋，天知道里面装着什么东西。此外还有碎玻璃，大量的纸片，扭曲的金属垃圾。而在这一堆大杂烩中间，有一个大约十六岁的女孩，光着双脚，穿着在这天气里过于单薄的衣衫。她正在清扫那点有限的空地，也不知这么做还有什么意义。我看出她跟她弟弟长得很像。浅黄色的头发，蓝色的眼睛，如果不是沦落到这种境地，应该说是一个漂

82

亮姑娘。然而，从她轮廓鲜明的颧骨，骨瘦如柴的手臂，以及双手和面颊上的污垢，都能看出贫穷和苦难的摧残。当她抬起头来时，脸上表现出的只有怀疑和蔑视。只有十六岁！她有着怎样的身世，使她流落到了这里？

我们站在她面前。但她继续扫地，根本不理睬我们。

"迪克森小姐吗？"福尔摩斯问。扫帚来回扫动，节奏丝毫没有打乱。"萨利？"

她停下来，慢慢抬起了头，打量着我们，说："什么事？"我看见她的双手紧紧捏住扫帚的把，似乎攥住了一件武器。

"我们不想吓着你。"福尔摩斯说，"也并不打算伤害你。"

"你们想要什么？"她的眼神很凶。我们俩都没有站得离她很近。我们几乎没有这个勇气。

"我们想跟你的弟弟罗斯谈谈。"

她的双手攥得更紧了，问："你们是谁？"

"我们是他的朋友。"

"你们是'丝之屋'的吗？罗斯不在这儿。他从来都不来这儿——你们不会找到他的。"

"我们是想帮助他。"

"你们当然会这么说了！好吧，我告诉你们，他不在这儿。你们俩可以走了！你们让我恶心。走，从哪儿来的滚回哪儿去。"

福尔摩斯看了我一眼，我希望自己能派上用场，就朝女孩跨了一步。我以为自己能够说服她，没想到却犯了一个可怕的错误。我至今仍不清楚到底是怎么回事。我只看见扫帚落下，福尔摩斯失声尖叫。然后女孩似乎在击打我面前的空气，我随即感到一道炽热的白光划过我的胸膛。我踉跄后退，用手按住大衣的前襟。我低头一看，鲜血从指缝间流淌下来。震惊之下，我过了一会儿才意识到我被刺了，也许是一把刀，也许是一块碎玻璃。那一刻，女孩站在我面前，根本不是一个孩子，而是一只气势汹汹的野兽，眼睛里喷着火，嘴唇紧抿，露出凶恶而扭曲的表情。福尔摩斯冲到我身边。"我亲爱的华生！"接着我身后传来了什么动静。

"这里是怎么回事？"老板出现了。女孩发出一声低沉的喉音，一转身，穿过一道狭窄的门洞，奔到外面的大街上。

我疼痛难忍，但已经知道伤得并不严重。厚实的大衣和大衣里面的短上衣保护了我。利器没有刺到要害，伤势较轻。我可以晚上消毒包扎。现在回想起来，我记得十年之后还有一次，在和歇洛克·福尔摩斯一起调查时受了伤。说来奇怪，我对这两次袭击我的人几乎存有一种感激之情，因为他们证明了我强壮的体魄对这位大侦探还是聊有帮助，而且证明了福尔摩斯不像有时假装的那样对我冷淡无情。

"华生？"

"没什么，福尔摩斯。皮肉擦伤。"

"出什么事了？"老板问道。他盯着我血迹斑斑的双手。"您对她做了什么？"

"您应该问她对我做了什么。"我小声说道。当时我虽然震惊，却无法对这个贫苦的、营养不良的孩子产生怨恨。她是出于恐惧和茫然才对我下手，其实并不想伤害我。

"女孩受了惊吓。"福尔摩斯说，"你真的没有受伤吗，华生？

到屋里去吧。你需要坐下来。"

"不用了，福尔摩斯。你放心吧，没有表面上看起来的那么严重。"

"真是谢天谢地。我们必须马上叫一辆马车。老板，我们来找的是那个女孩的弟弟，他十三岁，也是浅黄色头发，比他姐姐矮，营养稍微充足一些。"

"你说的是罗斯？"

"你认识他？"

"我告诉过你们的。他跟他姐姐一起在这里干活。你们应该一开始就打听他的。"

"他还在这儿吗？"

"不在了。他是几天前来的，需要一个遮风挡雨的住处。我告诉他，可以跟他姐姐一起住在厨房里，作为干活的报酬。萨利在楼梯底下有一个房间，罗斯就跟她住在一起。可是这男孩成事不足败事有余，要干活的时候从来找不到他。我不知道他整天忙些什么。我可以告诉你们，他脑子里肯定在盘算什么鬼点子。就在你们到来之前，他匆匆跑了出去。"

"您知道他去了哪里吗？"

"不知道。女孩可能会告诉你们。可是这会儿她也跑了。"

"我必须照料我的朋友。记住，不管他们俩有谁回来，您都务必尽快送信到贝克街221B号我的住所。这些钱是给您的辛苦费。走吧，华生。靠在我身上。我好像听见马车过来的声音……"

于是，那天的冒险经历结束的时候，我们俩坐在火边，我喝着一杯恢复体力的白兰地加苏打水。福尔摩斯一刻不停地抽烟。我花了一会儿工夫思索我们怎么会走到了这一步，我觉得似乎距离我们最初想要追逐的目标已经偏移了很远。我们原本追查的是那个戴着低顶圆帽的男人，或那个杀死他的凶手的身份。他到底是不是罗斯在奥德摩尔夫人的私人旅馆外面看见的那个人？如果是，男孩是怎么认出他来的呢？不知怎的，那次偶然的遭遇使罗斯相信能给自己弄到一笔钱，从那以后，他就消失得无影无踪。他肯定把他的一些打算告诉过他姐姐，因为他姐姐为他感到害怕。看那情形，他姐姐好像知道我们会去。不然她身上为什么带着武器？还有她说的那些话，"你们是'丝之屋'的吗？"我们回来以后，福尔摩斯查了他的索引卡片，和摆在架上子上的各种百科全书，仍然弄不懂她那句话的意思。我们没有再谈论这件事。我已经精疲力竭，并且看出我的朋友沉浸在他自己的思绪中。我们只能耐下心来等待，看第二天会有什么结果。

结果是来了一位警官，我们刚吃过早饭，他就来敲门。

"雷斯垂德调查官向您致以问候，先生。他在南华克桥，如果您能去的话，他将不胜感激。"

"什么事情，警官？"

"谋杀案，先生。非常凶残。"

我们穿上大衣，立刻出发，叫了一辆出租车驶过南华克桥，穿过从齐普赛街横跨泰晤士河的三道宏伟的铸铁拱门。雷斯垂德在南岸等我们，他和一群警察一起站在那里，围着什么东西，从远处看像是一小堆被丢弃的破布。阳光灿烂，但天气依然寒冷刺骨，泰晤士河从来没有像此刻这样严酷，灰色的水浪单调地拍打着河岸。街道一侧有螺旋形的灰色金属楼梯蜿蜒而下。我们来到下面的河岸，在泥泞和沙砾上行走。水位处于低潮，河水似乎往后退缩了一些，好像是对这里发生的事情感到厌恶。不远处有一个汽船码头伸向河面，几个乘客在等船，搓着双手，嘴里的哈气在空气中凝成白雾。他们似乎跟我们面前的这番场景完全脱离。他们属于有生命的世界，而这里却只有死亡。

"他是你们要找的人吗？"雷斯垂德问，"旅馆的那个男孩？"

福尔摩斯点点头。也许他没有勇气让自己开口说话。

男孩遭到过严酷的毒打。他的肋骨、胳膊、腿、每一根手指，都被打断。看着这些惨不忍睹的创伤，我立刻知道它们是被逐一地、从容有序地造成的。对罗斯来说，死亡是一场极为漫长的痛苦旅程。最后，他的喉咙被残忍地切开，脑袋几乎与脖子分家。我以前见过尸体，不论是和福尔摩斯一起，还是我当军医的时候，从没见过这样令人发指的事情。一个人竟然能对十三岁的男孩下这样的毒手，我觉得真是匪夷所思。

"手段很残忍。"雷斯垂德说，"关于这个男孩，您有什么可以告诉我的，福尔摩斯？他是您的雇员吗？"

"他名叫罗斯·迪克森。"福尔摩斯回答，"我对他了解不多，调查官。您可以去问问汉姆沃斯的乔利·格兰杰男生学校，但他们恐怕也不能提供更多的情况。他是个孤儿，有个姐姐不久前还在朗伯斯的钉袋酒馆打工。您也许能在那里找到她。尸体检查过没有？"

"检查过了。口袋里是空的。可是有一件东西很蹊跷，你们应该看看，天知道这意味着什么。它让我感到恶心——我只能告诉您这么多。"

雷斯垂德点点头。一个警察蹲下身，抓起一只支离破碎的小胳膊。衬衫的袖子滑落下去，露出一根白色的丝带，系在男孩的手腕上。"丝带是新的。"雷斯垂德说，"看样子还是上好的丝绸。看——没有沾上血迹或泰晤士河里的任何垃圾。因此我断定，它是在男孩被杀害后系上去的，作为某种标志。"

"是'丝之屋'！"我突然喊了起来。

"那是什么？"

"您知道吗，雷斯垂德？"福尔摩斯问，"您知道这意味着什么吗？"

"不知道。'丝之屋'？是一家工厂吗？我从没听说过。"

"我听说过。"福尔摩斯凝神望着远处，眼睛里充满了恐惧和自责。"白色的丝带，华生！我曾经见过。"他转向雷斯垂德说，"谢谢您把我叫来，告诉我这件事。"

"我本来指望您会给我们一些启发。说到底，这可能是您的过错。"

"过错？"福尔摩斯似乎被蜇了一下，猛地转过身。

"我警告过您不要跟这些孩子混在一起。您雇佣了这个男孩。派他去追踪一个知名的凶手。我认为您说得有道理，他可能有自己的想法，这些想法可能会给他带来灭顶之灾。然而，这就是结果。"

我不知道雷斯垂德是不是故意刺激福尔摩斯，但他的话对福尔摩斯所产生的影响，我在返回贝克街的路上都看在了眼里。福尔摩斯缩在马车的角落里，几乎一直没有说话，并且躲避着我的目光。他的皮肤似乎紧绷在颧骨上，脸色比任何时候都显得更加憔悴，似乎染上了某种致命的疾病。我没有试图跟他说话，知道他不需要我的安慰。我只在一旁注视，等待着他用卓越的智慧来应对命运的可怕转折。

"也许雷斯垂德说的是对的。"他最后说道，"确实，调集我的贝克街侦探小队是草率的，欠考虑的。我觉得让他们在我面前排起队来，给他们一两个先令，是件挺有趣的事，但我从未真的把他们置于危险的境地，华生。这你是知道的。然而我被指责为浅薄浮躁，我必须承认自己有罪。维金斯、罗斯和其他男孩子在我眼里什么都不是，正如这个把他们丢弃街头的社会也不把他们当人。我从未想过我的行为会导致这样可怕的后果。不要打断我！如果是你的或我的儿子，我会让他在黑夜里独自一人站在一家旅馆外面吗？所发生事情的内在逻辑是不容忽视的。那孩子看见了凶手走进旅馆。我们都看见了他为此感到多么恐惧。尽管如此，他仍然觉得可以利用这件事为自己捞到好处。他这么去做了，却死于非命。因此，我认为自己负有不可推卸的责任。

"然而！'丝之屋'在这个谜里起了什么作用，我们怎么理解男孩手腕上的这一截丝带呢？这是问题的关键，我又一次觉得自己应该受到责备。我得到过提醒！这是事实。真的，华生，我有很多次问自己是不是应该放弃这个职业，到别处去碰碰运气。有几篇专题论文是我一直想写的。我还幻想着去养蜜蜂。说实在的，根据我对这个案子迄今为止的调查成就，我根本不配被称为侦探。一个孩子死了。你看见了他们是怎么对待他的。这叫我有什么脸面继续活下去？"

"我亲爱的朋友……"

"什么也别说，我必须给你看一件东西。我预先得到过警告，本来是可以防止……"

我们回到住所。福尔摩斯一头钻进房门，一步两个台阶地上了楼。我慢慢地跟在他身后——我虽然什么也没有说，但前一天所受的伤比当时疼得厉害多了。我走进客厅，看见他探着身子，手里抓着一个信封。这也是我这位朋友的许多奇异禀赋之一，虽然他周围的环境特别凌乱，甚至混乱，到处堆满了信函和文件，但他总能不假思索地找到他所要的东西。"在这里！"他大声说，"从信封上看不出什么。信封正面写着我的名字，但没有地址。是专门派人送来的。写信的人没有刻意掩饰自己的笔迹，下次我肯定能辨认出来。你会注意到'Holmes'里的'e'是希腊体。我不会轻易忘记这个不同寻常的花饰字母。"

"信封里是什么呢？"我问。

"你自己看吧。"福尔摩斯回答，把信封递给了我。

我打开信封，带着一种无法抑制的战栗，抽出一截短短的白色丝带。"这是什么意思呢，福尔摩斯？"我问。

"我收到时也问过自己同样的问题。现在回头想想，这似乎是一种警告。"

"是什么时候送来的？"

"七个星期前。当时我在调查一个奇异的案子，跟一个名叫杰贝兹·威尔逊先生的当铺老板有关，他曾应邀参加——"

"——红发会！"我插言道，我清楚地记得那个案子，并且有幸目睹了它的结案。

"一点儿不错。如果真的存在需要花费三斗烟的工夫来思考的难题，那就是一个。所以，这封信送来时，我的心思在另外的地方。我看了信封里的东西，试着解出其中的含意，但是脑子被别的事情占据，就把它放到一边，忘记了。现在，你也看到了，它又回来纠缠我了。"

"然而，是谁把它送给你的？又是出于什么目的呢？"

"我不知道。为了那个被谋害的孩子，我一定要弄个水落石出。"福尔摩斯伸手拿过我手里的丝带，把它绕在他自己瘦骨嶙峋的手指上，举在面前，仔细端详，如同在端详一条毒蛇。"如果这是对我的一种挑战，那么我现在接受挑战。"他说。他用拳头攥紧白色丝带，击了一下空气。"告诉你吧，华生，我一定要让他们后悔把这个东西寄给我。"

第八章
一只渡鸦和两把钥匙

那天晚上萨利没有回到她打工的地方，第二天早上也没有。这并不令人感到意外，她刺伤了我，肯定害怕承担后果。而且，她弟弟的死讯已经见报，虽然没有提及死者姓名，但萨利很可能知道在南华克桥下被发现的就是罗斯。那时候的事情就是这样，特别是在伦敦的贫困地区，坏消息像烟雾一样扩散，钻进每个拥挤的房间，每个肮脏的地下室，柔软而顽强，给它碰到的一切都抹上污垢。钉袋酒馆的老板知道罗斯死了——雷斯垂德已经找过他。因此，他看见我们时，表现得比前一天更不高兴。

"你们制造的麻烦还不够多吗？"他问道，"那个女孩也许没有什么大本事，但她有一双勤快的手，我真舍不得失去她。而且酒馆扯上了官司，对生意也没好处！真希望你们俩压根儿就没来过。"

"带来麻烦的不是我们，哈德卡斯尔先生。"福尔摩斯回答，他已经看见了门上酒馆老板的名字——埃弗雷·哈德卡斯尔。"麻烦已经在这里了，我们只是跟踪而来。看样子，您是男孩活着时见到的最后一个人。他离开之前什么话也没跟您说吗？"

"凭什么他要跟我说话，或者我要跟他说话？"

"可是您说他脑子里在盘算什么鬼主意。"

"那我可不知道。"

"他是被折磨致死的，哈德卡斯尔先生，一次折断一根骨头。我发誓一定要找到凶手，将他绳之以法。如果您不肯提供帮助，我就做不到这点。"

酒店老板慢慢点点头，再次开口时，语气变得比较慎重了："好吧。男孩是三天前的晚上出现的，说是跟他的邻居闹翻了，需要一张小床过夜，等麻烦解决了再说。萨利来征求我的意见，我同意了。为什么不呢？你们见过我的院子。里面有堆积如山的垃圾需要清理，我以为他能帮上点忙。他第一天倒是干了点活儿，可是下午就跑出去了，回来以后，我看见他一副得意洋洋的样子。"

"当时他姐姐知道他在做什么吗？"

"大概知道，但什么也没告诉我。"

"请继续说下去。"

"没什么可补充的了，福尔摩斯先生。我后来只见过他一次，就是在你们来的几分钟前。我正在搬酒桶，他走进酒馆，问我几点钟了，这只能说明他的愚昧无知，其实从马路对面的教堂就能看得一清二楚。"

"这么说，他是跟人约好了要去见面。"

"可能是这样。"

"这是毫无疑问的。像罗斯这样一个孩子，若不是有人要求他在某个时间出现在某个地点，他需要知道时间做什么呢？您说他跟他姐姐在这里住了三晚。"

"他跟他姐姐住一个屋。"

"我想看一看他们的房间。"

"警察已经去过。他们搜查了一番，什么也没发现。"

"我不是警察。"福尔摩斯把几个先令放在吧台上说，"给您添麻烦了。"

"好吧。这次我就不收您的钱了。您是在追捕一个恶魔，只要您说到做到，保证不让他再来祸害别人，就足够了。"

他领我们绕到房子后面，顺着酒吧和厨房之间的一条狭窄过道往前走。一道楼梯通向下面的地窖。老板点亮一根蜡烛，带着我们走到地窖下面的一个阴森森的小房间。这里逼仄狭窄，没有窗户，木地板上没铺地毯。萨利在漫长一天的辛苦劳作之后，便来到这里，躺在地板上的一个床垫子上，盖一条薄毯睡觉。这张凑合的床垫中央有两样东西，一把刀子，一个洋娃娃，肯定是她从某个垃圾堆里捡回来的。看着洋娃娃破碎的肢体和苍白的面庞，我忍不住想到萨利的弟弟，他也是这样被人随意地丢弃。墙角放着一把椅子和一张小桌，桌上竖着一根蜡烛。警察不需要花费多少时间搜查这里。除了洋娃娃和刀子，萨利没有别的财物，她所拥有的只有她的名字。

福尔摩斯的目光在房间里扫视。"为什么有刀子呢？"他喃喃地说。

"为了保护自己。"我说。

"她用来保护自己的武器是随身带着的，你比任何人都更清楚。她肯定已经带走了。这第二把刀几乎是钝的。"

"而且是从厨房里偷的！"哈德卡斯尔嘟囔道。

"我认为这根蜡烛有点意思。"福尔摩斯指的是桌上那根熄灭的蜡烛。他拿起来，然后俯下身去，开始在地板上移动。我过了一会儿才意识到他在追踪一滴滴蜡泪的痕迹,那是肉眼几乎看不见的。而他很明显是一眼就看见了。蜡泪把他引到离床最远的墙角。"她把蜡烛拿到这个角落……又是为什么呢?除非……华生,请把刀子拿过来。"我把刀子递给他,他把刀刃插进地板间的一道缝隙。一块木板是松动的,他用刀子把它撬开,伸手进去掏出一个手帕包。"哈德卡斯尔先生,劳驾您……"

酒馆老板拿来他手中那根点亮的蜡烛。福尔摩斯展开手帕,就着跳动的烛光,我们看见里面有几枚硬币——三个法新®,两个二先令银币,一个克朗®,一个沙弗林®,五个先令。对于两个赤贫的孩子来说,这确实是一笔巨大的财富。可是这些钱属于他们俩中的哪一个呢?

"这是罗斯的。"福尔摩斯似乎读出了我脑子里的想法,说道,"这个沙弗林是我给他的。"

"我亲爱的福尔摩斯!你怎么能肯定这是同一个沙弗林呢?"

福尔摩斯把那个沙弗林凑近烛光。"日期是一样的。你再看看上面的图案。圣乔治骑在马上,但他腿上有一道裂痕。我递给罗斯时就注意到了。这是罗斯在贝克街侦探小队那里挣到的那个几尼的一部分。可是其余的钱是哪来的呢?"

"是从他叔叔那儿弄来的。"哈德卡斯尔低声说。福尔摩斯转向他。他接着说,"罗斯上这里来要求投宿的时候,说他可以付房钱。我嘲笑他,他说他叔叔给了他一些钱。但我不相信,说他可以在院子里干活儿抵房费。如果我知道这男孩有这么多钱,就给他在楼上找个像样的房间了。"

"事情有了眉目。现在可以说得通了。男孩决定利用他在奥德

95

摩尔夫人旅馆收集到的情报。他立刻出去，见到某人，提出自己的要求。他应约跟某人见面……在特定的时间，特定的地点。他就是在那次见面时惨遭杀害。但他至少采取了一些预防措施，把他所有的钱都留给了姐姐。他姐姐把钱藏在了地板下面。结果我和你把那姑娘赶走了，华生。她知道不能回来把钱取走，心里该是多么痛苦啊。哈德卡斯尔先生，我还有一个问题要问您，然后我们就离开这里。萨利没有提到过'丝之屋'？"

"'丝之屋'？没有，福尔摩斯先生。我从没听说过。这些钱币怎么处理呢？"

"留着吧。女孩失去了弟弟，失去了一切。也许有一天她会回来，需要帮助，您至少能把这些钱还给她。"

从钉袋酒馆出来，我们顺着泰晤士河返回伯蒙齐。我猜想福尔摩斯打算再去一次那家旅馆。我把心中的想法说了出来。"不去旅馆，华生。"他说，"但是离旅馆不远。我们必须找到男孩那些钱是从哪儿来的。那也许才是他被害的根本原因。"

"是从他的叔叔那儿弄来的。"我说，"但如果他的父母都死了，我们怎么找到他另外的亲戚呢？"

福尔摩斯大笑起来："你真让我感到吃惊，华生。你真的对伦敦至少半数人口的语言这样陌生吗？每个星期，成千上万的苦力和流动工人都要去拜访他们的'叔叔'，他们指的是当铺老板。罗斯是在那里获得了他的不义之财。只有一个问题——他是卖了什么才得到那些银币和先令的呢？"

"而且，是在哪儿卖的呢？"我补充道，"光是伦敦的这个地区，就有好几百家当铺呢。"

"这是毫无疑问的。但是另一方面，你还记得维金斯从一家当铺跟踪我们那位神秘刺客到了旅馆，并提到罗斯本人也经常在那里出入。也许在那儿就能找到他的'叔叔'。"

　　当铺是一个多么破败、多么令人绝望的地方啊！布满污垢的窗户里展现出生活的每个阶层、每个行当、每个领域。许多零碎物品像蝴蝶一样钉在玻璃后面。头顶上有个木头招牌，挂在生锈的链条上，蓝底子上画着三只红色的圆球。微风吹来，招牌纹丝不动，似乎在申明这里的一切都不会动，一旦主人失去了他们的财物，就永远不会再看见它们。下面的通告写着："典当金质餐具、珠宝、衣物及各种财物。"确实如此，即使阿拉丁在山洞里也不可能碰到这么一大堆宝藏。石榴石胸针、银表、瓷杯、花瓶、笔筒、茶匙，图书，甚至还有发条士兵、剥制的鸟标本这样稀奇古怪的东西，都在架子上抢夺地盘。各种亚麻方布悬垂在架子边缘，从小手帕到桌布，以及鲜艳的绣花床单，应有尽有。整整一套棋子，守卫着摆放戒指、手镯的绿色台面。什么样的工人，为了周末换得一点儿啤酒和香肠，舍弃了自己的凿子和锯子？什么样的姑娘，因为父母无法弄到餐桌上的食物，牺牲了她的周日礼服？这扇窗户不仅展示了人类的堕落，而且就像是一种庆典。也许，罗斯确实是到这里来过。

　　我在伦敦西区见过一些当铺老板，知道他们习惯于提供一个侧门，让顾客偷偷进入，不被别人看见。但这里不是这样，因为住在桥巷周围的人们没有这样的顾虑。当铺只有一扇开着的大门。我跟着福尔摩斯走进昏暗的屋内。一个人独自坐在板凳上，一只手里托着一本书在看；另一只手放在柜台上，手指慢慢地往里弯曲，似乎在转动手心里一个无形的东西。这是一个身材修长、五官精致的男人，年约五十，瘦瘦的脸，穿着纽扣一直扣到颈部的衬衫和一件马甲，戴着一条围巾。他举手投足间透着一种整洁和一丝不苟，使我想起了钟表匠。

"先生们，有什么需要我帮忙的吗？"他问，眼睛几乎没有离开书页。但他肯定在我们进来时仔细审视过了，只听他接着说道，"看样子你们是有公务在身。是警察局的吗？如果那样，我可帮不了你们。我对我的顾客一无所知。我的惯例是什么都不问。如果你们有东西想留在我这儿，我会出一个好价钱。不然我就只能祝你们今天过得愉快了。"

"我的名字是歇洛克·福尔摩斯。"

"那个大侦探？不胜荣幸。是什么风把您吹到这儿来了，福尔摩斯先生？也许是跟一条金项链有关？上面还镶着蓝宝石，是个漂亮的小玩意儿。我为它付了五个英镑呢，警察又把它拿回去了，结果我什么也没捞到。五个英镑啊，如果没被赎回去，我一转手就能赚两倍。那么你们想要什么呢？我们都走在毁灭的道路上，而有些人已是遥遥领先了。"

我知道至少有一点他没说实话。不管卡斯泰尔先生的项链值多少钱，他肯定只会给罗斯几个便士。也许，我们找到的那几个法新就是从这里得到的。

"我们对那串项链没有兴趣。"福尔摩斯说，"对把项链拿到这里来的那个人也没兴趣。"

"那就好，因为把项链拿到这里来的是个美国人，已经死了，至少警察是这么告诉我的。"

"我们感兴趣的是您的另一位顾客。一个名叫罗斯的小男孩。"

"我听说罗斯也离开了尘世。牌运不佳啊，在这么短的时间里失去了两只鸽子，是不是？"

"您付钱给了罗斯，就在最近。"

"谁告诉您的？"

"您要否认这个事实吗？"

"我不想否认，也不想承认。我只是说我很忙，巴不得你们赶紧离开。"

"您叫什么名字？"

"拉塞尔·约翰逊。"

"很好，约翰逊先生。我对您有一个建议。不管罗斯拿给你什么，我都要买下，并且给您一个很好的价钱，但条件是你必须遵守游戏规则。我知道您的底细，约翰逊先生，如果您想跟我玩猫腻，我会一眼识破，带着警察回来，拿走我想要的东西。您会发现自己竹篮打水一场空。"

约翰逊露出了微笑，但我觉得他脸上写满了忧郁。他说："您对我一无所知，福尔摩斯先生。"

"是吗？我认为您是在一个富裕的家庭长大，受过良好教育。您起初有可能成为一个成功的钢琴演奏家，这也是您的抱负所在。您的沉沦是由于对某种东西上瘾，或许是赌博成瘾，很可能是掷骰赌博。今年早些时候您因为接收赃物而蹲过监狱，并且狱卒认为您不服管教。您被判至少三个月牢狱，在十月份获释，此后一直生意兴隆。"

约翰逊这才开始对福尔摩斯不敢小觑。"这些都是谁告诉您的？"

"用不着谁告诉，约翰逊先生。这都是明摆着的事。好了，对不起，我必须再问您一遍，罗斯给您拿来了什么？"

约翰逊思忖了一会儿，慢慢点点头说："我见过这个叫罗斯的男孩，就在两个月前。"他说，"他是刚来伦敦的，住在国王十字区，是另外两个街头流浪儿把他带来的。我对他印象不深，只记得他似乎比别人穿得好些，营养也充足些。还记得他拿来一块男士怀表，肯定是偷来的。之后他又来过几次，但再也没拿来那么好的东西。"约翰逊走到一个柜子前，翻找了一会儿，拿出一块带链子的、装在金壳里的怀表。"就是这块表。我只给了男孩五先令，其实它至少值十个英镑。您就按我付的价钱把它拿走吧。"

"那您需要什么回报？"

"请您必须跟我说说您是怎么知道我这么多事情的。您是个侦探，我知道，但我不相信仅凭这一次短短的见面，您就能搜罗出这么多的情报。"

"其实非常简单，等我解释给您听了，您就会发现自己做了一笔亏本的买卖。"

"可是如果您不告诉我，我就永远也睡不着觉了。"

"好吧，约翰逊先生。您的受教育程度可以从你的谈吐举止清楚地看出来。我们进来时，我注意到您在读一本未经翻译的福楼拜致乔治·桑的书信。只有富裕的家庭才能让孩子打下如此扎实的法语功底。我看出您长时间地练习钢琴，因为钢琴家的手指是很容易识别的。您沦落到这个地方来做买卖，说明在生活中遭遇变故，迅速失去了财产和地位。有可能发生的事情也就那几样：酗酒，吸毒，投资不善。但是您提到牌运不佳，还把顾客称为鸽子，这个名字是用来称呼那些刚入门的赌徒的，所以我一下子就想到了那个领域。我注意到您有一个神经质的习惯。您那样转动你的手指——让人联想到赌桌。"

"那么判刑的事呢？"

"您剃的那种头，我相信是叫犯人头，是监狱里的发型，不过头发已经又长了大约八个星期，这就说明您是九月份被释放的。您皮肤的颜色也证实了这一点。上个月天气特别温暖，阳光灿烂，显然你当时已经获得自由。您两个手腕上的痕迹告诉我，您在监狱里戴着手铐，并且还拼命挣扎着想摆脱它们。对于一个当铺老板来说，接收赃物是最显而易见的罪状。再看这家店铺，从窗台上那些被太阳晒得退色的图书，以及架子上厚厚的灰尘，都能立即推断出您有很长一段时间没在这里。与此同时，我还注意到许多东西——这块怀表也是其中之一——它并没有沾上灰尘。这说明它是最近刚进的货，说明您的生意兴隆。"

约翰逊把奖品递了过来。"谢谢您，福尔摩斯先生。"他说，"您每一点都说得很对。我来自苏塞克斯一个良好的家庭，确实希望自己能成为一个钢琴家。后来事与愿违，进入了法律界，本来倒是可以做得很成功，但我觉得这一行实在是枯燥乏味。一天晚上，一个朋友介绍我去了夏洛特街的法德俱乐部。您恐怕不知道那个地方。那里根本没有什么法国人或德国人，实际上是一个犹太人开的。唉，我一看见它——带小隔栅的没有标牌的门，油漆覆盖的窗户，通往上面灯火通明房间的黑暗的楼梯——我就完了。这里有着我生活中极度欠缺的兴奋和刺激。我交了两英镑六便士的会费，就有人介绍我去玩巴卡拉纸牌，轮盘赌，是的，还有掷骰子。我白天没精打采地熬时间，只盼着去投奔夜晚的诱惑。突然我周围都是五光十色的新朋友，一个个都对我笑脸相迎，当然啦，他们都是托儿，是庄家花钱雇来引诱我上钩的。我有时候赢，更多的时候输。今晚输五镑，明晚输十镑。还需要我继续往下说吗？由于工作变得草率马虎，我被解雇了。我用最后的一点积蓄给自己开了这份买卖。我心想，有了一个新的行当，不管多么破落和低贱，我就会感到充实，没有心思去想别的了。结果根本不是！我还是每天晚上都到那儿去赌博，完全控制不了自己。谁知道后来会是个什么下场？我没有脸去想，如果父母看见我这样会说什么，幸好他们都已经过世。我没有妻子和孩子。要说有什么聊以自慰的，就是这个世界上没有人关心我，我也就没有理由为自己感到羞愧。"

福尔摩斯把钱付给他，我们一起返回贝克街。然而，如果以为这一天的辛苦到此结束，那就大错特错了。福尔摩斯在出租车里仔细端详那块怀表。这表很漂亮，是日内瓦杜桑公司制造的一款精巧的打簧表，白色珐琅表面，金质表壳。除此之外没有别的名字或铭文，但他在表的背面发现了一个刻上去的图案：一只鸟栖在两把交叉的钥匙上。

"家族的饰章？"我问。

"华生，你真是才华横溢。"他回答，"我正是这样认为的。但愿我的百科全书能给我们更多的启发。"

果然，百科全书上显示一只渡鸦和两把钥匙是拉文肖家族的饰章。那是英国最古老的家族之一，在格洛斯特郡的科尔恩·圣阿尔德温村外有一处庄园。拉文肖勋爵曾是现内阁一位出色的外交部长，最近刚刚去世，享年八十二岁。唯一的继承人是他的儿子，尊敬的亚历克·拉文肖，他继承了父亲的头衔和家族产业。福尔摩斯竟然坚持立刻离开伦敦，这让我多少有点沮丧。但我太熟悉他了，特别是他性格中那种显著的焦虑不安。我没有试图争辩，也没有想过独自留在家里。现在想想，我作为一个传记作家的那份勤勉刻苦，其实也跟他追踪调查各种案子时一样。也许正因为这点，我们才相处得如此融洽。

我只来得及收拾了几件过夜用的东西。太阳落山时，我们坐在一家舒适的小客栈里，吃羊腿蘸薄荷酱，喝一品脱很醇美的红葡萄酒。我已经忘记吃饭时谈了些什么。福尔摩斯询问我诊所的事，我好像向他讲述了梅奇尼科夫①在细胞理论方面的一些有趣的研究成果。福尔摩斯一向对医学或科学方面的事情怀有浓厚的兴趣，但是正如我在别的地方讲过的，他很警惕地不让自己的脑海里塞满在他看来没有实际价值的信息。如果有谁想跟他谈论政治或哲学，那可得多加小心，一个十岁的孩子都比他知道得多。关于那个夜晚，我只有一点可说：我们丝毫没有讨论手头的案情。当时的气氛是我们俩经常享受的那种快乐祥和，但我看得出来，这是刻意而为的。他的内心仍然焦躁不安。罗斯的死折磨着他，不让他有片刻的安宁。

福尔摩斯在吃早饭前，就把他的名片送到拉文肖府上，请求接见。答复很快就来了。新的拉文肖勋爵有事务要处理，但很愿意在十点钟见到我们。我们到那儿时，当地的教堂正好敲响十点钟。我们顺着车道，朝那座伊利莎白女王一世时期风格的美丽庄园走去。庄园是用科茨沃尔德丘陵的石头建造的，周围是闪烁着点点晨霜的草坪。我们的朋友，那一只渡鸦栖在两把钥匙上的图案，出现在大门边的石墙上以及前门上方的门楣上。我们是从小客栈步行过来的，距离不远，走得很愉快。靠近庄园时，发现门外停着一辆马车，一个男人匆匆地从房子里出来，爬上马车，迅速把门关上了。车夫挥鞭策马，马车辘辘地顺着车道与我们擦身而过，一眨眼的工夫就不见了。但我已经认出了那个人。"福尔摩斯，"我说，"那个人我们认识！"

"确实如此，华生。是托比亚斯·芬奇，对吗？阿比马尔街卡斯泰尔和芬奇画廊的那位年长的合伙人。非常奇怪的巧合，你认为呢？"

"确实显得十分蹊跷。"

"也许我们应该比较审慎地看待这个问题。如果拉文肖勋爵认为有必要卖掉他的几件传家宝——"

"他可能是在买东西。"

"也有这种可能。"

我们摁响门铃。一位男仆前来应门，他领我们穿过大厅，走进一间特别富丽堂皇的客厅。一部分墙面镶着木板，上面挂着家族成员的肖像。这里的天花板高得出奇，似乎能让任何一位来访者都不敢高声说话，生怕会产生回音。窗户上有竖框，窗外能看见一片玫瑰园和远处的一个鹿苑。硕大的石头壁炉周围放着一些椅子和沙发——那只渡鸦又出现了，刻在横梁上——壁炉里劈劈啪啪地燃烧着木头。拉文肖勋爵站在那里烘烤双手。我对他的第一印象并不很好。他一头银发梳在脑后，红润的脸膛毫无魅力。他的眼睛明显向外突出，使我想到这恐怕是某种甲状腺疾病的症状。他穿着骑手的上衣和皮靴，胳膊底下夹着一根短鞭。我们还没有作自我介绍，他就似乎已经不耐烦，急于上路了。

"歇洛克·福尔摩斯先生。"他说，"是的，是的。我好像听说过您。是侦探吧？我实在无法想象您的业务怎么会跟我产生关系。"

"我这里有一件东西，我认为可能是属于您的，拉文肖勋爵。"他没有邀请我们坐下。福尔摩斯掏出那块怀表，递给庄园主。

拉文肖接过怀表，在手里掂量了一会儿，似乎不能肯定是不是他的。接着，他慢慢地回忆起来，认出了这块表。他不明白福尔摩斯是怎么找到它的。不过，他很高兴怀表失而复得。他一句话也没说，但是这些表情在他脸上依次出现，我可以猜得八九不离十。"啊，非常感谢您。"他终于开口说道，"我十分喜欢这块怀表。这是我姐姐送给我的。真没想到还会再见到它。"

"我很想知道您是怎么把它弄丢的，拉文肖勋爵？"

"我可以原原本本地告诉您，福尔摩斯先生。这件事是夏天在伦敦发生的，我当时来看一场歌剧。"

"您还记得是几月吗？"

"六月。我刚从马车里出来，一个街头小流浪儿就冲到我身上。他最多也就十二三岁。我当时没有多想，可是在幕间休息时，我想看看时间，才发现被人掏了腰包。"

"这是一块漂亮的怀表，您显然很看重它。您有没有把这件事报告警察？"

"我不理解提这些问题有什么意义，福尔摩斯先生。说实在的，您这样一个大名鼎鼎的人物竟然大老远的从伦敦过来送还这块怀表，真让我感到吃惊。我想，您是希望得到报酬吧？"

"绝对不是。这块表属于一次大范围调查的一部分，我原本希望您能帮上点忙。"

"哦，那我肯定要让您失望了。我不知道更多的情况。而且当时我没有报警，我知道每个街角都有小偷和无赖，不相信警察能有什么办法，何必去浪费他们的时间呢？非常感谢您把表送还给我，福尔摩斯先生。我很愿意支付你们的旅费，并对你们花费的时间提供补偿。但除此之外，恐怕只能祝你们这一天过得愉快了。"

"我还有最后一个问题，拉文肖勋爵。"福尔摩斯镇定自若地说，"我们来的时候，有一个人正从这里离开。不巧的是，我们跟他失之交臂。我认出他是我的一位老朋友，托比亚斯·芬奇先生，不知道我有没有弄错？"

"您的朋友？"正如福尔摩斯所怀疑的，拉文肖勋爵对被人发现自己与画商打交道，感到颇为不快。

"一个熟人。"

"好吧，既然您问起来。没错，确实是他。我不愿意谈论家族的事情，福尔摩斯先生，但是您可能知道，我父亲在艺术方面品位极差，我打算卖出他的至少一部分藏品。我一直在跟伦敦的几家画廊商谈。卡斯泰尔和芬奇是其中最谨慎的。"

"芬奇先生有没有跟您提到过'丝之屋'？"

福尔摩斯提出这个问题之后的沉默，正好跟壁炉里一根木头的爆裂声相吻合，那声音几乎就像一个标点符号。

"您刚才说只问一个问题，福尔摩斯先生。这已经是第二个问题了，我认为已经受够了您的荒谬无礼。你们现在就自行离开呢，还是需要我把仆人叫来？"

"我很高兴见到您，拉文肖勋爵。"

"非常感谢您送回我的表，福尔摩斯先生。"

我巴不得赶紧离开那个房间，觉得自己似乎被囚禁在如此多的财富和特权中间。我们来到小路上。开始朝大门走去时，福尔摩斯轻声地笑了。"嘿，你又有一个谜要解了，华生。"

"他似乎怀有某种特殊的敌意，福尔摩斯。"

"我指的是怀表被偷的事。如果是在六月发生，这件事不可能跟罗斯有关。据我们所知，他那个时候还在乔利·格兰杰男生学校呢。

按照赌棍的说法，怀表是几个星期前，也就是十月份，拿去典当的。这中间的四个月发生了什么事呢？如果是罗斯偷的，他为什么压在手里这么长时间呢？"

　　快要走到大门口时，一只黑色的鸟在我们头顶飞过，不是渡鸦，而是乌鸦。我用视线追随着它，突然有什么东西使我转过身，又看了一眼大厅。只见拉文肖勋爵正站在窗口，注视着我们离开。他双手叉腰，一双鼓鼓的圆眼睛牢牢地盯着我们。我似乎觉得他的脸上充满了仇恨，不过也许是距离太远，我看错了。

第九章
警告

"没有办法，"福尔摩斯焦躁地叹了口气，说道，"我们必须去拜访一下迈克罗夫特。"

我第一次见到迈克罗夫特·福尔摩斯，是他为一位邻居向我们请求帮助。那是一个希腊语的译员，偶然与邪恶的罪犯结下了梁子。在那之前，我压根儿也没想到福尔摩斯竟然有一个比他年长七岁的哥哥。实际上，我从来没有想过福尔摩斯有任何亲人。说来奇怪，这样一个我完全有理由称之为最亲密朋友的人。我成百上千个小时与他相处的人，却一次也没有听他跟我提及他的童年，他的父母，他出生的地方，以及跟他来贝克街之前的生活有关的任何事情。不过，这毫无疑问是他的特性。他从不给自己庆祝生日，我是在读他的讣告时才知道了他的出生日期。他有一次跟我说起他的祖先是乡绅，有一位亲戚是非常著名的画家。但是总的来说，他更愿意假装他的亲人从来不曾存在，似乎他这样一个天才是完全凭借自己的力量跳到人间舞台上来的。

我第一次听说福尔摩斯有一个哥哥，便觉得他似乎比较人性化了——至少，在我见到他那位哥哥之前。迈克罗夫特在许多方面跟他一样古怪：没有结婚，没有朋友，生活在一个自己创造的小世界里。从蓓尔美尔街®的迪奥金俱乐部就可以清楚地看出这一点，每天五点四十五到八点都能在这里找到他的身影。我相信他的公寓就在附近什么地方。迪奥金俱乐部据称是专门迎合城里那些最不善交际、最不合群的男人们的喜好。这里的人互相从不说话。实际上，交谈是绝对不允许的，除了在访客接待室。但即使在访客接待室，谈话也很少流畅。我记得在一份报纸上读到，门童有一次向一位俱乐部成员道了声晚安，就立刻被开除了。餐厅的气氛像特拉普派®修道院一样缺乏热闹和喜庆，不过菜品至少是一流的，因为俱乐部雇用了一位颇有名气的法国大厨。迈克罗夫特对食物的喜爱可以从他的体格上看出来，他实在是胖得离谱。我至今仍然能回忆起他费力地把屁股塞进一把椅子，一手端着白兰地，一手拿着雪茄的样子。跟他见面总是让我感到不安，在某个偶尔的一瞬间，我总能在他身上瞥见我朋友的某些特征：浅色的灰眼睛，同样敏锐的表情，却显得奇怪地格格不入，似乎被嫁接到了这堆充满活力的肉山上。接着，迈克罗夫特脑袋一转，在我眼里又成了一个完全陌生的人，成了那种似乎在提醒你对他敬而远之的人。我有时候猜想他们俩小的时候会是什么样子。他们打架吗？一起看书吗？一起踢球吗？真是很难想象，因为他们已经长成为那样一种男人，使你以为他们压根儿就没有过童年。

　　福尔摩斯第一次向我描述迈克罗夫特时，说他是一位审计师，为许多政府部门工作。实际上这只是事实的一半，我后来得知他哥哥的重要性和影响力远远不止于此。当然，我指的是"布鲁斯–帕廷顿计划"一案。当时海军部有一艘绝密潜水艇的设计图被窃，迈克罗夫特负责把它们找回来。福尔摩斯这才向我承认，迈克罗夫特是政府圈子里一位举足轻重的人物，是一个智囊和资料库，不管哪个部门需要了解一点什么情况都会来向他咨询。福尔摩斯认为，如果迈克罗夫特选择成为一名侦探，很可能跟他一样出色，甚至——我听到他这样坦言非常吃惊——比他更胜一筹。但是迈克罗夫特有一个古怪的性格缺陷。根深蒂固的傲慢，使他无法侦破任何罪案，因为他根本没办法对案情感兴趣。顺便说一句，他现在还活着。我最近一次听说他被授以爵位，还是一所著名大学的名誉校长，在那之后他就退休了。

"迈克罗夫特在伦敦吗？"我问。

"他很少在别的地方。我要告诉他，我们打算拜访那家俱乐部。"

迪奥金是蓓尔美尔街最小的俱乐部之一，设计酷似一座哥特风格的威尼斯宫殿，高高的、装饰华美的拱顶窗户，玲珑小巧的栏杆。这种设计使得室内昏暗朦胧。前门进去就是一个正厅，天花板直达宫殿顶部，上面是一个拱形天窗，但是建筑师在这里塞了太多的走廊、圆柱和楼梯，使光线很难散播开来。访客只能待在一楼。根据规则，每星期有两天，他们可以伴随一位俱乐部成员到楼上的餐厅。但是俱乐部成立已经七十年，这样的事情还从未发生过。迈克罗夫特像往常一样在访客接待室接待我们。这里有在无数图书的重压下变了形的橡木书架，还有各种大理石半身像，从那扇凸肚窗能看见蓓尔美尔街的全景。壁炉上方有一幅女王肖像，据说是俱乐部一位成员的作品。他竟然在画上加上一只流浪狗和一个土豆来侮辱女王，不过我始终没有弄懂这两样东西的含义。

"我亲爱的歇洛克！"迈克罗夫特摇摇摆摆地走进来，大声说道，"你好吗？我发现你最近减轻了体重。很高兴看到你又恢复了过去的老样子。"

"你的流感康复了？"

"病得很轻。我拜读了你那篇关于文身的专题论文。那显然是在半夜三更写的，你患了失眠症吗？"

"夏天热得让人不舒服。你没有告诉我你弄到了一只鹦鹉。"

"不是弄到的，歇洛克，是借来的。华生医生，幸会幸会。您有将近一周没有见到您妻子了，但我相信她一切都好。你们刚从格洛斯特郡回来。"

"你刚从法国回来。"

"哈德森夫人出去了？"

"上星期回来的。你有了一个新厨子？"

"上一个辞职了。"

"因为那只鹦鹉。"

"那厨子总是容易神经紧张。"

这段对话你来我往，速度很快，我觉得自己仿佛在观看一场网球比赛，脑袋不停地转向这个又转向那个。迈克罗夫特挥手示意我们在沙发落座，他自己则把庞大的身躯安放在一张躺椅上。"听到那个叫罗斯的男孩的死讯，我非常难过。"他说，神情突然变得严肃起来。"你知道的，我提醒过你不要雇佣这些街头流浪儿，歇洛克。我希望你没有把他置于危险之中。"

"现在下断语为时过早。你读了报纸上的报道？"

"当然读了。雷斯垂德负责调查这个案件。他这个人倒是不坏。不过，白色丝带这件事，我觉得是最令人不安的。我必须说，考虑到那种极度痛苦和故意拖延的死亡方式，这根丝带放在那里是一种警告。你应该问自己的一个首要问题是，这个警告是泛泛而指，还是针对你一个人的？"

"七个星期前，有人给我寄来一根白色丝带。"福尔摩斯把那个信封带来了。他拿出来递给他哥哥细看。

"从信封上看不出什么。"迈克罗夫特说，"它是匆匆塞进你的信箱的，你看边角有点磨损。你的名字是由一个受过教育的、惯用右手的人写的。"他抽出丝带，"这种丝绸是印度的。你自己肯定也看出来了。它曾经暴露在阳光下，纤维已经受损。长度正好九英寸，这倒是挺有意思。丝带是从一家女帽商店买来，裁成长度相等的两截，因为它的一头是用锋利的剪刀娴熟地剪断，而另一头却是被一把刀子粗暴割开。除此之外，我就没有什么可补充的了，歇洛克。"

"我也没有指望你说出更多，迈克罗夫特哥哥。不知道你能不能告诉我其中的含义。你听说过一个名叫'丝之屋'的地方或机构吗？"

迈克罗夫特摇摇头。"我不知道这个名字。听上去像是一家店铺。对了，仔细想来，我好像记得爱丁堡有一家男士服装店叫这名字。这根丝带会不会是从那儿买来的？"

"考虑到当时的情形，这似乎不太可能。我们第一次是听一个女孩提到它。那女孩很有可能一辈子没离开过伦敦。这名字使她感到极度恐惧，她突然朝华生医生扑去，用刀刺伤了他的胸口。"

"上帝啊！"

"我还向拉文肖勋爵提到过它——"

"前外交部长的儿子？"

"正是此人。我认为他的反应十分惊慌，虽然他拼命掩饰。"

"好吧，我可以帮你问几个问题，歇洛克。能不能麻烦你明天这个时候再上我这儿来？这个东西我先暂时拿着。"他把白丝带抓在胖乎乎的手中。

事实上，我们用不着等待二十四小时，迈克罗夫特的调查就有了结果。第二天上午大约十点钟，听见车轮辘辘驶来的声音，福尔摩斯正好站在窗口，朝外看了一眼。"是迈克罗夫特！"他说。

我走到他身边，正好看见福尔摩斯的哥哥被人搀扶着从一辆四轮马车里下来。我立刻意识到这是一件非同小可的事情，因为迈克罗夫特此前从未到贝克街拜访过我们，此后也只又来过一次。福尔摩斯沉默不语，脸上是一种极为凝重的表情，我由此知道案情必定有了十分险恶的色彩，才导致了这样一个重要事件。我们等待着迈克罗夫特走进房间。前门的楼梯又陡又窄，尤其不适合他这样体格肥硕的人。最后，他终于在房门口出现了，四周环顾一下，在离他最近的一把椅子上坐了下来。"你就住在这里？"他问。

福尔摩斯点点头。

"跟我想象的完全一样。就连壁炉的位置——你坐在右边，你的朋友坐在左边，没错。真是奇怪，我们怎么进入了这些模式，怎么受到周围空间的摆布，不是吗？"

"我可以给你倒杯茶吗？"

"不用了，歇洛克。我不打算待很久。"迈克罗夫特掏出信封，递给福尔摩斯，"这是你的。我把它还给你，同时给你一些建议，非常希望你能够采纳。"

"愿闻其详。"

"你的问题我没有找到答案。我不知道'丝之屋'是什么，也不知道在哪里能找到它。请你相信，其实我倒愿意是另一种情况，如果那样，你也许更有理由接受我下面要说的话。你必须立即放弃这场调查，千万不要再继续追查。把'丝之屋'忘记吧，歇洛克。永远别再提及这三个字了。"

"你知道我不可能那么做。"

"我了解你的性格，所以才横穿伦敦城，亲自来找你。我确实想到，如果我试图提醒你，只会让你把这变成一场个人的圣战。我希望我上这儿来能加强我要说的话的严肃性。我本来可以等到今天晚上，告诉你我的查询一无所获，让你继续调查下去。但是我不能那么做，因为我担心你正在让自己置身于巨大的危险之中。不仅是你，还有华生医生。让我详细跟你说说我们在迪奥金俱乐部见面之后发生的事。我去找了我在某些政府部门认识的几个人。当时，我以为'丝之屋'肯定是指某种犯罪团伙，我只希望弄清是否有警察或某个情报部门正在调查它。我询问的那几个人爱莫能助。至少他们是那么说的。

"然而，接下来发生的事情令人非常惊愕。今天早晨我离开住所时，一辆马车接我到了白厅的一间办公室。在那里见到一个人，其身份我不便透露，但你肯定知道他的名字，他就在首相身边工作。还应该补充一句，这个人我非常了解，他的智慧和判断力毋庸置疑。他见到我时很不高兴，并且开门见山，问我为什么询问'丝之屋'，有什么具体目的。我必须说，歇洛克，他的态度充满了奇怪的敌意，我回答时不得不格外的深思熟虑。我立刻决定不提你的名字——不然现在来敲你门的可能就不是我了。不过这也许并没有什么意义，因为我跟你的关系众所周知，你可能已经受到怀疑。总之，我只是对他说，我的一个线人提到它跟伯蒙齐的一起谋杀案有关，激起了我的好奇心。他问了我那个线人的名字，我胡乱编了几句，想让他认为这是一件不足挂齿的小事，我最初的调查只是一时心血来潮。

"他似乎放松了一点儿，但还是非常谨慎地斟词酌句。他告诉我，'丝之屋'确实是警察调查的对象。因此，我的突然请求就被提交到了他那里。事情处于一个十分微妙的阶段，局外人的任何干预都可能造成无法形容的破坏。我认为这些话没有一句是真的，但我假装默然同意，并对我的不经意询问竟然引发这样的恐慌表示懊悔。我们又谈了几分钟，然后，交换了几句客套话，我最后对浪费这位绅士的时间表示歉意之后，就告辞了。关键的问题是，歇洛克，这样高层的政治家们总能透露很少的内幕但表达很多的意思。不知怎的，这位绅士给我留下一个印象，我现在正要试图告诉你。必须罢手，别管这事！一个街头流浪儿的死虽然悲惨，但是放在一个更大的全局里，完全微不足道。不管'丝之屋'是什么，都具有国家级的重要性。政府已经意识到这点，正在着手处理。如果你继续牵扯其中，不知道会造成怎样的破坏，引发什么样的丑闻。你明白我的意思吗？"

"你说得太清楚不过了。"

"那你会听从我的话吗？"

福尔摩斯伸手拿烟。他把烟举在手里，似乎在考虑要不要点着它。"我不能保证。"他说，"我觉得自己对这孩子的死负有责任，因此必须尽我的全力把凶手——也许不止一个——绳之以法。那个孩子的任务不过是在旅馆门口监视一个男人。如果这阴差阳错地把他牵扯进了某个更大的阴谋，我恐怕别无选择，只能一追到底。"

"我就知道你会这么说，歇洛克，我认为你的话证明你是个有骨气的人。可是请让我补充一句。"迈克罗夫特站起身来，他看上去急于离开，"如果你真的不采纳我的建议，继续这场调查，如果真的因此而陷入危险——我相信会的——你不能再回来找我，因为我肯定爱莫能助。我为了你去询问那些问题，已经暴露了自己，也就意味着我的双手被束缚住了。与此同时，我再一次奉劝你仔细考虑考虑。这可不是你那些治安法庭的小小难题之一。如果你冒犯了不该冒犯的人，你的事业会毁于一旦……也许还要更糟。"

没有更多的话可说了，兄弟俩都意识到这点。迈克罗夫特微微鞠了一躬，离开了。福尔摩斯凑近煤气炉，点燃了他的香烟。"怎么样，华生，"他大声说，"你对此有何看法？"

"我非常希望你能认真考虑一下迈克罗夫特的话。"我鼓起勇气说。

"我已经考虑过了。"

"这正是我所担心的。"

福尔摩斯哈哈大笑。"你太了解我了，朋友。现在我必须离开你。我有一件事情要办，如果想赶晚上的版面，就必须抓紧了。"

他冲了出去，留下我一个人忧心忡忡。午饭的时候他回来了，但没有吃饭，这表明他正致力于调查某个令人兴奋的案件。我以前经常看见他这个样子。他的样子使我想起一只猎狐犬正在追循狐狸留下的浓烈气味。一只动物能够全身心地投入一件事情，福尔摩斯也能让案情把他完全吸引，以至于生活最基本的需求——食物，水，睡眠——都可以弃诸脑后。晚报来了，我看到了他做的事情。他在私人广告栏里登了一则启事。

　　悬赏二十英镑——征集与"丝之屋"有关的情报。绝对保密。请联系贝克街221B号。

"福尔摩斯!"我惊呼道,"你做的事情正好跟你哥哥的建议完全相反。你想要继续调查,我能够理解你这么做的愿望,但你至少应该谨慎行事嘛。"

"谨慎对我们没有帮助,华生。现在应该采取主动。在迈克罗夫特置身的那个世界,人们习惯于躲在黑暗的房间里窃窃私语。好吧,让我们看看他们对一个小小的刺激有何反应。"

"你相信会得到回音?"

"走着瞧吧。在这件事上我们至少已经亮出了自己的身份,即使毫无结果,也不会有任何伤害。"

这是他的原话。然而,福尔摩斯并不知道他在跟什么样的人打交道,也不知道他们为了保护自己会采取怎样的极端手段。他已经走进一个名副其实的邪恶魔障。伤害,以其最惨烈的形式,猝不及防地迅速降临到我们身上。

第十章
蓝门场

"哈，华生！看样子，我们虽然把诱饵撒向了未知的水域，可能也会有鱼上钩呢！"

几天后的一个早晨，福尔摩斯这么说道。他穿着晨衣站在我们房间的窗前，双手深深地插在口袋里。我立刻走到他身边，望着下面熙来攘往的贝克街。

"你指的是谁？"我问。

"你没有看见吗？"

"我看见了许多人。"

"没错。这么冷的天，很少有人愿意驻足。但是有一个人却这么做了。在那儿！他正朝我们这边看呢。"

福尔摩斯所说的那个人穿着大衣，戴着一条围巾和一顶宽沿的黑色毡帽，两只手藏在胳膊底下，因此我只看出他是个男人。他确实一动不动地待在那里，似乎拿不定主意是否要往前。除此之外，看不到他的更多情况，无法准确地加以描述。"你认为他是来回应我们的启事的？"我问。

"他已经是第二次从我们门前经过了。"福尔摩斯回答，"十五分钟前，我第一次注意到他，从帝国火车站走过来。接着他又回来了，从那以后就几乎没动过窝。他很谨慎，不想让别人发现他。好了，他终于拿定主意了！"我们往后站了站，为了不让那个人看见我们。其实他现在就在我们的眼皮底下，他从马路那边过来了。"他很快就会进屋的。"福尔摩斯说着，回到他的座椅上。

果然，门开了，哈德森夫人把来客领了进来。他脱掉帽子、围巾和大衣。站在我们面前的是一个模样古怪的年轻人。他的脸庞和体格呈现出许多矛盾，我相信就连福尔摩斯也很难给他下判断。我说他年轻——不会超过三十岁——身体魁梧得像一名职业拳击手，然而他头发稀疏，皮肤灰白，嘴唇皲裂，这些都使他看上去苍老得多。他的衣着时髦昂贵，但是脏兮兮的。他到这里来似乎有些紧张，却以那种倨傲自信的态度看着我们，几乎显得有点咄咄逼人。我站在那里等他开口，因为我仍然拿不准面前的人是一位贵族，还是一个社会最底层的恶棍。

"请坐吧。"福尔摩斯用十分和善的口气说道，"您在外面站了好一会儿，我可不愿意让您伤风感冒。来点儿热茶好吗？"

"我想要一杯甜酒。"他回答。

"我们没有甜酒。白兰地怎么样？"福尔摩斯朝我点点头，我在一个玻璃杯里倒了许多，递给了他。

那人一口喝光，脸上有了一点血色。他坐了下来。"谢谢您。"他说，声音粗哑，但很有教养。"我是来领赏的，我本不应该来的。跟我打交道的那些人如果知道我上这儿来，肯定会割断我的喉咙，但是我需要钱，这是关键。二十英镑能让那些魔鬼暂时远离我，这就值得伸出脖子去冒险。钱在这儿吗？"

"听了您的情报之后，我就把钱付给您。"福尔摩斯说，"我是歇洛克·福尔摩斯。您是……"

"您可以叫我汉德森，这不是真名，其实叫什么名字无关紧要。您知道，福尔摩斯先生，我必须小心谨慎。您登出启事追查'丝之屋'的情况，从那时起，这座房子就受到监视。每个来往的人都会被记录下来。说不定哪一天，就有人要求您提供所有来访者的名字。我是把脸遮住了才敢踏入您的房间。我的身份同样不愿暴露，希望您能理解。"

"但是您仍然需要告诉我们一些您的情况，我才会把钱付给您。您是一位教师吗？"

"何以见得？"

"您的领口有粉笔灰，而且我注意到您的第三个手指内侧有红墨水的痕迹。"

汉德森，看来只能这么称呼他了，笑了一下，露出参差不齐、布满污垢的牙齿。"很抱歉我要纠正您，实际上我是一个海关港口稽查员，不过我确实要用粉笔在要卸船的包裹上做标记，并用红墨水在分类账上登记号码。我本来在查塔姆的海关工作，两年前来到了伦敦。原以为换个地方对我的事业发展有好处，没想到这差点把我毁掉。关于我自己还有什么可说的呢？我出生在汉普夏郡，父母仍然生活在那里。我结了婚，但已经有一段时间没见到妻子了。我是个倒霉的可怜虫，我不愿意把自己的不幸怪罪到别人头上，我清楚这一切都是我自己造成的。更糟糕的是，我再也无法回到过去。我会为了您的二十英镑出卖我的母亲，福尔摩斯先生。没有什么我不能做的。"

"那么您堕落的原因是什么呢，汉德森先生？"

"能再给我一点儿白兰地吗？"我又给他倒了一杯，这次他略微端详了一下酒杯。"鸦片。"他说，然后一口把酒喝干，"那就是我的秘密。我有鸦片瘾。以前吸鸦片是因为喜欢，现在是离了它就活不下去。

"我的故事是这样的。我暂时把妻子留在查塔姆，等我在沙德维尔安顿下来，找到住处再说。那里离我新的工作地点比较近。您知道那片地区吗？住着水手，那是不用说的，还有码头工人，有中国人、东印度人和黑人。哦，五花八门的人混杂在一起，有着许许多多的诱惑——酒吧、舞厅——骗取每个傻瓜的钱。我可以对您说我很孤独，想念我的亲人。也可以说自己太愚蠢。这又有什么区别呢？十二个月前，我第一次付了四便士购买那颗从药罐子里拿出来的褐色小蜡丸。当时那个价钱显得多么低！我又是多么无知！它给我的快乐超过了之前体验过的一切。我觉得似乎从未真正生活过。我当然又去买了。开始是过一个月，后来是过一星期，然后变成了每天，很快，似乎每个小时都得去那儿。我再也没有心思考虑工作的事。我出了差错，受别人批评的时候我大发雷霆。真正的朋友都离我而去。那些狐朋狗友怂恿我越抽越多。过了没多久，雇主发现了我堕落的状态，威胁要解雇我，但我已经不在乎了。对鸦片的渴望占据了我生活的每分每秒，就连现在也不例外。我已经三天没吸一口了。把赏钱给我，让我再一次沉醉在那遗忘的迷雾中吧。"

我怀着恐惧和怜悯望着这个男人，然而他身上似乎有某种东西不屑于我的怜悯，他甚至似乎在为自己的状态感到骄傲。汉德森病了。他正在慢慢地、从里到外地被摧毁。

福尔摩斯也神情严肃。"您去吸毒的那个地方——就是'丝之

121

屋'吗？"他问。

汉德森笑了起来。"如果'丝之屋'只是一个鸦片馆，您真的认为我会这么害怕、这么谨小慎微吗？"他大声说道，"您知道在沙德维尔和莱姆豪斯有多少鸦片馆吗？据说比十年前少了。但如果您站在一个十字路口，不管朝哪个方向看，仍会轻松地找到一个。有莫特馆、阿卜杜拉大娘馆、克里尔馆、亚希馆。我还听说，如果需要，在干草市场和莱斯特广场的夜总会也能买到货。"

"那'丝之屋'到底是什么？"

"先给我钱！"

福尔摩斯迟疑了一会儿，把四张五英镑的钞票递了过去。汉德森一把抓住钱，在手里抚摸着。他的毒瘾就像蛰伏在他体内的野兽，又苏醒过来，他的眼睛里闪出黯淡的光。"供应伦敦、利物浦、朴次茅斯和英国——还包括苏格兰和爱尔兰——所有其他批发商店的那些鸦片，你们认为是从哪儿来的？克里尔或亚希的存货快用完时，他们到哪儿去进货？遍布全国各地的网络中枢在哪里？那就是您问题的答案，福尔摩斯先生。他们都去找'丝之屋'！

"'丝之屋'是一个犯罪实体，规模庞大，我听说——谣传，只是谣传——它在最高阶层都有自己人，它的触角一直伸到政府部长和警察官员那儿。也可以说我们谈论的是一项进出口贸易，但是它每年的价值是成千上万的英镑。鸦片来自东方。它被运到这个中央仓库，再从这里以高得离谱的价格分发出去。"

"在哪里能找到它？"

"伦敦。具体地址我不知道。"

"谁在操纵？"

"说不上来，我不知道。"

"那您并没有帮我们多少忙，汉德森先生。我们怎么能断定您说的是真的呢？"

"我可以证明。"他刺耳地咳嗽了几声，我想起嘴唇皱裂、嘴巴干燥都是长期吸毒的症状，"很长时间以来，我都是克里尔馆的顾客。里面的装饰是中国风格的，有几张挂毯和几把扇子，有时候我看见里面有几个东方人，一起蜷缩在地板上。但是开办这家鸦片馆的，跟您和我一样是英国人。这个人特别阴险毒辣，您肯定不会愿意跟他打交道。他有一双黑眼睛，他的脑袋像死人的脑壳。哦，当你有那四个便士的时候，他会满脸堆笑，跟你称兄道弟。但是如果你求他行个方便，或者想要跟他对着干，他就会毫不犹豫地把你痛打一顿，扔进阴沟里。虽然如此，我和他相处得还算不错，别问我为什么。他在鸦片馆旁边有一间小办公室，有时会请我过去一起抽烟——是烟草，不是鸦片。他喜欢听关于码头生活的故事。我就是在跟他一起坐着的时候，听他提到了'丝之屋'。他雇佣一些男孩帮他进货，并且在锯木厂和储煤厂寻找新的顾客——"

"男孩？"我插嘴问道，"你有没有见过其中的哪个？有没有一个叫罗斯的？"

"他们没有名字，我从不跟他们中间的任何一个说话。请听我下面要说的话！几个星期前，我在那个小办公室里，一个男孩走了进来，他显然是迟到了。克里尔一直在喝酒，情绪很不好。他一把抓住男孩，把他打倒在地。'你去哪儿了？！'他问。

"'丝之屋'。男孩回答。

"'你给我拿回来了什么？'

"男孩递过来一个包裹，悄悄溜出了房间。'什么是"丝之屋"？'我问。

"就是这个时候，克里尔说了我刚才告诉你们的事情。如果不是喝了威士忌，他肯定不会这样多嘴。他说完后，意识到自己说漏了嘴，脸色突然变得很难看。他打开桌子旁边的一个小写字台，我还没回过神来，他就用一把枪对准了我。'你为什么想知道这个？'他大声问，'为什么问我这些问题？'

"'我根本没兴趣打听。'我向他保证，心里又吃惊又害怕。'只是随便聊聊，仅此而已。'

"'随便聊聊？这事儿可不随便，我的朋友。你要是敢把我刚才说的话透露给别人半个字，他们就会把你的臭皮囊扔进泰晤士河里去。听明白了吗？即使我不杀你，他们也会要你的命。'接着，他似乎又想了想，把枪放下了。再开口说话时，语气和缓了一些。'今晚你抽烟不用付钱了。'他说，'你是个很好的顾客。咱俩知根知底。我们肯定是要照顾你的。忘记我跟你说的话，千万别再提起这个话题。听见了吗？'

"事情就这么结束了。我几乎把它给忘了，那天看见你们的启事，自然又想了起来。如果他知道我来找你们，肯定会说到做到。但是你们要寻找'丝之屋'，就必须从他的办公室入手，他可以带你们去那儿。"

"在哪儿呢？"

"在蓝门场。他的鸦片馆在米尔沃德街的拐角，一座低矮、肮脏的房子，门口挂着红灯笼。"

"您今天晚上在吗？"

"我每天晚上都在，托您的福，接下来的好几个夜晚我都会去那儿。"

"这个叫克里尔的人，是否会离开他的办公室？"

"经常离开。鸦片馆里很拥挤，烟雾弥漫。他要出去透透空气。"

"那您今天晚上会看见我。如果一切顺利，我找到需要的东西后，会加倍给您酬劳。"

"千万别说您认识我。也别说我上这儿来过。如果事情出了岔子，别指望我还能帮助您。"

"我明白。"

"那就祝您好运了，福尔摩斯先生。祝您成功——不是为您，而是为了我的缘故。"

一直等到汉德森离开之后，福尔摩斯才转向我，两眼炯炯发光。"一个鸦片馆！一个跟'丝之屋'做生意的鸦片馆。你认为如何，华生？"

"我觉得听上去不是个好地方，福尔摩斯。我认为你应该远远地避开。"

"哼！我认为我能照顾好自己。"福尔摩斯大步走到书桌前，打开抽屉，拿出一把手枪，"我会带上武器。"

"我跟你一起去。"

"亲爱的华生，这是绝不允许的。我对你的体贴深表感谢。但是必须说一句，如果我们俩一起行动，看上去肯定不像那种在星期四晚上到伦敦东区寻找一家鸦片馆的顾客。"

"虽然如此，福尔摩斯，我还是要陪你去。如果你愿意，我可以待在外面。肯定能在附近找到一个地方，等着你。然后，如果你需要援助，一声枪响我就会冲到现场。克里尔可能会有打手，而且我们真的可以确信汉德森不会出卖你吗？"

"言之有理。好吧。你的左轮手枪呢？"

"我没有带在身上。"

"没关系。我还有一把。"福尔摩斯笑着说。我看到他脸上一副很享受的表情，"今晚我们就去拜访克里尔鸦片馆，看看能发现什么。"

那天夜里又起雾了，是那个月最厉害的一场雾。我本来想劝福尔摩斯推迟去蓝门场的时间，但知道他不会听。从他苍白的、鹰隼般的脸上看出，他决心已定，绝不会临阵退缩。他说得不多，但我知道是那个叫罗斯的孩子的死，使他无法控制自己。只要他认为对所发生的事情负有责任，哪怕是部分的责任，他也会坐立不安，把自己的安危置之一边。

然而，当出租车把我们送到莱姆豪斯盆地附近的一条小巷边时，我感到特别压抑。浓稠的、昏黄的迷雾，在大街小巷里弥漫，淹没了所有的声音。眼前的景象看上去那么卑劣阴沉，就像某个邪恶的动物在黑暗中贪婪地嗅着，寻找自己的猎物。我们正朝它走去，就好像心甘情愿地把自己送入它的口中。我们在小巷里穿行，两边是红色的砖墙，高高耸立，除了那轮朦胧的银色月亮，高墙几乎把天空完全遮挡，墙面湿漉漉的，滴着水珠。起初，我们只能听见自己的脚步声。后来，小巷变宽了，马嘶声、蒸汽发动机低沉的隆隆声、潺潺的流水声，以及睡不着觉的婴儿的哭闹声，从四面八方传来回音，都以各自的方式诠释着周围的昏暗晦涩。我们是在一条运河旁边。一只老鼠，或别的什么动物，从我们面前匆匆跑过，翻过小巷边缘，扑通一声落进黑黢黢的水中。我们听到有一只狗在叫。当我们走过系在岸边的一艘驳船时，看到拉着帘子的窗户后面透出几道细细的灯光。船的烟囱里冒出滚滚浓烟。远处是一个船坞，隐约能看见一些船只乱糟糟地悬在那里，等待修理。像史前动物的骨架一样，缆绳和索具拖在后面。拐过一个弯，浓雾像一道幕布似的在我们身后落下，立刻吞没了所有这一切。因此，我拐过这个弯，就像刚从虚无世界里冒出来一样。前面依然什么也没有，感觉似乎我们要从世界的边缘跨出去。然而就在这时，我听见了刺耳的钢琴声，一个手指弹一个音符。突然一个女人从天而降，出现在我们面前。我瞥见一张皱巴巴的脸，描画得像妖怪一样，戴着一顶艳俗的帽子和带羽毛的围巾。我闻到她身上的香味，想到了花瓶里正在枯萎的花。她大笑两声，接着就不见了。最后，我看见面前出现了灯光。一家酒馆的窗户。音乐就是从这里传出来的。

酒馆名叫"玫瑰和王冠"。只有站在招牌的正下方，才能看清上面的名字。这是一个奇怪的小酒馆，砖头结构，靠一些乱七八糟的木板固定在一起，但仍然摇摇晃晃，似乎随时都会倒塌。没有一扇窗户是直的。门开得很低，我们不得不弯下腰才能进去。

"我们到了，华生。"福尔摩斯低声说，我看见他呼出的气在嘴唇前面凝成白霜。他指点着，"这是米尔沃德街，我可以想象那就是克里尔馆。你能看见门口的红灯笼。"

"福尔摩斯，最后一次请求你，让我陪你一起去吧。"

"不，不。最好有一个人留在外面，如果局势真的像我预料的那样，从你的位置更有利于过来救援。"

"你认为汉德森没有对你说实话？"

"我认为他的故事从各方面来说都是不可信的。"

"那么，看在上天的分上，福尔摩斯——"

"华生，如果我不进去，就不可能百分之百确定。汉德森也有可能说的是实话。即便这是个陷阱，我们也要跳进去，看它到底会把我们带到哪里。"我张嘴想反驳，但他继续说道，"我们已经触及到一个很深很深的内幕，老朋友。这是一个极其不同寻常的案子，如果不敢冒险，就不可能弄清真相。在这里等我一小时。我建议你给自己来点这家酒馆能够提供的享受。如果一小时后我没有出现，你必须来找我，但千万要谨慎行事。如果听见枪声，立刻过来。"

"听你的吩咐，福尔摩斯。"

我注视着他穿过马路，立刻就被浓雾和黑暗吞噬，消失得无影无踪。我心里充满了深深的担忧。他出现在马路对面，站在门口红灯笼的灯光下。我听见远处的钟声敲响了十一下。第一下钟声还没有消失，福尔摩斯就不见了。

我虽然穿着厚大衣，但在外面站一小时还是太冷了，而且，半夜三更站在外面街上令我感到不安，特别是在这个地方，居民们都来自社会最底层，是出了名的邪恶、堕落，多多少少都有点不良行为。我推开"玫瑰和王冠"的门，发现来到了一个独立的房间，由一个窄窄的吧台隔成两半，吧台上有一些彩瓷把手的啤酒龙头，还有两个摆满瓶子的搁架。令我吃惊的是，居然有十五到二十个人在这样的天气聚集到这个狭窄的地方。他们缩在桌旁，打牌、喝酒、抽烟。空气里弥漫着浓浓的烟味。墙角那个破破烂烂的铸铁炉子散发出刺鼻的燃煤气味。除了几支蜡烛，这炉子是屋里唯一的光源，但它所起的作用似乎正好相反。看着厚厚的玻璃窗外的红色灯光，你会感觉不知怎的，炉火似乎在吸引和吞噬光线，然后通过烟囱把煤灰和黑烟吐向夜空。一架破旧的钢琴立在门边，一个女人坐在琴旁，有一搭没一搭地按动琴键。这就是我刚才在外面听见的音乐声。

我走到吧台，一个须发灰白、生着白内障的老人给我倒了一杯啤酒，收了我两个便士。我站在那里，没有喝酒，竭力不去想象最糟糕的情况，也不去想福尔摩斯。周围的大多数人都是水手和码头工人，有许多是外国人——西班牙人、马尔他人。他们谁都没有注意我，对此我很庆幸。实际上，他们互相之间也很少交谈，房间里能听见的只有玩牌者发出的声音。墙上的钟显示着时间的流逝，我觉得那根分针故意违背时间的法则，慢吞吞地像蜗牛在爬。我过去经常等待某个罪犯露面，有时是我自己，有时跟福尔摩斯一起，在巴斯克维尔庄园附近的沼泽地上，在泰晤士河岸，或者在许多郊区别墅的花园里。但是我永远不会忘记在那间小屋里经受煎熬的五十分钟。扑克牌啪啪地甩在桌上，钢琴上摁出荒腔走板的音调，还有那一张张黧黑的脸膛，死死地盯着他们的酒杯，似乎在那里能找到人生之谜的所有答案。

整整五十分钟过去，就在午夜差十分的时候，寂静的夜晚突然被两声枪响打破，几乎紧接着，传来了尖利刺耳的警笛声，以及人们惊惶的叫喊声。我立刻冲出门，来到外面的街上，我为自己感到生气和恼火，我竟然被福尔摩斯说服，同意了这样危险的计划。我丝毫没有怀疑是他自己开的枪。然而，他开枪是给我发信号呢，还是深陷某种危险，不得不开枪自卫？雾已经散去一些，我奔到马路对面，跳上克里尔馆的台阶。我转动门把手。门没有锁。我从口袋里拔出手枪，冲了进去。

扑鼻而来的是干涩、呛人的鸦片味儿，我立刻感到眼睛刺疼，脑袋剧烈作痛，我简直不愿意呼吸，生怕落入毒品的魔沼。我站在一个昏暗、潮湿的房间里。印花的地毯，红色的纸灯罩，墙上的丝绸挂帘，正如汉德森所描述的，是按中国风格装饰的。但是汉德森本人却不见踪影。四个男人四仰八叉地躺在铺位上，旁边的矮几上放着漆器托盘和鸦片烟灯。其中三个男人神智不清，如同僵尸一般。最后一个用手托着下巴，一双失神的眼睛紧盯着我。还有一个铺位是空的。

一个男人朝我冲来，我知道这肯定是克里尔本人。他头顶全秃，皮肤像纸一样白，紧紧地绷在骨头上，再加上那双深陷的黑眼睛，看上去不像活人的脑袋，更像死人的骷髅。我看出他想说话，想盘问我，但看见我拿着手枪，赶紧退后了一步。

"他在哪儿？"我问。

"谁？"

"你知道我说的是谁！"

我的目光掠过他，投向房间尽头一扇敞开的门，以及门外被一盏汽灯照亮的走廊。我没有理睬克里尔，奋力冲了过去，我急于离开这个可怕的地方，免得烟雾把我熏倒。躺在铺位上的一个可怜虫大声喊我，乞求地伸出一只手，我没有理他。走廊尽头还有一扇门，由于福尔摩斯不可能从前门离开，他肯定是上这儿来了。我用力把门推开，感到冷空气扑面而来。这里是房子的后面。我又听见叫喊声、马车的嗒嗒声和刺耳的警笛声。我已经知道中了圈套，一切都出了差错，但是仍然不知道发生了什么事。福尔摩斯在哪里？他受伤了吗？

我跑过一条狭窄的街道，穿过一道门洞，拐过一个弯，冲进一个院子。这里已经聚集了一小群人。这样的半夜三更，他们都是从哪儿冒出来的呢？我看见一个穿晨衣的男人，一个警察，还有另外两个人，都盯着呈现在他们眼前的那幅画面，谁也不敢上前处理。我一把推开他们。当时看见的那一幕我永远不会忘记。

那里有两个人。一个年轻的姑娘，我一眼就认了出来——原因很简单，就在几天前她试图置我于死地。她就是是萨利·迪克森，罗斯的姐姐，曾在钉袋酒馆打工。她中了两枪，分别在胸口和脑袋上。她躺在鹅卵石地面上的一摊液体中，黑夜中那摊液体黑糊糊的，但我知道是血。我还知道躺在她前面的那个男人是谁，他昏迷不醒，一只手往前伸出，手里仍然握着射杀萨利的那把手枪。

这个人是歇洛克·福尔摩斯。

第十一章
被捕

我始终没有忘记那天夜里发生的事情及其后果。

如今，二十五年过去了，我独自坐在这里，当时的每个细节仍然深深地印在我脑海里。尽管有时候我不得不透过时间的变形镜仔细辨认朋友和敌人的容貌，但只需眨眨眼睛，他们就会在眼前出现：哈里曼，克里尔，阿克兰，甚至那位警官……他叫什么名字来着？珀金斯！实际上我跟歇洛克·福尔摩斯一起经历过许多次冒险，经常看见他置身于危难的困境。就在那天的一星期前，我发现他神志不清，奄奄一息，似乎染上了源自苏门答腊的某种劳工疾病。还有那次在康沃尔的珀德胡湾，如果不是我把他从那个房间里拖出来，他肯定会陷入疯狂和自我毁灭之中。我还记得在萨里郡，当一条致命的沼泽地毒蛇从黑暗中爬出来时，是我陪伴在他的身边。在列举这些场景时，我又怎能不想起我独自一人从莱茵巴赫瀑布返回时，那种极度绝望和失落的感觉？然而，所有这些跟蓝门场那个夜晚相比，都是小巫见大巫。可怜的福尔摩斯。我此刻仿佛还能看见他恢复神智后发现自己被包围、被逮捕，却没有办法向自己或任何人解释刚才发生的事情。是他心甘情愿地自投罗网，而这就是这么做的不幸后果。

一位警官来了。我不知道他是从哪儿来的。他很年轻，显得有些紧张，但还是以值得称道的高效率履行自己的职责。他首先确认那个姑娘已经死亡，然后把注意力转向我的朋友。福尔摩斯的模样惨不忍睹。他的脸色像纸一样苍白，眼睛虽然睁着，却似乎什么也看不清……他显然没有认出我来。周围聚集的人群只能更加添乱，我又一次纳闷这些人是谁，怎么会在半夜三更会聚在这里。有两个女人，跟运河边与我们擦身而过的那个可怕的丑老太婆十分相似。还有两个水手互相靠着，嘴里喷着酒味儿。一个黑人瞪着一双失神的眼睛，刚才我在"玫瑰和王冠"里的两个马尔他酒友站在他身旁。甚至还出现了几个孩子，光着脚，破衣烂衫，他们观看着这幕景象，似乎这是专门为他们而上演的活报剧。我正在观察这一切时，一个衣冠楚楚的高个子、红脸膛男人，挥舞着手里的拐杖，大声喊道：

"把他抓起来，警官！我看见他开枪打死了这个姑娘。我亲眼看见的。"他有浓重的苏格兰口音，听起来很不协调，似乎这里正在演戏，观众席中有个人未经允许就自己走上了舞台。"上帝保佑这姑娘吧，可怜的孩子。是这个人残忍地杀死了她。"

"您是谁？"警官问道。

"我叫托马斯·阿克兰，正在回家的路上。我清清楚楚地看见了刚才的事情。"

我再也不能在一旁袖手旁观了。我推开人群挤进去，跪在受到伤害的朋友身边。"福尔摩斯！"我喊道，"福尔摩斯，你能听见我的声音吗？看在上帝的分上，告诉我这究竟是怎么回事。"

可是福尔摩斯仍然无法回答。这时我发现警官在打量我。"您认识这个人？"他问。

"认识。他是歇洛克·福尔摩斯。"

"您呢？"

"我叫约翰·华生，是一名医生。警官，您必须允许我照料我的朋友。不管事情表面上看似多么清楚，我可以向您保证，他不可能犯有任何罪行。"

"绝对不是这样。我看见他打死了这个姑娘。我看见子弹从他的手枪里射出去的。"阿克兰朝前跨了一步。"我也是一名医生。"他继续说道，"我一眼就能看出这个人处于鸦片的作用下。从他的眼睛能看出来，从他的呼吸能闻出来，他就是因为这个才犯下这邪恶而荒唐的罪行，用不着再去查找别的动机。"

他说得对吗？福尔摩斯躺在那里，不能说话，显然受到某种麻醉品的控制。他一小时前去了克里尔鸦片馆，除了这位医生提到的这种毒品，不可能会是别的东西。然而不知怎的，他的诊断还是令我感到困惑。我仔细观察福尔摩斯的眼睛，确实，我承认他瞳孔放大，但并没有我以为会发现的那种丑陋的针孔般的光点。我摸摸他的脉搏，跳得很慢很慢，说明他刚从深沉的睡眠中被唤醒，而不是拼着体力，先是追赶，继而射杀这位受害者的状态。鸦片什么时候开始具有这种效果了呢？鸦片的作用应该包括安乐感，极度松弛，摆脱肉体疼痛。我从未听说吸食鸦片者会有暴力行为。假使福尔摩斯产生了最严重的偏执妄想，那么在他混乱的意识里，会出现什么样的动机，去杀害这个他急于寻找和保护的女孩呢？而且，这女孩怎么会来到这里的？最后，如果福尔摩斯真的处于鸦片的作用下，我怀疑他根本不能瞄准射击，他甚至连枪都拿不稳。我在这里条分缕析，似乎当时能够认真地思索眼前的一幕，实际上，这都是我依多年的从医经验以及对当事人的熟稔程度形成的第一反应。

"今晚是您陪这个人到这里来的吗？"警官问我。

"是的，但是我们暂时分开了。我刚才在'玫瑰和王冠'。"

"他呢？"

"他……"我顿住了。我不能透露福尔摩斯刚才去了哪里。"我的朋友是一位非常著名的侦探，正在调查一起案子。您会发现苏格兰场的人都熟知他的大名。把雷斯垂德调查官叫来，他会给福尔摩斯作证。局面看上去很糟糕，但肯定有另外的解释。"

"没有另外的解释。"阿克兰医生插嘴说道，"他从街角那儿摇摇晃晃地走过来。那女孩在街上乞讨。他掏出一把枪，把女孩打死了。"

"他衣服上有血。"警官赞同道，但说话的口气似乎有点勉强。"枪杀时他显然离女孩很近。我赶到这个院子时，没有看见别人。"

"您看见他开枪了吗？"我问。

"没有。我是过了一会儿才赶来的。但没有人从现场逃离。"

"是他干的！"人群中有人喊道，接着响起一片喃喃的赞同声。是那些孩子们，他们发现自己站在前排观看一场好戏，都非常高兴。

"福尔摩斯！"我喊道，在他身边跪下，试着用双手托起他的脑袋，"你能告诉我刚才这里发生了什么吗？"

福尔摩斯没有回答。过了一会儿，我意识到另一个男人默默地走过来，跟那个苏格兰医生一起站在我面前。"请您站起来好吗？"他问，声音像这个夜晚一样寒冷。

"这个人是我的朋友——"我说。

"这是犯罪现场，您无权妨碍公务。站起来，往后退。谢谢。好

135

了，如果有人看见了什么，请把姓名和住址告诉这位警官，否则就请回家。你们这些孩子，赶紧离开，不然我就把你们统统逮捕。警官，你叫什么名字？珀金斯！这一片由你负责？"

"是的，先生。"

"这是你的巡逻范围？"

"是的，先生。"

"嗯，到目前为止你似乎处理得还不错。你能否告诉我，你看见了什么，知道些什么？尽量说得简明扼要。今夜冷得要命，早点把事情办完，我们就能早点睡觉。"他默默地站在那里，听警官讲述事情经过，基本上都是我已经知道的。然后他点点头，"很好，珀金斯警官。关照一下这些人，把具体情况记在你的笔记本上。现在这里由我负责。"

我还没有详细描述这位新来的人，即使现在，我也觉得很难描述，因为他是我见过的最类似爬行动物的人之一，一双小小的眼睛，薄薄的嘴唇，皮肤光滑得近乎平淡。他最显著的特征是一头浓密的白发，白得异乎寻常，简直可以说完全没有颜色，而且似乎从来未曾有过任何颜色。其实他年纪并不老——大约三十岁左右，不会超过三十五岁。他穿着黑大衣，戴着黑手套和黑围巾，头发跟衣着形成截然的反差。他块头虽然不大，却让人感觉有威严，甚至可以说是傲慢。我已经从他掌控全局的态度上看出了这点。他说话声音很轻，但语气透着一点儿不耐烦，使你毫不怀疑他习惯于对人发号施令。然而，最让我感到不安的是他那种飘忽不定的特质，他拒绝跟任何人有情感上的联系。正是这点使我想到了蛇。我从跟他说话的第一刻起，就感觉到他在我周围蜿蜒爬行。他的目光穿透你，或望向你的身后，却从来不正视你。我从没见过这样自控能力超强的人。他生活在一个自己的世界里,其他人都只能被关在外面,不得靠近。

"这么说,您是华生医生?"他说。

"是的。"

"这位是歇洛克·福尔摩斯!好啊,恐怕我们不会在您著名的纪实故事里读到这一幕,除非它的题目是《精神病鸦片鬼冒险记》。您的朋友今晚去了克里尔馆?"

"他在调查一个案子。"

"似乎是拿着一根针管和一个针头在调查。我不得不说,这种侦探手段真是不同寻常。好了,华生医生,您可以走了。今晚没有什么可做的了。这件事情多么诡异啊!这女孩不可能超过十六岁或十七岁。"

"她叫萨利·迪克森,在肖迪奇一家名叫'钉袋'的酒馆打工。"

"凶手认识她吗?"

"福尔摩斯先生不是凶手!"

"您想让我们这么认为。不幸的是,目击者持有不同意见。"他看了一眼那个苏格兰医生,然后问:"您是一位医生?"

"是的,先生。"

"您看见了今晚这里发生的事?"

"我已经告诉过那位警官了。这女孩在街上乞讨。这个人从那边的那座房子里出来。我以为他是喝醉了酒或精神失常。他跟着女孩跑进这个广场,用一把手枪打死了她。事情再清楚不过了。"

"在您看来,福尔摩斯先生现在这种状况,可以跟我一起去霍尔本警察局吗?"

"他不能走路，但是完全可以乘出租车。"

"路上就有一辆。"白发男人说，他还没有报出自己的姓名。他慢慢地朝福尔摩斯走去。福尔摩斯仍然躺在地上，神智稍有恢复，正在努力让自己镇定下来。"您能听见我说话吗，福尔摩斯先生？"

"能。"这是他说的第一句话。

"我是哈里曼巡官。我要以谋杀这位年轻女士萨利·迪克森的罪名逮捕您。您可以选择沉默，但您所说的每一句话我都会记录下来，以后可能成为对您不利的证据。您明白吗？"

"这太可怕了！"我喊了起来，"我告诉您，歇洛克·福尔摩斯跟这桩罪案没有丝毫关系。您的目击证人在说谎。这是一起阴谋——"

"如果您不希望自己因妨碍公务而被捕，或因诽谤而受到起诉，我奉劝您理智一些，保持沉默。到了法庭上，您会有机会说话的。现在，我再次要求您退后一点儿，让我处理公务。"

"您难道不知道这个人是谁，不知道全市的警察部门，甚至全国的警察部门都要对他感激不尽吗？"

"我很清楚他是谁，但这并不能使眼前的局面有任何改变。有一个姑娘死了，凶器就在他手里。我们有一个目击证人。我认为凭这些就足以定罪。已经快十二点了，我不能整夜在这里跟您争论。如果您有理由对我的做法提出批评，可以明天早晨再说。我听见有车过来了。赶紧把这个人送到牢房，把这个可怜的小家伙抬进停尸间吧。"

我没有办法，只能站在那里看着珀金斯警官在那位医生的帮助下把福尔摩斯搀扶起来，拖架着离开。福尔摩斯手里拿的那把枪也被用布包起来，一起带走了。他在被搀扶着上车的最后一刻，转过头来，与我四目交汇。我看见他的眼睛里恢复了一些活力。他所服用——或被迫服用——的毒品效力正在消退。我感到了些许宽慰。又来了一些警察，他们用一条毯子盖住萨利，把她搬到了一个担架上。阿克兰医生跟哈里曼握手，递给他一张名片，便走开了。还没等我反应过来，四下里就只剩我一个人——置身于伦敦这个藏污纳垢、充满敌意的地区。我突然想起大衣口袋里还有福尔摩斯给我的那把左轮手枪。我紧紧攥住手枪，脑子里产生一个疯狂的念头，或许我应该用它去解救福尔摩斯。我应该抓住福尔摩斯，不让哈里曼和人群靠近，然后带着他一起离开。然而，这样做对我们俩都没有好处，肯定还有其他反抗的方式。我脑子里带着这样的想法，手里攥着冰冷的手枪，转身匆匆返回家去。

第二天一早有人来访，是我最渴望见到的人——雷斯垂德调查官。我正在吃早饭的时候看见他大步走了进来，第一个念头是他带来了好消息，福尔摩斯已被释放，很快就会回来。然而，只要看一眼雷斯垂德的脸，就足以粉碎我所有的希望。他面色凝重，没有一丝笑容，看样子要么是起得很早，要么是根本没有合眼。他没有征求我的同意，就重重地一屁股坐在桌旁，我简直担心他还有没有力气再站起来。

"您要吃点早饭吗，调查官先生？"我鼓起勇气问。

"太感谢您了，华生医生。我确实需要一些东西来恢复体力。真是够呛！坦白地说，令人难以相信。歇洛克·福尔摩斯，我的上帝！难道这些人忘记了我们苏格兰场欠了他多少情分吗？竟然认为他有罪！可是，情况看着很不妙，华生医生，非常不妙。"

我给他倒了一杯茶，用的是哈德森夫人拿给福尔摩斯的杯子——她当然还不知道前一天夜里发生的事情。雷斯垂德吱溜吱溜地大声喝茶。"福尔摩斯呢？"我问。

　　"在弓街关了一夜。"

　　"您见过他吗？"

　　"他们不让我见福尔摩斯！我一听说昨夜的事，就立刻奔了过去。可是哈里曼这个家伙，完完全全是个怪物。我们苏格兰场的大部分人，特别是同一级别的人，互相敬重，关系都不错，但他不是。哈里曼总是独来独往。他没有朋友，据我所知也没有家人。他工作干得不错，这点我承认，但平常在走廊上碰到，我最多跟他打一句招呼，他从来都不理我。今天早晨我看见了他，提出要去看福尔摩斯先生，我觉得这是个微不足道的要求，结果他擦身而过，理都不理。多少讲点礼貌又能把你怎么样？唉，没办法，我们要对付的就是这样一个怪人。他现在跟福尔摩斯在一起，正在进行审问。我愿意付出一切代价待在那个房间里，那才真正是一场智慧的较量呢。我看得出来，哈里曼已经拿定了主意，当然啦，那都是些站不住脚的鬼话。所以我就上这儿来了，希望您能就这件事情提供一点儿线索。您昨晚也在那儿？"

　　"当时我在蓝门场。"

　　"福尔摩斯先生确实去了一个鸦片馆？"

　　"去了，但并不是因为沉溺于那种可憎的恶习。"

　　"是吗？"雷斯垂德的目光移向壁炉架，落在那个装着皮下注射器的袖珍皮盒上。我不知道他是如何得知福尔摩斯这个偶尔为之的习惯的。

"您这么了解福尔摩斯，不应该有别的想法。"我责怪道，"他仍然在调查圆帽男人和男孩罗斯的死因，所以才去了伦敦东区。"

雷斯垂德拿出他的笔记本，打开。"我认为您最好把您和福尔摩斯先生调查的进展告诉我，华生医生。如果我要为了他而斗争——很可能将会有一场恶战——那么我知道得越多越好。希望您不要漏掉任何细节。"

说来奇怪，福尔摩斯总是认为自己在跟警察竞争，一般情况下不会把他调查的任何细节告诉他们。然而，在目前这种情形下，我别无选择，只能把男孩死前和死后发生的一切向雷斯垂德和盘托出。我讲了我们去拜访乔利·格兰杰男生学校，又从那里被引向了萨利·迪克森和钉袋酒馆。我告诉他萨利怎样向我进攻，我们怎样发现那只被盗的怀表，怎样对拉文肖勋爵进行了那次于事无补的拜访，以及福尔摩斯怎样决定在晚报上刊登启事。最后，我讲述了那个自称汉德森的男人的来访，以及他怎样把我们引到了克里尔鸦片馆。

"他以前是个海关港口稽查员？"

"他是这么说的，雷斯垂德，但我怀疑他没有说实话，他的整个故事也都是编造出来的。"

"他有可能是无辜的。您并不清楚克里尔馆里发生了什么。"

"我确实没有在场，但是汉德森也不在场，他的缺席就引起了我的担忧。回头看看所发生的一切，我相信这是一个蓄意策划的圈套，旨在嫁祸于福尔摩斯，使他终止调查。"

"那么这个'丝之屋'是怎么回事呢？为什么有人这么不遗余力地想要保住这个秘密？"

"我不知道。"

雷斯垂德摇了摇头。"我是个实在的人，华生医生，我不得不说，所有这一切似乎离我们的出发点——旅馆里的那位死者——相去甚远。据我们所知，那个死者是奇兰·奥多纳胡，一个无恶不作的歹徒，波士顿的银行抢劫犯。他是到英国来找那个画商，温布尔顿的卡斯泰尔先生的，来报仇雪恨。你们怎么从那件事扯出了两个孩子的死，还有白丝带这档子事，以及这位神秘的汉德森等等的一切呢？"

"这正是福尔摩斯想要查明的。我可以去见他吗？"

"哈里曼负责这个案子，在福尔摩斯被正式指控前，任何人都不允许跟他说话。他们今天下午要把他带到治安法庭。"

"我们必须去。"

"当然。您知道，这个阶段不会召唤被告证人，华生医生。但我还是要去为他说话，证明他良好的品行。"

"他们会把他关在弓街吗？"

"目前会的，但如果法官认为需要答辩——我想他肯定会这么认为，福尔摩斯就会被关进监狱。"

"什么监狱？"

"我不知道，华生医生，但是我会尽一切力量帮助他。与此同时，您有没有什么人可以求助？我想，像你们这样两位绅士，肯定有一些位高权重的朋友，特别是在侦破了这么多可以称之为棘手的案子之后。也许，您可以找找福尔摩斯先生客户中的某个人？"

我首先想到的是迈克罗夫特，当然我没有提到他。早在雷斯垂德开始说话前，他就出现在了我脑海里。但是他会愿意见我吗？就在这个房间里，他曾提出了警告，并且坚信如果我们不听警告，他将无能为力。尽管如此，我还是决定只要一有机会，就再次去拜访迪奥金俱乐部。那要等到治安法庭开庭之后再说。雷斯垂德站了起来。"我两点钟来接您。"他说。

"谢谢您，雷斯垂德。"

"先别谢我，华生医生，也许我什么忙也帮不上。如果说有什么案子看上去证据确凿，这个就是。"我想起哈里曼巡官前一天夜里也对我说过差不多同样的话。"他打算以谋杀罪审判福尔摩斯先生，我认为您应该做最坏的打算。"

第十二章
证据

　　我之前从未出席过治安法庭的开庭审理，然而，当我在雷斯垂德的陪同下走向弓街那座简朴而结实的大楼时，却有一种奇怪的亲切感。似乎我受到了传唤，不可避免地要到这里来。雷斯垂德肯定看见了我脸上的神情，露出忧郁的笑容。"我想，您大概没有料到自己会到这样一个地方来吧，华生医生？"我说他准确无误地道出了我脑海中的想法。"是啊，您应该想到，有多少人是因为你们的缘故上这儿来的——当然啦，我指的是您和福尔摩斯先生。"

　　他说得一点不错。我们频频开始的工作总是在这里结束，这里是通向老贝利①，最后甚至是断头台的第一步。如今，在我写作生涯快要接近尾声的时候，回想起来便感到十分奇怪：我叙述的每个故事都以揭露或逮捕某个罪犯而告终，而过了这点以后，我几乎无一例外地认为他们的命运不会再牵动读者的兴趣，也就对他们不再理睬，似乎他们存在的价值只是他们干的坏事，罪案一经侦破，他们就不再是有着跳动的心脏和破碎的精神的人类。我从来没有考虑过他们穿过这道转门，走在这些阴森森的过道里时的恐惧和痛苦，是否有谁流下悔恨的泪水，或祈祷上帝的救赎？是否有谁一直抗争到最后？我不关心。这不是我写作的内容。

然而，当我回忆起十二月那个寒冷刺骨的日子，福尔摩斯要亲自面对他经常调动的警察机关时，我认为也许我对那些罪犯的态度是不公正的。即便是像柯弗顿·司密斯②这样残酷，或像约纳斯·奥德克②这样狡猾的罪犯也不例外。我写的是如今被称作侦探故事的东西，碰巧我身边的侦探是其中最伟大的一个。但是在某种意义上，侦探的身份实际上是由他所对付的那些男人或女人来决定的，而我却十分草率地把那些人丢弃在一边。当我走进治安法庭时，他们全都横冲直撞地挤进我的脑海，我似乎能听见他们朝我大声喊道："欢迎。你现在是我们中间的一员了！"

法庭是一个方形的房间，没有窗户，板凳和栅栏都是木头的，远端的墙壁上装饰着皇家兵器。法官就坐在那里，一个年迈而刻板的男人，举止风度也有几分木头的特性。他前面有一个用栏杆围起的高台，罪犯们被一个接一个地带到这里。庭审程序迅速而千篇一律，因此，至少对旁听者来说，简直显得有点儿单调。我和雷斯垂德来得很早，跟另外几位旁听者一起在旁听席上就座，目睹一个造假者、一个盗窃犯和一个诈骗犯都被还押候审。不过法官也是有同情心的。一个学徒被控酗酒和有暴力行为——这是他十八岁生日——法官判他当庭释放，把他的具体恶行记录在"驳回起诉记录簿"里。还有两个孩子，最多也就八九岁，因乞讨而被带上法庭。法官把他们交送治安法庭救济机构，并建议由流浪者协会、巴纳德博士③孤儿院或伦敦儿童教养协会负责照料他们。听到最后这个名字，我有一种异样的感觉，正是这个机构负责创办了我和福尔摩斯拜访过的乔利·格兰杰男生学校。

一切不紧不慢地进行着。突然，雷斯垂德捅了捅我，我这才意识到法庭的气氛变得凝重起来。又有一些穿制服的警察和职员走进来坐下。法庭的传达员，一位身着黑袍，活像猫头鹰一样的矮胖男人，走到法官跟前，压低声音对他说话。两个我认识的人走进来，在一条板凳上坐下，彼此相隔几尺。一个是阿克兰医生，还有一个是红脸膛的男人，可能也是克里尔鸦片馆外人群中的一员，但当时没有给我留下什么印象。在他们身后坐着克里尔本人（雷斯垂德把他指给我看）。克里尔搓着双手，似乎想把手上的汗擦干。我顿时明白了，他们是作为证人出现的。

接着，福尔摩斯被带了进来，仍然穿着被捕时的衣服，看上去完全不像他本人，如果不是知道内情，可能会认为他是故意伪装了来迷惑我，就像他以前经常做的那样。他显然没有睡觉，并经受了长时间的审问，我努力不去想象他们对他施加的各种各样的、普通罪犯非常熟悉的侮辱。福尔摩斯即使是在状态良好的时候，面容也很憔悴，现在更是瘦削枯槁。可是他被领进被告席时转过脸来望向我，我看见了他眼睛里的亮光，知道斗争并没有结束。这点亮光还提醒我，当命运似乎与福尔摩斯作对时，他从来都是不屈不挠。我身边的雷斯垂德直起身子，压低声音嘟囔了一句什么。他为福尔摩斯所受的待遇而感到震惊和愤怒，显露出他性格中我以前从没见过的一面。

一位出庭律师走上法庭，这是个胖乎乎的小个子男人，厚厚的嘴唇，厚厚的眼睑，我很快就看出他扮演的角色是起诉人。不过看他提起诉讼时的样子，马戏团导演的身份可能更适合他，他简直把法庭当成了一个马戏团。

"被告是一位著名侦探。"他开口说道，"歇洛克·福尔摩斯先生因一系列破案故事而小有名气，那些故事虽然花哨和耸人听闻，至少还有一部分事实基础。"我勃然大怒，如果不是雷斯垂德伸手轻轻拍了拍我的胳膊，我可能就跟他当场对质了。"也就是说，我不否认苏格兰场有一两位能力较差的警官，因为福尔摩斯先生有时给他们的调查提供一些有效的线索和见识，而对他怀有感激之情。"听到这里，雷斯垂德皱起了眉头。"但是，哪怕是最优秀的人也有其魔鬼的一面，在福尔摩斯先生的案子里，是鸦片把他从法律的朋友变成了一个最卑劣的罪犯。他于昨夜十一点钟之后进入莱姆豪斯一家名为克里尔的鸦片馆，这是毋庸置疑的。我的第一位证人就是该鸦片馆的主人，以赛亚·克里尔。"

克里尔走到证人席上。这些诉讼程序不需要宣誓。我只能看见他的后脑勺，白生生的，没有头发，跟脖子交融在一起，看不清楚脑袋在哪儿结束，脖子从哪儿开始。在起诉人的催促下，他讲了下面这个故事。

没错，就在十一点刚过，被告进了他的鸦片馆——一家私营的合法店铺。尊敬的法官大人，先生们可以在那里安全而舒服地沉溺于自己的癖好。他没有怎么说话，要了一份麻醉品，付了钱，立刻吸服。半小时后，提出再来一剂。克里尔先生曾担心福尔摩斯先生——他是后来才知道福尔摩斯的名字，他向法庭保证，当时完全是个陌生人——他担心福尔摩斯先生已经变得亢奋和躁动。克里尔先生指出连吸两份恐怕不太明智，但是那位先生激烈反对。为了避免冲突，维持鸦片馆著名的安宁祥和，他就又收一份钱，提供了药品。福尔摩斯先生吸了第二支烟，神智变得十分错乱。克里尔见势不妙，担心会破坏和平的环境，就派一个男孩出去找警察，自己试着跟福尔摩斯先生讲道理，让他平静下来，但是没有效果。福尔摩斯先生眼神疯狂，失去控制，一口咬定房间里有敌人，他被人追赶，生命受到威胁。他掏出一把左轮手枪。到了这个时候，克里尔先生就坚持让他离开。

"我担心我的生命安全。"他对法庭说。"只想让他赶紧离开店铺。现在才知道我错了，应该让他留在里面，等珀金斯警官来了再说。他刚走到大街上，就失去了理智。他不知道自己在做什么。我从没见过这种事情，法官大人，这太罕见、太离奇了，但这是毒品的副作用。我毫不怀疑福尔摩斯先生用枪射杀那个可怜的女孩时，相信自己面对的是一个面目狰狞的恶魔。我如果知道他带着武器，根本不会把东西卖给他，上天作证！"

这个故事在各方面都得到了第二个证人，也就是我已经注意到的那个红脸膛男人的证实。他神情慵懒，举止过分考究，带有十足的贵族气派，皱着鼻子，似乎厌恶地嗅吸着这里过于平凡的空气。他没有提供什么新的内容，几乎是逐字重复克里尔刚才说过的话。他说，他躺在房间另一边的一张床铺上，虽然处于非常放松的状态，但可以发誓他十分清楚当时发生的事情。"鸦片，对于我来说，只是一种偶尔的放纵。"他最后说道，"它让我有几个小时可以摆脱生活中的烦恼和责任。我觉得这没什么可羞愧的。我知道许多人都因为同样的理由在家里偷偷服用鸦片酊。对于我来说，这跟抽烟喝酒没什么两样。重要的是，"他语气尖锐地补充道，"我能够自我控制。"

当法官询问他的姓名以便记录时，这个年轻人在法庭上引起一阵骚动。"霍拉斯·布莱克沃特勋爵。"

法官盯着他："先生，我是否可以认为，您是哈勒姆郡布莱克沃特家族的成员？"

"是的。"年轻人回答，"布莱克沃特伯爵正是家父。"

我跟别人一样感到意外。英国最古老家族之一的后裔竟然光顾蓝门场一个卑劣龌龊的吸毒馆，这真是不同寻常，甚至令人感到惊愕。与此同时，可以想象他的证词会给我朋友的案子增加多少分量。这不是某个道德败坏的水手或江湖骗子在说自己的一面之词，这是一个只要承认到过克里尔鸦片馆就有可能自毁前程的人。

他还算幸运，这里是治安法庭，没有记者在场。对福尔摩斯来说也是这样——这点我无需说明。霍拉斯勋爵走下来时，我听见旁听席上有窃窃私语，并注意到他们到这里来就是为了看热闹。这种爆炸性的消息对他们来说无异于面包和黄油。法官跟穿黑袍子的传达员交换了几句话，这时斯坦利·珀金斯站上了证人席，就是那天夜里我遇到的那位警官。珀金斯笔直地站在那里，头盔放在身体一侧用手托着，像伦敦塔的幽灵托着自己的脑袋。他说的话最少，大部分情况已经有人替他说过了。克里尔派去的那个男孩找到他，叫他到米尔沃德街拐角的那座房子去。他走到半路，突然听见两声枪响，便冲到铜门广场，发现了一个人神志不清地躺在地上，手里拿着一把枪，还有一个女孩倒在血泊中。人群慢慢聚集，他控制现场，并立刻看出那个女孩已经回天无力。他还描绘了我怎样赶到，认出那个昏迷的男人是歇洛克·福尔摩斯的。

"我听了以后不敢相信。"他说，"我读过歇洛克·福尔摩斯先生的一些事迹，没想到他竟然卷进这样的事情里……唉，真是令人难以置信。"

珀金斯之后是哈里曼巡官，那一头的白发使人立刻就能认出他来。他说的每句话都经过仔细斟酌，为了达到最理想的效果，语音语调毫不含糊，使人想象他曾为了这番讲话排演了好几个小时，也许事实真是这样。他甚至没有掩饰语气里的轻蔑。把我的朋友投入大牢，甚至处以死刑，似乎是他人生的唯一使命。

"我向法庭汇报一下我昨晚的行动。"他这么说道，"不远处的白马街上有人闯入一家银行行窃，我接到情报赶了过去。正准备离开时，听见了枪声和警官的口哨声，便往南一拐，看是否能够帮得上忙。我赶到时，珀金斯警官指挥全局，处理得井井有条。我认为珀金斯警官应该获得晋升。是他告诉我站在你们面前的这个男人的身份。你们已经听说了，他是歇洛克·福尔摩斯先生，拥有一定的名望。我相信，他的许多崇拜者都会感到非常失望。他的真实本性、他对毒品及其凶残作用的上瘾，实在是离我们大家欣赏的虚构作品相差甚远。

"毫无疑问，是福尔摩斯先生杀害了萨利·迪克森。事实上，就连其传记作者的想象力也无法在读者脑海里激起丝毫的怀疑。在犯罪现场，我注意到他手里的枪还是热的，衣袖上沾着黑色的硝烟，大衣上有几滴小小的血迹，只有站在离女孩很近的地方开枪才会溅上。福尔摩斯先生处于半昏迷状态，还没有完全从鸦片的迷睡中苏醒，几乎没有意识到他做了一件多么可怕的事。我说'几乎没有意识到'，绝不是说他完全无辜。他知道自己有罪，法官大人。他没有替自己辩护。当我警告并逮捕他时，他并没有试图让我相信情况不是我刚才描述的那样。

"只是到了今天早晨，在经过八小时的睡眠，洗了一个冷水澡之后，他才声称自己是无辜的。他对我说，他光顾克里尔鸦片馆不是为了满足他那令人厌憎的欲望，而是在调查一个案子，案件的具体情况他却不肯透露给我。他说有一个男人，只知道名叫汉德森，打发他到莱姆豪斯去追查某个线索，没想到这个情报却是一个陷阱。他说自己刚走进鸦片馆，就被制服，被迫服下一些麻醉剂。从我个人角度来说，我认为一个人光顾鸦片馆，却又抱怨被人下毒似乎有点奇怪。既然克里尔先生一辈子都在把毒品卖给想要买的人，这次居然决定免费奉送，这也是说不通的。我们知道这都是一堆谎言。刚才已经听到一位值得尊敬的证人说看见福尔摩斯先生抽了一支，又提出再抽一支。福尔摩斯先生还声称他认识被害的女孩，她也是这场神秘调查的一部分。我倒愿意相信他的这部分证词。他很可能以前见过那个女孩，在精神错乱的状态下，把她当成了想象中的某个特大罪犯。他杀害她没有别的动机。

"我想再补充一点，福尔摩斯先生现在一口咬定他置身于一个阴谋之中，这个阴谋包括我、珀金斯警官、以赛亚·克里尔、霍拉斯·布莱克沃特勋爵，以及，很有可能包括您，法官大人。我可以把这看作他的妄想，但实际上比这更加糟糕。他是蓄意试图摆脱他昨晚的迷幻状态造成的后果。福尔摩斯先生真是不幸，我们还有第二个证人正巧目睹了谋杀过程。我相信，他的证词会使诉讼程序告一段落。就我来说，只想补充一句，我在伦敦警察局干了十五年，还从没碰到过证据这样充分、犯罪这样明显的案子。"

我几乎以为他要鞠一个躬。但他没有，只是恭敬地朝法官点了点头，便坐了下来。

最后一位证人是托马斯·阿克兰医生。在夜晚的黑暗和混乱中，我没有仔细端详他。此刻他站在面前，我吃惊地发现他是一个毫无魅力的男人。一头鲜红色的鬈发（他肯定能在红发会谋得一席之位），乱糟糟地从长长的头颅上披散下来，深色的雀斑使他的皮肤看上去近乎病态。他刚开始长出胡须，脖子长得近乎离奇，一双蓝眼睛水汪汪的。也许我对他外貌的描述有些夸张，因为他开口说话时，我对他产生了深刻的、缺乏理性的憎恨。他的话似乎给我朋友的罪状下了最后断语。我又核查了官方笔录，因此能够一字不差地在此呈现当时的提问和他的回答，以免我的一己之见影响叙事的真实性。

起诉人：请把您的姓名告诉法庭。

证人：托马斯·阿克兰。

起诉人：您来自苏格兰。

证人：是的。但目前住在伦敦。

起诉人：阿克兰医生，您能否跟我们说说您的职业生涯。

证人：我生于格拉斯哥，在那里的大学学医。我于一八六七年获得医学学位，在爱丁堡的皇家医药学校担任讲师，后在爱丁堡皇家病童医院担任临床外科学的教授。五年前妻子死后，我迁至伦敦，应邀在威斯敏斯特医院担任董事至今。

起诉人：威斯敏斯特医院是为穷人开办的，资金来自公众捐款，是这样吗？

证人：是的。

起诉人：我相信您本人也对医院的维护和扩建给予了慷慨资助。

法官：爱德华兹先生，如果您不介意，我认为应该切合主题。

起诉人：好的，法官大人。阿克兰医生，您能否告诉我们，昨天深夜您怎么碰巧去了米尔沃德街和铜门广场附近呢？

证人：我去看望我的一位病人。他是个善良、勤劳的男人，家庭贫困。他出院之后，我很担心他的健康。我很晚才去看他，因为先参加了皇家内科医生协会的晚宴。我十一点钟离开病人家，打算走一段路回家——我的住所在霍尔本。可是我在雾中迷了路，于午夜之前偶然走进了广场。

起诉人：您看见了什么？

证人：我看见了整个事件。我看见一个女孩，在这样寒冷的天气里穿得非常单薄，最多也就十四五岁。我一想起她那个时候在大街上可能在做什么，就感到不寒而栗，大家都知道那个地区各种罪恶猖獗。我刚注意到她时，她举着双手，看上去非常惊恐。她只说出了一句话："求求您……"接着便是两声枪响。她倒在地上。我立刻知道她死了。第二枪穿透脑袋，使她当场毙命。

起诉人：您看见是谁开枪的吗？

证人：起初没有。天很黑，我完全惊呆了，而且担心我的生命受到威胁。我想，这个人竟然伤害这样一个可怜的、手无寸铁的小姑娘，肯定是个到处乱跑的疯子。接着，我分辨出一个人影站在离我不远的地方，手里拿着一支仍在冒烟的枪。就在我注视的当儿，他呻吟一声，扑通跪倒，接着便神志不清地瘫倒在地上。

起诉人：您今天看见那个人了吗？

证人：看见了。他就站在我前面的被告席上。

旁听席上又是一阵骚动。其他的旁听者都跟我一样清楚，这位证人的话是最足以定罪的证据。坐在我身边的雷斯垂德身体变得非常僵硬，嘴唇绷得紧紧的。我由此想到，他对福尔摩斯的那份曾经为他增光添彩的信任，此刻肯定受到了彻底的动摇。那么我呢？我承认心里很矛盾。看起来，我的朋友绝对不可能杀死那个他迫切想要见到的女孩，因为萨利·迪克森很有可能听她弟弟说了些什么，可以帮助我们找到"丝之屋"。而且，我始终没弄清楚她在铜门广场做什么。难道在汉德森拜访我们之前，她就被抓起来囚禁了？难道汉德森早就知道会有这样的结局，是故意把我们引入圈套？这在我看来是唯一符合逻辑的结论。然而另一方面，我想起福尔摩斯跟我说过许多遍的话，他说：剔除了所有的不可能之后，剩下来的肯定就是真相，不管多么令人难以置信。我倒是可以不去理睬以赛亚·克里尔的证词，他这样的人肯定容易接受贿赂，别人要他说什么就说什么。然而，一位著名的格拉斯哥医生，一位苏格兰场的资深警官，以及英国贵族之一、布莱克沃特伯爵的儿子，没有什么明显的理由，共同编造一个故事，陷害一个他们以前从未见过的人。这样的可能性几乎没有，甚至提出来都显得非常荒唐。我面前摆着两种选择：或者他们四个都在说谎；或者，福尔摩斯在鸦片的作用下，真的犯下了可怕的罪行。

　　法官则不需要这样深思熟虑。听完证词之后，他让人拿来庭审记录，记下了福尔摩斯的名字、住址和年龄，以及起诉的罪名，此外还加上了起诉人和证人的姓名住址，并将犯人身上发现的财物——登记在册（包括一副夹鼻眼镜，一截绳子，一枚刻有卡塞尔·菲尔斯坦公爵饰章的图章戒指，包在从《伦敦谷物杂志》上撕下来的一张纸里的两个烟头，一根化学吸管，几枚希腊硬币和一颗小绿宝石。直到今天，我都在纳闷当局从这些东西里究竟看出了什么。）福尔摩斯在整个庭审过程中一句话也没说。法官告诉他将被继续拘押，等候验尸官法庭在周末过后开庭。在那之后就要进行审判。到这里庭审就算结束了。法官急于审理下一个案子，还有好几个案子要审，天色已经开始黯淡了。我注视着福尔摩斯被带走。

　　"跟我来，华生！"雷斯垂德说，"快走。我们没有多少时间。"

　　我跟着他走出主法庭，下楼来到地下室。这里没有丝毫舒适可言，就连油漆也难看而破损，大概是专门为犯人，为告别了上面那个大千世界的男人和女人设计的。雷斯垂德以前当然来过这里。他领我迅速穿过一道走廊，走进一个贴着白瓷砖的房间。天花板很高，只有一扇窗户，墙边放着一圈长凳。长凳用许多木板隔开，坐在上面的人便被孤立起来，不能跟左右两边的人说话。我立刻知道这就是犯人等候室。也许福尔摩斯在庭审之前就被关在这里。

我们刚进来，门口就有了动静。福尔摩斯在一位身着制服的警察押送下出现了。我立刻冲到他面前，差点儿就要拥抱他，但我知道他会认为这只是在已经很多的侮辱上再添加一份。虽然如此，我跟他说话时，声音还是哽咽了。"福尔摩斯！我不知道该说什么。你被不公正地逮捕，受到这样的虐待……实在是超越了任何想象。"

"这真是太有意思了。"他回答，"您好，雷斯垂德。事情出现了奇怪的转折，是不是？您是怎么看的？"

"我真的不知道该怎么想，福尔摩斯先生。"雷斯垂德低声说。

"其实，没有什么新鲜。看来我们的朋友汉德森花言巧语地骗了我们，是不是，华生？不过，别忘了我其实多少料到了这点，而且他对我们还是有帮助的。以前，我只是怀疑我们误打误撞地触动了一个阴谋，它比一桩旅馆谋杀案不知道险恶多少倍。现在我对此确信不疑了。"

"可是，如果你陷入囹圄，身败名裂，知道这些事情的真相又有什么用呢？"我回答。

"我认为我的名声不会受到影响。"福尔摩斯说，"如果他们处我死刑，华生，就由你来说服那些读者，让他们相信整个事情都是一场误会。"

"您可以对这一切轻描淡写，福尔摩斯先生，"雷斯垂德低声吼道，"可是我要提醒您，我们的时间很有限。对您不利的证据似乎是无可争辩的。"

"华生，你对这些证据是怎么看的？"

"我不知道该怎么说，福尔摩斯。那些人看上去彼此并不相识。他们来自全国不同的地方，对所发生的事情看法却完全一致。"

"不过，你们肯定更愿意相信我，而不是我们的那位朋友，以赛亚·克里尔，是不是？"

"当然。"

"那么我现在就告诉你们，我对哈里曼巡官说的才是事实真相。我走进鸦片馆，克里尔向我走来，像招呼一个新顾客那样招呼我——也就是说，既热情又谨慎。有四个男人躺在床铺上，半昏半醒，或假装如此，其中一个确实是霍拉斯·布莱克沃特勋爵。当然啦，我当时并不认识他。我假装来花四个便士买货，克里尔一定要我跟他到办公室去交钱。我不想引起他的怀疑，就按他的要求去做。刚一进门，就有两个人朝我扑来，抓住我的脖子，反剪我的双臂。其中一个我们认识，华生，正是汉德森本人！另一个头皮剃得光光的，肩膀和胳膊像摔跤手一样结实，力气也跟摔跤手不相上下。我动弹不得。'你太不明智了，福尔摩斯先生，竟然敢来干涉跟你无关的事情，而且竟然相信你能和比你强大得多的人较量。'汉德森说，或大意如此。与此同时，克里尔端着一个小玻璃杯走近我，杯里是一种气味难闻的液体。某种麻醉剂。我无力反抗，只能由他们把它灌进我的嘴里。他们有三个人，我只有一个。我没法拿到我的手枪。药效几乎立刻就发作了。房间开始旋转，我的双腿一下子变得瘫软无力。他们松开手，我瘫倒在地。"

"这帮魔鬼！"我愤怒地喊道。

"后来呢？"雷斯垂德问。

"我什么也不记得了，醒过来的时候看见华生在我身边。那种毒品的药效肯定特别强。"

"您说得很好，福尔摩斯先生。可是对于我们听到的阿克兰医生、霍拉斯·布莱克沃特勋爵，以及我的同事哈里曼的证词，您又作何解释呢？"

"他们都是串通好了的。"

"可是为什么呢？这些人可不是普通百姓。"

"确实不是。如果他们是普通百姓，我倒更倾向于相信他们。你们不觉得奇怪吗，三个这样举足轻重的人物，竟然在同一时间从黑暗中冒了出来？"

"可是他们的证言是讲得通的。在法庭上没有说过一句值得怀疑的话。"

"是吗？我不敢苟同。雷斯垂德，我就听出了好多破绽。就从那位善良的阿克兰医生开始吧。他说当时天很黑，看不见是谁开的枪，同时又振振有词地说能看见枪在冒烟，您不觉得这很令人惊讶吗？这位阿克兰医生，他的视觉肯定是非同寻常。还有那个哈里曼本人。您会发现有必要去核实一下白马路上是不是真的有人抢劫银行。我觉得这未免过于凑巧了。"

"为什么？"

"如果我要抢劫银行，会等到午夜过后，街上行人稀少的时候。而且我会选择梅费尔、肯辛顿或贝尔格莱维亚®——那里的居民会在银行存入足够的钱，值得去抢。"

"那么珀金斯呢？"

"珀金斯警官是唯一诚实的证人。华生，不知道我能不能麻烦你……"

可是没等福尔摩斯把话说完，哈里曼就出现在门口，满面怒容。"这是在搞什么名堂？"他质问道，"犯人为什么不去牢房？先生，您是谁？"

"我是雷斯垂德调查官。"

"雷斯垂德！我知道您。但这是我的案子，您为什么要干涉？"

"我对歇洛克·福尔摩斯先生很熟悉——"

"许多人都对歇洛克·福尔摩斯先生很熟悉，难道要把他们都邀请过来吗？"哈里曼转向那个把福尔摩斯从法庭带过来的警察。警察一直站在房间里，此刻显得越来越不安。"警官！我要记下你的名字和号码，在适当的时候找你算账。现在，你先把福尔摩斯先生押送到后院，那里有一辆警车正等着把他送到他的下一个居住地。"

"是哪儿呢？"雷斯垂德问。

"他将被关在霍洛韦教养院。"

听了这话，我脸都白了。所有的伦敦人都知道那座阴森恐怖的城堡里，条件有多么恶劣。"福尔摩斯！"我说，"我会去看望你——"

"抱歉，我不同意您的说法。在我完成调查之前，福尔摩斯先生不能接受探视。"

我和雷斯垂德无计可施。福尔摩斯没有挣扎，他听任警察扶他站起来，领着他离开了房间。哈里曼也跟了出去，房间里只剩下我们两个人。

第十三章
投毒

所有报纸都报道了萨利·迪克森的死和后来的庭审。此刻我面前就摆着一份，因为年深日久，纸质已经磨损，变得十分薄脆。

两天前的夜晚，在泰晤士河和莱姆豪斯盆地附近的铜门广场，发生了一起重大惨案。午夜十二点刚过，八分队的珀金斯警官正在该地区巡逻，突然听见枪声，匆匆赶到出事现场。受害者已经回天无力。那是一个十六岁的女孩，在伦敦一家酒馆打工，就住在附近。据推测，当时她正在回家路上，突然遇到从一家鸦片馆出来的凶手。那个地区的鸦片馆声名狼藉。后来证实凶手是歇洛克·福尔摩斯先生，一位咨询侦探。他立刻就被警方拘留。虽然他否认犯罪，但一些德高望重的证人出面做了对他不利的证明，其中包括威斯敏斯特医院的托马斯·阿克兰医生，和拥有哈勒姆郡上千公顷农庄的霍拉斯·布莱克沃特勋爵。目前福尔摩斯先生已被转至霍洛韦的教养院。这起令人痛惜的案件又一次突显了毒品对我们社会的危害，使人们对那些供人自由购买毒品的罪恶场馆的继续合法存在提出质疑。

福尔摩斯被捕之后的那个星期一，在早餐桌上读到这样的报道，无疑是令人极度不快的一件事。报道的许多方面都是值得怀疑的。钉袋酒馆位于兰贝斯区，记者为何说萨利·迪克森当时是在回家的路上？而且文中没有提及霍拉斯勋爵本人也沉湎于那个"罪恶场馆"，这也是很奇怪的。

周末就这样过去了，那两天我没心思做任何事，烦躁不安地等待消息。我给霍洛韦送去了干净衣服和食物，但不能保证它们被交到福尔摩斯手上。从迈克罗夫特那里没有得到任何消息，虽然他不可能没有看到报纸上的这些报道，而且，我往迪奥金俱乐部送了好几封短信。我不知道应该感到愤怒还是惊惶。一方面，我觉得他的默不作答似乎有失礼貌，甚至是任性无礼的。诚然，他警告过我们，而我们偏偏反其道而行之。可是现在他弟弟的处境这样险恶，他当然应该毫不犹豫地运用自己的影响力。然而另一方面，我想起了他说的话——"到时候我就爱莫能助了。"——我为"丝之屋"的势力感到惊讶，不知它是什么东西，竟然能使一个其影响力深达政府核心圈子的人物束手无策。

我刚决定步行到俱乐部去，亲自去找迈克罗夫特，突然门铃响了。过了片刻，哈德森夫人领进一位非常美丽的女士，戴着手套，衣着简约优雅，魅力十足。我完全沉浸在自己的思绪里，过了一会儿才认出她是凯瑟琳·卡斯泰尔夫人，那位温布尔顿画商的妻子。正是那个画商的来访引发了后来一连串不愉快的事件。实际上，我看见她，觉得很难把这些事件联系起来。也就是说，我真不明白美国一座城市的一伙爱尔兰土匪，约翰·康斯塔布尔的四幅风景画被毁，以及平克顿律师所一支小队伍的枪战，怎么会导致我们陷入眼下这样的困境。这实在是匪夷所思。另一方面，在奥德摩尔夫人私人旅馆发现尸体，似乎是后来发生的一切的根源；另一方面，又似乎一切都与此毫无关系。也许是我的作家身份在起作用，我觉得仿佛我的两个故事不知怎的混在了一起，一个故事里的人物莫名其妙地出现在另一个故事里。这就是我看见卡斯泰尔夫人时脑子里的混乱想法。她站在我面前，我像个傻子一样呆呆地望着她。突然，她哭了起来。

"我亲爱的卡斯泰尔夫人！"我喊道，从椅子里跳了起来，"请您不要太难过了。坐下吧。我可以给您倒杯水吗？"

她说不出话来。我领她坐到一张椅子上。她掏出一块手帕，擦了擦眼睛。我倒了点水给她端过去，但她挥挥手拒绝了。"华生医生，"她终于喃喃地说道，"请原谅我冒昧闯来。"

"没有关系，非常高兴见到您。刚才您进来的时候，我正在想别的事情，但是我向您保证，现在我的注意力全在您身上了。'山间城堡'有什么新消息吗？"

"是的。可怕的消息。怎么，福尔摩斯先生出去了吗？"

"您没有听说吗？您没有看报纸吗？"

她摇了摇头。"我对新闻不感兴趣。我丈夫也不鼓励我看报。"

我考虑把刚才读的那篇报道拿给她看，随即否定了这种想法。"恐怕歇洛克·福尔摩斯先生身体欠安，"我说，"很可能要过一阵才能恢复。"

"那就没有希望了。我没有别人可以求助。"她垂下了头，"埃德蒙不知道我今天上这儿来。实际上，他强烈反对我这么做。但我向您发誓，华生医生，我会发疯的。这个噩梦难道就没有结束的时候吗？它突然降临，要摧毁我们所有人的生活。"

她又哭了起来。我无助地坐在一旁，最后她的眼泪终于止住了。
"如果您把到这里来的原因告诉我，也许会有点帮助。"我提议道。

"我会告诉您的。您真的能帮助我吗？"她的表情突然雨过天晴，"当然！您是一位医生！我们已经见过医生了。许多医生在家里来来去去。但也许您与众不同，您会理解的。"

"您丈夫病了吗？"

"不是我丈夫，是我的大姑子伊莱扎。您还记得她吧？您第一次见到她时，她就在抱怨头疼，身上这里疼那里疼。从那以后，她的病情突然恶化了。现在埃德蒙认为她可能快要死了，谁也想不出任何办法。"

"您为什么认为在这里能找到帮助呢？"

卡斯泰尔夫人在椅子里坐直身子。她擦干眼泪，我突然意识到了第一次见到她时曾注意到的那种精神力量。"我和我的大姑子之间没有感情。"她说，"我也不想假装有感情。从一开始，她就认为我是个投机分子，在她弟弟处于最低潮时伸出爪子捕捉他，认为我是个为钱结婚的女人，只贪图她弟弟的财富。她忘记了我来到这个国家时自己也带着许多钱；忘记了在'卡塔卢尼亚号'上，是我无微不至地照料她弟弟，使他恢复了健康。其实不管我是谁，她和她母亲都会恨我，永远不会给我机会。您也知道，埃德蒙一向属于她们——乖弟弟，孝顺的儿子——她们受不了他在另一个人那里找到了幸福。伊莱扎甚至把她母亲的死怪罪到我头上。您能相信吗？本来是个不幸的家庭事故——屋里煤气炉的火焰被吹灭了——居然在她脑子里成了故意自杀，似乎老太太宁死也不愿看到我成为家里新的女主人。从某种程度上说，她们俩都疯了。我不敢对埃德蒙这么说，但这是千真万确的。她们为什么不肯接受埃德蒙爱我这个事实，为我们俩感到高兴呢？"

"这次新的病情……"

"伊莱扎认为有人投毒害她，更糟糕的是她一口咬定是我干的。我不知道她是怎么得出这个结论的。毫无疑问，完全是疯了！"

"您丈夫知道吗？"

"当然知道。伊莱扎指责我的时候，我跟他们一起在房间里。可怜的埃德蒙！我从没见过他那样困惑。他不知道该怎么回答——如果跟我站在一边反对伊莱扎，天知道会对伊莱扎的精神状况造成什么影响。埃德蒙左右为难。后来我们俩单独在一起时，他立刻冲到我身边，请求我的原谅。伊莱扎病了，这是毫无疑问的。埃德蒙认为她的幻觉也是症状之一，也许他说得有道理。尽管如此，对我来说事情变得几乎难以忍受。现在她所有的食物都在厨房单独准备，由柯比直接送到楼上她的房间，并且要柯比确保这些食物一刻也没离开他的视线。埃德蒙甚至跟她在一个碗里吃饭。他假装是在陪伴伊莱扎，实际上他的角色跟古罗马的那些试食侍从没什么两样。也许我应该感到欣慰。已经一个星期了，埃德蒙吃了伊莱扎吃过的所有东西，依然非常健康，而伊莱扎却病得越来越厉害。如果是我给她的食物里添加了致命的毒药，为什么只有她受到影响，这实在令人百思不得其解。"

"那些医生认为她的病因是什么呢"

"他们都很困惑。起初以为是糖尿病，后来又说是败血症。现在他们往最坏的方面想，正在按霍乱给她治疗。"她低下头，当她把头重新抬起时，眼睛里已经噙满泪水。"华生医生，我要告诉您一件可怕的事情。其实我心里隐约巴不得她死掉。我从没对任何人有过这种想法，包括我的前夫在喝得烂醉、对我施暴的时候。可是有时我发现自己在想，如果伊莱扎死了，至少我和埃德蒙就能平静地生活了。伊莱扎似乎打定主意要把我们拆散。"

"您愿意我跟您一起去一趟温布尔顿吗？"我问。

"真的吗？"她的眼睛一亮，"埃德蒙不愿意我来见歇洛克·福尔摩斯，有两个原因。在他看来，他跟您朋友的交易已经结束。那个从波士顿过来跟踪他的男人已死，似乎没有什么更多的事情要做了。如果我们把一位侦探带到家里，他担心只会让伊莱扎相信自己是对的。"

"那么您认为……"

"我希望福尔摩斯先生证明我是清白的。"

"如果有助于减轻您的思想负担，我乐意陪您走一趟。"我说，"不过我要提醒您，我只是个普通医师，经验有限，但因为长期跟歇洛克·福尔摩斯合作，比较善于发现异常的线索，也许会注意到其他人没有注意的东西。"

"是真的吗，华生医生？真是感激不尽。我有时候仍然感到在这个国家是个异乡人，感谢上帝，身边有人这样支持我。"

我们一同离开。我本来不愿离开贝克街，可是独自坐在这里只能干着急，于事无补。雷斯垂德正在为我积极活动，但什么时候我能获准去霍洛韦看望福尔摩斯还不知道。迈克罗夫特要下午才会光顾迪奥金俱乐部。而且，虽然卡斯泰尔夫人那么说，但圆帽男人的谜案其实远未侦破。再次见到埃德蒙·卡斯泰尔和他姐姐肯定很有意思，我知道我远远无法替代福尔摩斯本人，但也可能会看见或听见一些什么，有助于理解所发生的事情，使我的朋友早日获释。

当我出现在他家装潢精美、大钟轻轻滴答的门厅里时，卡斯泰尔起初并不高兴看见我。他正要出门去吃午饭，穿得衣冠楚楚：礼服大衣，灰色丝绸领带，擦得光可鉴人的皮鞋。门旁的桌上放着他的高顶大圆礼帽和手杖。"华生医生！"他惊呼道，随即转向妻子，"我记得我们已经说好不去劳驾歇洛克·福尔摩斯先生的。"

"我不是福尔摩斯。"我说。

"确实不是。我刚才看了报纸，上面说福尔摩斯先生陷入了极度声名狼藉的境地。"

"他之所以会这样，是因为追踪您送上门来的那个案子。"

"那个案子现在已经有了结论。"

"他并不这么认为。"

"我不敢苟同。"

"好了，埃德蒙。"卡斯泰尔夫人插进来说道，"华生医生不辞劳苦地陪我从伦敦一路赶来。他答应去看看伊莱扎，把他的想法告诉我们。"

"已经有好几个医生看过伊莱扎了。"

"再多一个人的意见也不会有什么坏处。"她挽住丈夫的胳膊。"你不知道最近几天我的日子是怎么过的。求求你，亲爱的，就让他看看伊莱扎吧，说不定会对她有所帮助，即使有另外一个人听她发发牢骚也是好的。"

卡斯泰尔妥协了。他拍拍妻子的手说："好吧，但现在还不行。我姐姐今天早晨起得晚，我刚才听见她正在洗澡。至少三十分钟后她才能出来见人。"

"我很乐意等一等，"我说，"如果可以的话，我想利用这点时间看看厨房。既然你姐姐一口咬定有人在她的食物里做了手脚，我们去看看做饭的地方或许会得到一些启发。"

"没问题，华生医生。您千万要原谅我刚才的失礼。希望福尔摩斯先生身体安康。我很高兴见到您，主要是这场噩梦似乎没完没了，先是波士顿，再是我可怜的母亲，接着是旅馆的那桩案子，现在又是伊莱扎。就在昨天，我还从鲁本学院弄到了一幅水粉画，这幅画细致地刻画了红海的摩西。现在，我简直怀疑我遭到了诅咒，那些诅咒就像法老的诅咒一样凶险可怕。"

我们下楼走进一间通风良好的大厨房，里面满是锅碗瓢盆、案板和冒着蒸汽的大锅，给人的感觉是这里很忙碌，但实际上并没有看见多少人在活动。厨房里有三个人。其中一个我认识，是上次到"山间城堡"来时给我们开门的男仆柯比，他坐在桌旁，往面包上抹黄油，作为他的午餐。一个姜黄色头发、身材像布丁一样的小个子女人，站在炉子旁搅动一锅汤，空气里弥漫着汤的香味——那是牛肉和蔬菜的气味。第三个人是个一脸狡诈的小伙子，坐在墙角，懒洋洋地擦拭着刀具。我们一进屋，柯比立刻就站了起来。我注意到小伙子坐着不动，只扭头看了一眼，似乎我们是擅自闯入，没有权利打扰他。他有着长长的黄头发，一张略显女性化的脸，年龄估计在十八九岁。我想起卡斯泰尔告诉我和福尔摩斯，柯比的妻子有个侄子叫帕特里克，在楼下干活，估计就是此人。

卡斯泰尔给我做了介绍。"这是华生医生，过来确定我姐姐的病因。他可能有几个问题要问你们，希望你们尽量如实回答。"

我虽然主动提出进入厨房，实际上并不清楚该说什么，那个厨娘似乎是三个人里最容易接近的，便从她开始。"你是柯比夫人？"

"是的，先生。"

"饭菜都是你准备的？"

"都是在这个厨房里，先生，我和我丈夫一起做的。帕特里克愿意帮忙的时候，就帮着削削土豆，洗洗涮涮，但所有的饭菜都经过我的手。华生医生，如果这个家里有什么东西被下了毒，您绝不会在这里找到。我的厨房一尘不染，先生。我们每个月都用石灰碳彻底擦洗一遍。如果您愿意，可以到餐具室去看看。每样东西都放得井井有条，空气清新。我们是从本地买的食物，从来没让不新鲜的东西进过家门。"

"卡斯泰尔小姐的疾病不是食物引起的，请您原谅，先生。"柯比看了一眼男主人，低声说道，"您和卡斯泰尔夫人吃的东西跟她完全一样，却都是好好的。"

"要我说呀，这家里出了一些蹊跷的事。"柯比夫人说。

"你这话是什么意思，玛格丽特？"卡斯泰尔夫人问道。

"我也不清楚，夫人，只是随便说说的。我们都特别替可怜的卡斯泰尔小姐担心，就好像这个家里有什么地方不对劲儿，但是我问心无愧。如果有人提出另外的说法，我明天就卷起铺盖走人。"

"没有人怪罪你，柯比夫人。"

"但是她说得对，这个家里确实有地方不对劲儿。"帮厨的小伙子第一次说话，他的口音使我想起卡斯泰尔对我说过他来自爱尔兰。

"你叫帕特里克，是吗？"我问。

"没错，先生。"

"你是哪儿人？"

"贝尔法斯特，先生。"

罗尔克和奇兰·奥多纳胡也是贝尔法斯特人，当然啦，这肯定只是一个巧合。"你在这里多久了，帕特里克？"我问。

"两年。是在卡斯泰尔夫人之前不久来的。"小伙子傻笑起来，好像暗自想起了一个笑话。

虽然这事跟我无关，可是他的举止言谈——懒洋洋坐在板凳上的样子，甚至说话的腔调——都使我觉得他是故意粗鲁无礼。卡斯泰尔竟然对他听之任之，让我感到吃惊。他妻子看不下去了。

"你怎么敢用这种口气说话，帕特里克？"她说，"如果想暗示什么，尽管说出来好了。如果在这里待得不痛快，你可以离开。"

"我很喜欢这里呀，卡斯泰尔夫人，我并不想去别的什么地方。"

"实在无礼！埃德蒙，你也不说他几句！"

卡斯泰尔犹豫不决。就在这时，响起了刺耳的铃声。柯比扭头看了看那边墙上的一排服务铃。"是卡斯泰尔小姐，先生。"他说。

"她一定是洗完了澡，"卡斯泰尔说，"可以上去看她了。除非您还有什么别的问题要问，华生医生。"

"没有了。"我回答。刚才提的几个问题毫无所获，我一下子信心全无。我突然想到，如果福尔摩斯在场，或许早就把整个谜底都解开了。他会怎么看待这个爱尔兰小伙计以及他跟其他人的关系？他用目光扫视这个房间时会看见什么？"华生，你看见了，但你没有留意。"他经常这么说，此刻我才觉得这句话千真万确。厨房的刀放在桌上；汤在炉子上沸腾；两只野鸡挂在餐具室的一个钩子上；柯比的眼睛低垂着；他妻子站在那里，双手放在围裙上；帕特里克还是满脸笑嘻嘻的……福尔摩斯从他们身上看到的东西会比我看到的多吗？这是毫无疑问的。给他一滴水，他就能推断出大西洋的存在。给我一滴水，我只会寻找一个水龙头。这就是我们俩的差别。

我们离开厨房，顺着楼梯一直走到楼顶。在楼梯上，我们与一个姑娘擦身而过，她拿着一个盆和两条毛巾匆匆下楼。这是洗碗女仆埃尔西。她低垂着头，我没有看见她的脸。她从我们身边走过，消失不见了。

卡斯泰尔轻轻敲了敲门，然后走进姐姐的卧室，看她是否可以接受我的探视。我跟卡斯泰尔夫人在门外等着。"华生医生，您自己在这里等着吧。"她说，"如果我进去，只会给我的大姑子增加痛苦。如果您发现了什么跟她病情有关的东西，请一定告诉我。"

"当然。"

"再次感谢您的到来。有您这样一位朋友，我觉得心里踏实多了。"

她刚转身离去，门就开了，卡斯泰尔请我进去。我走进一间紧凑的、布置得十分奢华的卧室。它就建在屋檐下，窗户很小，窗帘拉下一半，炉栅里燃着火苗。我注意到还有一扇门通向一间相邻的浴室，空气里弥漫着浓郁的薰衣草浴盐的香味。伊莱扎·卡斯泰尔躺在床上，身后垫着好几个枕头，身上裹了一条披肩。我立刻看出她的健康状况从我上次来访后急剧恶化。她神色痛苦而疲惫，这是我经常在那些病情较重的病人身上看到的，她的眼睛可怜巴巴地从变得瘦削的颧骨上往外瞪着。头发已经梳过，但仍然乱糟糟的，铺撒在肩膀周围。她的双手放在面前的床单上，看上去像死人的手一样。

"华生医生！"她跟我打招呼，声音嘶哑，好像憋在嗓子眼里，"您怎么来看我了？"

"是您弟妹请我过来的，卡斯泰尔小姐。"我回答。

"我弟妹巴不得我赶紧死掉。"

"这我倒没有看出来。我可以给您搭搭脉吗？"

"您愿意拿什么就拿什么吧，我没有别的可给了。等我死了，下一个就是埃德蒙了，记住我的话吧。"

"嘘，伊莱扎！别说这种话。"她的弟弟责怪她。

我给她搭脉。她心跳很快，似乎身体挣扎着想击退病魔。她的肤色有点发青，再加上我听到的其他症状，使我怀疑医生诊断她的病因是霍乱或许是对的。"您肚子疼吗？"我问。

"疼。"

"关节疼吗？"

"我能感觉到我的骨头正在烂掉。"

"有几位医生给您看病，他们给您开了什么药？"

"我姐姐在服鸦片酊。"卡斯泰尔说。

"您能吃东西吗？"

"就是食物正在害死我！"

"您应该试着吃点东西，卡斯泰尔小姐。饿肚子只会让您更加虚弱。"我放开她的手，"我提不出什么更好的建议。可以开开窗户，让空气流通，当然啦，清洁是最重要的。"

"我每天洗澡。"

"每天换衣服和床单也会有帮助。最要紧的是，您必须吃东西。我去过厨房，看到给您的饭菜都做得很好。您没有什么可担心的。"

"有人给我下毒。"

"如果你中了毒，我也逃不了！"卡斯泰尔激动地大声说，"求

170

求你了，伊莱扎！你怎么就不明白呢？"

"我累了。"这位病弱的妇人把身体往后一仰，闭上了眼睛。"谢谢您来看望我，华生医生。把窗户打开，换床单！看得出来，您肯定处于事业的最顶峰！"

卡斯泰尔示意我出来，说实在的，我也巴不得离开。我们第一次见到伊莱扎·卡斯泰尔时，她就表现得傲慢无礼，现在疾病又使她性格的这些方面变本加厉。我和卡斯泰尔在门口告别。"谢谢您的来访，华生医生。"他说，"我能理解是什么样的压力使可怜的凯瑟琳跑去找您。我非常希望福尔摩斯先生能从眼下的困境中摆脱出来。"

我们握了握手。我正要离去，突然想了起来。"还有一件事，卡斯泰尔先生。您妻子会游泳吗？"

"什么？多么稀奇古怪的问题！您想知道这个做什么？"

"我自有道理……"

"好吧，实际上，凯瑟琳根本不会游泳。她对水有一种恐惧感，曾对我说过，不管什么情况她都不会进入水里。"

"谢谢您，卡斯泰尔先生。"

"祝您愉快，华生医生。"

门关上了。我得到了福尔摩斯向我提出的那个问题的答案。现在需要知道的就是我为什么要问这个问题了。

第十四章
步入黑暗

　　我回来的时候，有一封迈克罗夫特的信件等着我。他告诉我他那天傍晚会在迪奥金俱乐部，如果我届时前去，他很乐意见我。这些日子我辛苦奔波，再加上刚去了一趟温布尔顿，已经几乎精疲力竭……我只要过于劳累，在阿富汗所受的旧伤就会发作。虽然如此，我还是决定稍事休息后再出去一趟，因为我强烈地意识到，我在外面享受自由时，歇洛克·福尔摩斯却在忍受痛苦的折磨，这比考虑我自己是否舒适重要得多。迈克罗夫特可能不会再给我第二次机会拜访他，他不仅极度肥胖，而且变化无常，像一个庞大的影子一样在权力的走廊间倏忽掠过。哈德森夫人端来推迟了的午饭，我吃完后就坐在椅子上睡着了。当我出门叫车前往蓓尔美尔街时，天色已经暗了下来。

　　迈克罗夫特依旧在访客接待室接见我，这次的态度比我和福尔摩斯一起去的那次要干脆和正式。没有寒暄说笑，他直奔主题。"这件事非常棘手，非常棘手。我弟弟既然不打算接受我的忠告，为何要来征求我的意见呢？"

　　"我认为，他是想从您这里得到情报，而不是寻求忠告。"我回答。

"有道理。但我只能提供建议而不是情报。他当时就应该听从我的意见。我告诉他继续调查这件事不会有好结果——不过他就是这种性格,小时候就是这样,做事冲动。我们的母亲以前经常这么说,一直担心他会给自己惹上麻烦。如果母亲能活着看到他成为一个著名的侦探,肯定会露出微笑的。"

"您能帮助他吗?"

"您已经知道了这个问题的答案,华生医生,上次见面时我就告诉过你们——我爱莫能助。"

"您就眼看着福尔摩斯因谋杀罪被处以死刑?"

"不会到那一步的,不会到那一步的。我已经在幕后做了工作,虽然遇到了令人吃惊的阻力和干预,但是许多重要人物都对他非常熟悉,因此那种可能性不会出现。"

"他被关押在霍洛韦。"

"我知道,并且得到了很好的照顾——至少是在那个糟糕的地方允许的范围内。"

"关于哈里曼巡官,您知道什么?"

"一个很不错的警官,一个正直的男子汉,记录上没有污点。"

"其他证人呢?"

迈克罗夫特闭上眼睛,抬起脑袋,像在品味一种醇美的葡萄酒。他用这种方式让自己稍加思索。"我知道您指的是什么,华生医生。"他最后说道,"请您务必相信,虽然歇洛克做事莽撞,但我依然为他的利益着想,正在努力弄清究竟是怎么回事。我个人付出了相当大的代价,已经对托马斯·阿克兰医生和霍拉斯·布莱克沃特勋爵的背景进行了调查。很遗憾地告诉您,据我所知,他们无可指摘,两人都出身良好,都是单身,都很富有。他们没有在一起合作过,上的也不是同一所学校。他们在生命的大部分时间都相隔好几百英里,除了碰巧都在那天晚上去了莱姆豪斯,彼此没有任何联系。"

"除非是因为'丝之屋'。"

"一点儿不错。"

"而您不会把详情告诉我。"

"我不告诉您是因为我不知道。也正是由于这个原因,我提醒歇洛克不要插手。如果政府的核心内部有某个团体或圈子对我保密,而且隐藏至深,甚至提及它的名字都会被立刻召到白厅的某个办公室去,那么我就会本能地转身回避,而不是在全国报纸上发布一则倒霉的启事!能说的话都跟我弟弟说了⋯⋯也许有一些不该说的也说了。"

"那结果会怎么样呢?您会允许他接受审判吗?"

"我允许什么或不允许什么,完全没有意义。恐怕您过于高估了我的影响力。"迈克罗夫特从马甲口袋里掏出一个玳瑁匣子,捏出一点儿鼻烟。"我可以做他的辩护人,仅此而已。我可以为他辩护。如果确有必要,可以作为他的品德信誉见证人出庭作证。"我一定露出了失望的神情,因为迈克罗夫特把鼻烟放下,站起身朝我走来。"不要灰心,华生医生。"他劝道,"我弟弟是个能量很大的人,即使在现在这样极其不乐观的境况下,他说不定也会给您一个惊喜。"

"您会去看望他吗?"我问。

"恐怕不会。这样做会让他感到尴尬，也会给我带来不必要的麻烦。但是请您务必告诉他，您已经找我商量过，我正在做自己力所能及的事。"

"他们不会让我见他。"

"您明天再次提出申请，他们最后肯定会让您进去的。没有理由不让。"他陪我走到门口，"我弟弟非常幸运，不仅有人出色地记录他的故事，而且还有一个坚定不移的同盟者。"

"但愿我写的不是他的最后一个故事。"

"再见，华生医生。对您失礼我会感到非常不安，所以希望您不要再跟我联系，除非，当然啦，在情况极度危急的时候。祝您晚安。"

我怀着沉重的心情返回贝克街，迈克罗夫特提供的帮助比我希望的还要少，如果现在还不算极度危急，我不知道他指的会是什么样的情况。不过至少他将为我弄到前往霍洛韦的许可，这一趟总算不是一无所获。我头疼欲裂，胳膊和肩膀都隐隐作痛，我知道我的精力即将耗尽。然而，这一天并没有结束。当我下车走向那道十分熟悉的大门时，看见一个黑头发、黑大衣，矮小结实的男人从人行道上出现，挡住了我的去路。

"华生医生？"他问。

"是的。"

我急于赶路，但小个子男人直逼到我跟前说："医生，劳驾您跟我走一趟好吗？"

"什么事情？"

"跟您的朋友歇洛克·福尔摩斯先生有关。还能有别的什么事吗？"

　　我更加仔细地打量他，所看到的景象并没有消除我的疑虑。乍看上去，会把他当成一个零售商，也许是裁缝，甚至是殡仪员，因为他脸上似乎有一种刻意装出来的悲哀。他眉毛粗重，浓密的八字胡耷拉到上嘴唇上。他还戴着黑手套和一顶黑色圆顶高帽。从他跷着脚尖站立的样子看，我以为他随时都会甩出一根卷尺。可是量我的尺寸做什么呢？是做新衣服，还是做棺材？

　　"您知道福尔摩斯的什么情况？"我问，"有什么消息不能在这里告诉我呢？"

　　"我不知道什么消息，华生医生。我只是个跑腿的，是个非常卑微的仆人。消息在我的主人那里，正是他派我到这里来，要求您去见他。"

　　"上哪儿去见他？他是谁？"

　　"很遗憾我无可奉告。"

　　"那您恐怕就是在浪费时间了。今晚我没有心情再出去。"

　　"您没有听明白，先生。我的主人不是邀请您去见他，而是要求您去见他。其实我不愿意这么说，但是我不得不告诉您，他是不习惯被人拒绝的。实际上，如果您拒绝他的话将会犯下一个可怕的错误。能否劳驾您低头看看，先生？这儿！别惊慌。我向您保证，您非常安全。好了，劳驾您往这边走……"

　　我惊愕地后退一步，因为我按他的吩咐低头一看，发现他手里拿着一把左轮手枪，正对准我的肚子。不知他是在我们说话时把枪掏出来的，还是手里一直就拿着枪，我感觉他好像变了个令人不快的魔法，让武器突然凭空出现。他那架势显然得心应手。从没开过枪的人，拿枪的样子跟经常开枪的人是不同的。我一眼就能看出这位攻击者属于哪个类别。

"您不可能在大街上朝我开枪。"我说。

"恰恰相反，华生医生，我得到的命令是，如果您想给我找麻烦的话，我当场就能把您击毙。还是让我们开诚布公吧。我不想打死您，我相信您也不愿意死。也许应该让您知道——我向您郑重起誓——我们并不打算伤害您，我知道眼下看起来不是这么回事。不过再过一会儿，一切都会解释清楚，您也就明白为什么必须采取这些预防措施了。"

他说话的口气很特别，既恭维谄媚，又极具威胁性。他用手枪比画了一下，我看见一辆黑色马车停在一旁，两匹马和一个马车夫各就各位。这是一辆四轮马车，窗户是磨砂玻璃的，我不知道要求见我的那个人是否就坐在车里。我走过去打开车门，里面没有人，设备和装潢非常典雅奢华。"我们要走多远？"我问，"房东太太还等我吃晚餐呢。"

"您在我们去的地方会享用到更好的晚餐。您赶紧上车，我们就能早一点儿上路。"

他会不会真的在我自己家门外开枪把我打死？我相信他会。他有一种蛮横无情的气质。另一方面，如果我上了这辆马车，很可能会被拉走，从此消失无踪。也许他正是害死罗斯及其姐姐，并用狡猾手段陷害福尔摩斯的那帮人派来的。我注意到马车里侧挂着丝帘——不是白色，而是珠灰色的。这时候我提醒自己，他说他所代表的那位先生掌握了一些情报。不管从哪个方面看，我似乎都别无选择。我上了车。那人跟上来，关上了门。这时我才发现至少有一点是弄错了，我以为安装磨砂玻璃是为了不让我往车里看，实际上，是为了不让我往车外看。

那人在我对面坐下，车夫立刻扬鞭策马，我们出发了。我只能看见一盏盏煤气灯在窗外掠过，当我们离开城市，往北——我猜测——行驶时，就连煤气灯也消失了。座位上放着一条毛毯，我拿过来盖在膝头，因为天气非常寒冷，就像所有十二月的夜晚一样。我的同伴一言不发，似乎睡着了，他的脑袋往前耷拉，手枪随意地放在腿上。然而，大约一个小时后，我伸手去开窗，想看看外面的风景，判断到了什么地方时，他突然警醒，像责备一个调皮的男生一样摇了摇头。"说真的，华生医生，我以为您不会这么做呢。我的主人煞费苦心地不让您知道他的地址。他是一个离群索居的人。我希望您把双手放回原处，让车窗就这样关着。"

"我们还要走多久？"

"需要走多久就走多久。"

"您有名字吗？"

"我有名字，先生。但恐怕不能擅自透露给您。"

"关于您的主人，您有什么能告诉我的？"

"这个话题我可以一路说到北极，先生。他是个非常出色的人。但是他不会欣赏我这么做的。总的说来，说得越少越好。"

我觉得这趟旅行简直难以忍受。我的表显示马车走了两个小时，但是没有办法知道我们往哪个方向走，走了多远，我甚至想到我们在不断地兜圈子，目的地实际上就在附近。有一两次马车改变方向，我觉得自己被甩向一边。大多数时候，车轮似乎行驶在光滑的柏油路上，偶尔会出现一阵"哒哒"声，我感到是走过了一条铺砌的堤道。有一次我还听见一辆蒸汽机车牵引的列车从头顶上经过。我们肯定是在桥下。其余的时候，我感到自己被周围的黑暗吞没，最后竟打起了瞌睡。我醒来时，马车颤动着停住了，那位旅伴隔着我探身打开车门。

"我们直接进去，华生医生。"他说，"这是我得到的吩咐。请不要在外面逗留。这是个寒冷阴郁的夜晚。如果您不赶紧进去，我担心您会把命送掉。"

一瞥之下，我只看见一座巨大的、阴森森的房子，正面覆盖着常春藤，花园里长满了杂草。我们可能是在汉普斯特德郡或汉普夏郡，因为场院周围是高高的围墙，以及沉重的锻铁大门。此时大门已经在我们身后关上了。房子本身使我想起了修道院，细圆齿状的窗户，怪兽状滴水嘴，还有一个高出屋顶许多的塔楼。楼上的窗户漆黑一片，楼下有几个房间亮着灯。门廊下面的一扇门开着，但没有人出来欢迎我，不过，即使是在阳光普照的下午，这样一个地方也不可能带有任何欢迎的色彩。在那位旅伴的催促下，我匆匆走了进去。他在我身后把门重重关上，关门声在昏暗的走廊里回荡。

"先生，请这边走。"他拿来了一盏灯。我跟他进入一道走廊，两侧是彩色玻璃窗，栎木镶板，和一些图画。那些画年深日久，颜色发黑，如果没有画框，我根本注意不到它们。我们走到一扇门前。"进去吧。我会让他知道您已经到了。他很快就会来的。别碰任何东西。别去任何地方。保持克制！"说完这些奇怪的指令，他就顺原路退了回去。

我是在一间藏书室里，石头壁炉里燃烧着木头，壁炉架上摆着一些蜡烛。一张深色木头的圆桌和几把椅子占据了房间中央，这里点着更多的蜡烛。房间里有两扇窗户，都拉着厚厚的窗帘，木头地板上只铺了一张厚厚的小地毯。藏书室里的图书足有好几百种。书架从地面直达天花板——高度十分壮观——一把带轮子的梯子可以从一个书架挪到另一个书架。我拿起一根蜡烛，查看了几本书的封面。这座房子的主人肯定精通法语、德语和意大利语，这三种语言跟英语一起出现在书架上。他的兴趣包括物理学、植物学、哲学、地质学、历史和数学。我没有看到文学作品。说实在的，这些藏书使我一下子想到了歇洛克·福尔摩斯。它们似乎恰好也反映了他的趣味。从这个房间的建筑结构、壁炉的形状以及华丽的天花板，我能看出房子肯定是按詹姆斯一世风格建造的。我听从那位旅伴的建议，在一张椅子上坐下来，把双手伸在炉火前。温暖的炉火让我感到欣慰，一路上虽然有毯子，但还是冷得够呛。

房间里还有另一扇门，就在我进来的那扇门对面。突然，这扇门打开，出现了一个很高、很瘦的男人，他的体型似乎跟那个门框完全不成比例，简直要弯腰低头才能进来。他穿着深色长裤，土耳其拖鞋，和一件男子晚间在家穿的便服。他进来时，我发现他头顶几乎全秃，额头很高，有一双深陷的眼睛。他行动缓慢，两只骨瘦如柴的胳膊在胸前交叉，互相紧紧抓住，似乎把自己搂抱着。我注意到藏书室跟一个化学实验室相连，他刚才就是在那里忙碌。在他身后，我看见一张长长的桌子，上面杂乱地摆着试管、蒸馏器、小口瓶、大玻璃杯和咝咝作响的本生灯。来人身上有一股强烈的化学品的气味，我虽然很想知道他在做什么性质的实验，但觉得还是不问为好。

"华生医生，"他说，"抱歉让您久等了。有一个棘手的问题需要我去关注，现在已经有了丰硕的结果。给您倒酒了吗？没有？昂德伍德的恪尽职守是毫无疑问的，却不能说是一个特别体贴周到的人。不幸的是，在我这个行业里，是容不得挑肥拣瘦的。我相信在刚才的长途旅行中他对您多有照顾。"

"他甚至没有把他的名字告诉我。"

"这并不令人感到意外。我也不打算把我的名字告诉您。不过时间已经不早，我们还有正事要谈。希望您跟我一起共进晚餐。"

"我不习惯跟不肯做自我介绍的人共进晚餐。"

"也许是这样，但我请求您考虑一下：在这座房子里什么都会发生。要说您完全受我摆布，听起来有点夸张和愚蠢，但事实就是这样。您不知道自己在什么地方，没有人看见您来到这里。如果您永远不从这里离开，全世界都不会有人知道。因此我建议，在您面临的几个选择中，跟我一起愉快地共进晚餐是比较可取的。食物比较简单，但酒很好。餐桌就在隔壁。请这边来。"

他领我回到外面的走廊，走向一个几乎占据房子整个侧翼的餐厅。餐厅的一头是说唱表演台，另一头是个庞大的壁炉。一张长餐桌横贯两头，足够容纳三十个人，很容易想象在往昔的岁月里，家人和朋友聚在餐桌周围，音乐在演奏，炉火在燃烧，一道道菜肴没完没了地被端上来。但是今晚餐厅里空荡荡的。一盏带灯罩的灯投下的亮光照着几样冷餐、面包，和一瓶红酒。看样子，房子的主人要和我单独在阴影的包围下进餐。我心情压抑、食欲不振地坐了下来。他坐在桌首，弯腰驼背，那把椅子似乎很不适合他这样身材笨拙的人。

"我经常希望认识您，华生医生。"东道主一边给自己布菜，一边说道，"也许您会感到意外。我是您的一个忠实崇拜者，读过您写的每一篇故事。"他随身带着一本《康希尔杂志》，摊开放在桌上。"我刚读完这一篇，《铜山毛榉案》，认为写得相当精彩。"虽然这个夜晚气氛诡异，我还是忍不住感到一些自得，实际上我对这个故事的结尾也特别满意。"我对维奥莱特·亨特小姐的命运不感兴趣。"他继续说道，"杰夫罗·鲁卡斯尔显然是个最残忍的禽兽。我感到吃惊的是那个姑娘竟然这样轻信他。不过，我被您对歇洛克·福尔摩斯先生及其破案方法的描写深深吸引住了，一向都是如此。可惜您没有把他向您提到的对罪案的七种不同解释都写出来，那样肯定特别令人受益。尽管如此，您已经让读者看到了一颗了不起的大脑的运作方法，我们都应该为此心怀感激。来点红酒？"

"谢谢。"

他倒了两杯，然后继续说道，"可惜福尔摩斯没有专门致力于破解这种罪案，也就是说，家庭犯罪，动机无关紧要，受害者微不足道。鲁卡斯尔甚至没有因为所扮演的角色而被捕，不过倒是遭到了严重毁容，是不是？"

"惨不忍睹。"

"也许这个惩罚就够了。当您的朋友把注意力转向更大的事情，转向由我这样的人组织的企业时，他就跨越了界限，变得令人讨厌了。我担心他最近就做了这种事情，如果继续这样下去，我们俩可能就不得不见面。那样的话，我向您保证，对他可是极为不利的。"

他口吻里带着一点儿尖刻，使我不寒而栗。"您还没有把您的身份告诉我。"我说，"您能解释一下您是谁吗？"

"我是一位数学家，华生医生。不是自夸，现在欧洲大多数院校都在学习我在二项式定理方面的研究成果。我另外还有一个身份，您无疑会称之为罪犯，不过我更愿意认为我把犯罪变成了一门科学。我尽力不让自己的双手被玷污，把那些事情留给昂德伍德之类的人。您可以说我是个抽象思维者。从最纯粹的意义上说，犯罪是一门抽象艺术，像音乐一样。我配曲，别人演奏。"

　　"您需要我做什么呢？您为什么把我带到这里来？"

　　"除了有幸认识您，我还希望帮助您。更重要的是，我希望帮助歇洛克·福尔摩斯先生，说这话我自己也感到很意外。两个月前，我给他寄了一份纪念品，邀请他调查一下如今给他带来这么多痛苦的事情，很遗憾他没有予以关注。也许，我应该表达得更直接一些。"

　　"您给他寄了什么？"我问，其实心里已经知道了。

　　"一截白丝带。"

　　"您也是'丝之屋'的！"

　　"我跟它毫无关系！"他第一次以恼怒的口气说话，"请不要用您愚蠢的三段论来让我失望了。把它们留着写在您的书里吧。"

　　"但是您知道它是什么。"

　　"我什么都知道。这个国家发生的任何邪恶行径，不管多大多小，都会引起我的注意。我在每个城市、每条街道都有线人。他们是我的耳目。他们连眼皮也不眨一下。"我等待着他继续说下去，可是他再开口时，话题却变了。"您必须向我做个保证，华生医生。您必须拿您认为神圣的东西起誓，永远不把这次我们的见面告诉福尔摩斯或其他人。永远不写，永远不提。万一您知道了我的名字，必须假装是第一次听说，对我一无所知。"

"您怎么知道我会信守这样的诺言呢？"

"我知道您是一个恪守承诺的人。"

"如果我拒绝呢？"

他叹了口气。"我告诉您吧，福尔摩斯的生命面临巨大的危险。更重要的是，如果您不按我要求的去做，他将在四十八小时内死去。只有我能帮助您，但您必须答应我的条件。"

"那我同意。"

"您起誓？"

"是的。"

"拿什么起誓？"

"拿我的婚姻。"

"这还不够。"

"拿我跟福尔摩斯的友谊。"

他点点头："现在我们意见一致了。"

"那么，'丝之屋'是什么？在哪儿能找到它？"

"我不能告诉您。我希望我能，但是恐怕福尔摩斯必须自己去发现。为什么？嗯，首先，我知道他有能力，我有兴趣研究他的方法，愿意看见他在工作。我对他了解越多，就越觉得他不是那么强大无敌。同时，还有一个更普遍的原理正在受到威胁。我已经向您承认我是个罪犯，这究竟是什么意思呢？简单地说，就是有某些清规戒律在管理这个社会，我觉得它们碍手碍脚，就索性不予理睬。我遇见过一些十分受人尊重的银行家和律师，他们也会说同样的话，只是程度不同而已。但我不是一个衣冠禽兽，华生医生。我不

184

残杀儿童。我认为自己是个文明人，在我意识里，有一些规则是不可侵犯的。

"因此，当我这样一个人发现并认为一伙人的行为——罪行——跨越了雷池，我会怎么做呢？我可以告诉您他们是谁，在哪里能找到他们。我可以告诉警方。但是，如果这样做了，我在那些受雇于我、不如我高尚的人群中的声望就会受到极大的破坏。有一种东西叫刑法，我认识的许多罪犯都对此不敢掉以轻心。实际上，我也赞成这种态度。我有什么权利去评判我的罪犯朋友呢？我肯定是不希望他们来评判我的。"

"您寄给福尔摩斯一条线索。"

"那是我心血来潮，在我来说是很反常的，说明我当时有多么恼怒。尽管如此，这只是一个中庸之举，是我在这种情况下能做的最起码的事情。如果那真的促使他采取行动，我可以自我安慰说我其实没做什么，不应该怪罪到我头上。另一方面，如果他未予理会，没有造成什么破坏，我也不会有任何负罪感。话虽这么说，您不知道当他选择了第二种行为——或不作为——方式时，我是多么懊悔。我真心地认为，如果没有'丝之屋'，这个世界一定会美好得多。我仍然希望这一天能够到来，所以我今晚把您请到了这里。"

"如果不能给我情报，那您能给我什么呢？"

"我能给您这个。"他把一件东西放在桌上朝我推来。我低头一看，是一把小小的金属钥匙。

"这是什么？"我问。

"他牢房的钥匙。"

"什么？"我几乎放声大笑，"您指望福尔摩斯越狱？这就是您的宏伟计划？您要我帮助他逃离霍洛韦？"

"我不知道您为什么觉得这个想法荒唐可笑，华生医生。请您相信我的话，没有别的选择了。"

"还有验尸官法庭呢。真相会告白天下的。"

他的脸色变得阴沉。"您还是没有弄清是在跟什么样的人较量，我简直怀疑我是在浪费时间了。给您把话挑明了吧：歇洛克·福尔摩斯不会活着离开教养院的。验尸官法庭定于下个星期四开庭，福尔摩斯不会出席。他的敌人不会允许。他们计划趁他在监狱里的时候就把他干掉。"

我大为惊恐。"怎么干掉？"

"我没法告诉您。最简单的方法是下毒或令其窒息，他们可以安排一百种事故，而且无疑会想办法让他看起来是自然死亡。请您相信我。命令已经下达了，他的时间所剩无几。"

我拿起钥匙问："您是怎么得到这个的？"

"这不重要。"

"那么请告诉我怎么把钥匙交给他。他们不会让我去看他的。"

"那就由您来安排了。我再做别的，就会暴露我在其中扮演的角色。雷斯垂德可以帮助您。去跟他谈谈。"他突然站了起来，把椅子往后一推。"我认为没有更多的话可说了。您早点回到贝克街，就能早点开始考虑该采取什么行动。"他表情松弛了一点儿。"我只想补充一点。您不知道能认识您，我感到多么高兴。说实在的，我非常嫉妒福尔摩斯身边有这样一位忠实可信的传记作家。我也有一些很有趣味的故事想跟公众分享，也许哪一天会请您为我效劳。不行？好吧，只是随便想想。不过，除了这次见面，我猜想我很有可能作为一个人物出现在您的某篇故事里，到时希望您能公平地对待我。"

这是他对我说的最后一番话。也许他用某个隐藏的机关发了信号，就在这时门开了，昂德伍德走了进来。我喝光杯里的酒，因为需要酒力来支撑我走完回程的路。然后，我拿着钥匙站起身。"谢谢。"我说。

他没有回答。我走到门口，回头看了一眼。我的东道主独自坐在巨大餐桌的桌首，就着烛光拨弄他的晚餐。接着，门关上了。除了一年之后在维多利亚车站的匆匆一瞥，我再也没有见过他。

第十五章
霍洛韦监狱

　　从某些方面来说，返回伦敦的路程比离开时还要痛苦难熬。离开时我发现自己比一个囚徒强不了多少，落在很可能伤害我的人手里，要在车里颠簸半夜，被运往一个未知的目的地。现在，我知道只需要忍受几个小时，就能返回家中，却难以做到内心的平静。福尔摩斯将遭毒手！密谋逮捕他的神秘势力仍不满足，只有他的死才能让他们罢手。我得到的那把金属钥匙被紧紧攥在手里，简直能凭印在皮肉上的痕迹再配一把。我心里只有一个念头，赶紧前往霍洛韦，把正在发生的事情告诉福尔摩斯，并帮助他立刻逃离那个地方。可是怎样才能到他身边呢？哈里曼巡官已经说得很清楚，他要尽一切力量不让我们俩见面。另一方面，迈克罗夫特说"只有在极度危急的情况下"我才能再去找他，现在无疑就是这种情况。可是迈克罗夫特的影响能有多大范围，当他终于想办法把我弄到教养院时，是不是已经太晚了？

　　这些思绪在我的脑海里翻腾，只有沉默的昂德伍德坐在对面虎视眈眈地看着我，还有磨砂玻璃窗外的沉沉黑夜。这趟旅途似乎长得永远没有尽头。更糟糕的是，我心里隐约知道正在受到欺骗。马车显然在一遍又一遍地兜圈子，故意夸大贝克街和我刚才应邀进餐的那座陌生宅邸之间的距离。特别令人恼火的是，我想到如果福尔摩斯处在我的位置，肯定会留意种种蛛丝马迹——某个教堂的钟声，蒸汽机车的汽笛声，污水的气味，车轮下变化的路面，甚至摇撼车窗的风的方向——最后画出一张精确而详细的路线图。我无疑没有这个本事，只能等待昏黄的煤气灯出现，让我知道已经回到城里。也许再过半个小时，马车会放慢速度，最后彻底停下，宣告旅途终于结束。果然，昂德伍德推开车门，马路对面正是我熟悉的那所公寓。

"平安到家了，华生医生。"他说，"给您带来了不便，再次抱歉。"

"我不会轻易原谅您的，昂德伍德先生。"我回答。

他扬起眉毛。"我的主人把我的名字告诉您了？多么奇怪。"

"可能您也愿意把他的名字告诉我。"

"哦，不，先生。我只是画布上的一粒尘埃。我这条命跟那位大人物比起来，实在是微不足道。但我还是很留恋自己的生命，希望再活一段时间。祝您晚安。"

我下了车。他朝赶车人打了个招呼。我注视着马车哒哒地远去，便匆匆走进家门。

然而那天晚上我不可能安寝。我已经开始构想，我担心自己不能够亲自前去探视，如果是那样的话该如何把钥匙安全交给福尔摩斯，并且送去一封短信，提醒他处境危险。我知道，直截了当地写信不会有任何效果。周围都是敌人，他们很可能把信截获。如果发现我知道了他们的意图，可能反而会促使他们加快行动。但我仍然可以给他送信——需要用某种密码。问题是，我怎样才能暗示有密码需要破译呢？还有这把钥匙，怎样才能交到他的手里？我在房间里东张西望，找到了答案：温伍德·瑞德的《人类的殉难》。我和福尔摩斯几天前还讨论过这本书。给囚禁的朋友送一本书去阅读，还有什么比这更顺理成章？还有什么比这更合理合法的呢？

这本书是皮封面，很厚。我仔细端详，发现可以把钥匙塞进书脊和装订之间的缝隙。我这么做了，然后拿过蜡烛，小心翼翼地在两端倒入几滴蜡泪，把钥匙固定住。书仍然能够正常开合，丝毫看不出有人动过手脚。我拿起钢笔，在扉页上写下名字，歇洛克·福尔摩斯，又在名字下面加了地址：贝克街122B。在不经意的人看来，没有任何异常，但是福尔摩斯会一眼认出我的笔迹，并看出我们寓所的号码写颠倒了。最后，我翻到第一百二十二页，用铅笔在正文的某些字母下面点了一系列小点，肉眼几乎看不出来，却能拼出一条新的信息：

> 你处境很危险。他们计划杀死你。用牢房钥匙。我等着
> 你。约·华。

我对自己做的事情很满意，终于上床睡觉了，但睡得很不踏实，女孩萨利躺在街上血泊中的画面，套在死去男孩手腕上的那截白丝带，还有那个谢顶的男人在长条餐桌边的朦胧身影，都在脑海中交替出现。

第二天我醒得很早，给雷斯垂德送了封信，再次催他帮我安排前往霍洛韦探视，不管哈里曼巡官会说什么。令我惊讶的是，很快收到了回信，说我可以在当天下午三点钟进入监狱，并说哈里曼巡官已经结束了初步调查，验尸官法庭确实定于两天后的星期四开庭。读第一

遍的时候，我觉得是好消息，接着又想到了一种不祥的解释。如果哈里曼也参加了这个阴谋——这是福尔摩斯所认为的，也是他的举止甚至外表的方方面面所显示的，那他现在这么轻易地就能让我去探视一定有什么原因。前一天夜里的那位东道主一口咬定他们绝对不会允许福尔摩斯出庭受审。也许凶手已经准备出击了！哈里曼是否知道我们想见福尔摩斯却已经来不及了？

整个上午，我都难以克制焦虑的情绪，离约定的时间很早就离开了贝克街，到达卡姆登路时，钟还没有敲响两点半。马车夫把我扔在大门外，不顾我的抗议，匆匆离开，留下我独自待在迷雾蒙蒙的寒风中。总的说来也不能怪他，任何一个体面的人都不会愿意在这个地方逗留。

监狱是按哥特风格设计的。乍看上去，是一座占地面积很大的、阴森森的城堡，像是写给坏孩子看的童话故事里的建筑。它是用肯特郡的石板建成，包括一系列的塔楼、烟囱、旗杆和雉堞状的围墙。其中一座高塔直耸云霄，几乎看不见顶。一条粗糙的土路通向入口。入口故意设计得阴森冷酷，庞大厚重的木门和钢闸门，两边是几棵光秃秃的枯树。一道砖墙至少有十五英尺高，围住整个城堡。我的目光越过围墙能分辨出城堡的一个侧翼，两排带栅栏的小窗户一模一样，严酷刻板，似乎暗示着里面寂寥而凄惨的生活。监狱建在一座小山脚下，监狱后面可以看见令人愉悦的山坡和草坪，一直往上延伸到天际。然而那是另一个世界，就好像无意间把一个错误的幕布降落到了舞台上。霍洛韦监狱的位置原先是一座公墓，死亡和腐烂的气息至今仍然萦绕不去，诅咒着里面的人，并提醒外面的人不要靠近。

我在阴霾的天光中勉强等待了三十分钟，嘴里呼出的气凝成白霜，寒冷在全身蔓延，直达脚尖。最后我往前走去，手里紧紧握着那本书脊里藏着钥匙的书。走进监狱时，我突然想到，万一我的计划被人识破，这个阴森恐怖的地方就会成为我的家。说实在的，我和歇洛克·福尔摩斯一起至少有过三次违背法律，都有着充足的理由，但这次是我"犯罪生涯"的顶峰。奇怪的是，我没有感到丝毫的紧张不安。我根本没有想过事情会出差错，一门心思只想着我的朋友所处的险境。

我敲了敲正门旁边一扇不起眼的小门，几乎立刻就有人来开门了。这是一个特别爽快，甚至和蔼可亲的狱警，穿着深蓝色的束腰外衣和长裤，一根粗粗的皮带上挂着一大串钥匙。"进来吧，先生。进来吧，里面比外面舒服。不过你没有多少日子能发自内心地说句话了。"我注视着他打开我们身后的那扇门，跟着他穿过院子，来到第二道门。它比第一道门稍小一点，但同样戒备森严。我已经意识到监狱内部有一种异样的寂静。一只难看的黑乌鸦栖在一根树枝上，除此之外没有别的生命迹象。天色正在迅速暗下来，这里却没有点灯，我感到自己似乎是阴影中的阴影，置身于一个没有任何色彩的世界。

我们进入一道走廊，走廊里有一扇敞开的门。我被领进门，来到一个小小的房间，里面有一张桌子、两把椅子，还有一扇窗户正对着一堵砖墙。房间一侧有个柜子，上面有大约五十把钥匙挂在钩子上。一个大钟在我对面，我注意到秒针走得十分缓慢，每次移动前都要停顿一下。它似乎在强调，对于所有光顾这里的人来说，时间是多么缓慢难熬。大钟下面坐着一个人。他的衣着跟刚才迎接我的那个人相似，但是制服的帽子和肩膀上有几道金色镶边，显示他的级别较高。他上了年纪，灰白的头发剪得很短，一双眼睛犀利有神。他看见我，费力地站起身，从桌子后面绕过来。

"华生医生？"

"是的。"

"我叫霍金斯，是典狱长。您是来探望歇洛克·福尔摩斯先生的？"

"是的。"我吐出这句话时，突然产生了一种恐惧。

"很抱歉告诉您，他今天早晨病了。虽然他被控犯有非常严重的罪行，但可以向您保证，我们尽一切可能向他提供适合他名望的各种条件。他不跟别的犯人关在一起。我亲自去看过他几次，并有幸跟他交谈过。他突然发病，也即刻得到了治疗。"

"他得了什么病？"

"不知道。他十一点钟吃午饭，之后立刻就拉铃求助。狱警们发现他蜷缩在牢房的地板上，看上去极度痛苦。"

我内心深处感到一种冰冷的恐惧。这正是我一直担心的情况啊。"他此刻在什么地方？"我问。

"他在医务室。我们的狱医特里威廉医生有许多专用房间留给危重病人。他给福尔摩斯先生做了检查之后，就坚持把他搬到那儿去了。"

"我必须立刻见到他。"我说，"我本人也是医生……"

"没问题，华生医生。我就等着带您过去呢。"

我们刚要离开，后面出现了动静。一个我十分熟悉的人出现了，他挡住了我们的去路。不知道哈里曼巡官有没有得知这个消息，他看上去似乎没感到有什么意外。实际上，他的态度非常淡漠，靠在门框上，心不在焉地盯着自己中指上的一枚金戒指。他像平常一样穿着一身黑衣服，手里拿着一根黑色的手杖。"这到底是怎么回事，霍金斯？"他问，"歇洛克·福尔摩斯病了？"

"病得很严重。"霍金斯大声说。

"这真是给我添乱！"哈里曼直起身子，"您真的确保他没有欺骗您？我今天早晨看见他的时候，他身体还是好好的。"

"我和狱医都给他做了检查，我向您保证，先生，他确实病得很严重。我们正要去看他。"

"我陪你们一起去。"

"我必须提出反对——"

"福尔摩斯先生是我的犯人，是我调查的对象。您尽管提出反对，但我必须坚持原则。"他恶毒地微笑了一下。霍金斯看了我一眼。我看得出来，他虽然是个正派的人，但不敢提出异议。

我们三个一起往监狱深处走去。我当时心烦意乱，具体细节已经记不太清，总的印象是厚重的石板路；沉重的大门丁零当啷地打开，又在我们身后丁零当啷地锁上；带栅栏的窗户又小又高，根本看不见里面；还有门……那么多的门，一扇紧接着一扇，一模一样，每扇门里都囚禁着人类苦难的一个缩写。监狱里热得令人惊讶，有一股奇怪的味道，似乎是燕麦、旧衣服和肥皂混杂在一起的。我们看见每个交叉点上都有狱警在站岗，但没有看见囚犯，只有两个十分年迈的男人提着洗衣篮蹒跚走过。"有些在活动场上，有些在踩踏车，或者在麻絮棚里。"霍金斯回答了我脑海里的问题，"在这里，每天很早开始，很早结束。"

"如果福尔摩斯中了毒，必须立刻送到医院去。"我说。

"中毒？"哈里曼听见了我的话，他问，"谁说过他中毒的话？"

"特里威廉医生确实怀疑严重的食物中毒。"霍金斯回答，"他是一个好人，会尽他全部的力量……"

我们来到了中央大楼的顶端，四个主要侧翼从这里延伸

风车的四个叶片。这里肯定是一个娱乐区，地上铺着约克郡

花板很高，一道螺旋形的金属楼梯通向一个环绕楼上房间的

们头顶上拉了一道网，不让东西丢下来。几个穿着灰色军装

整理面前桌上的一大堆儿童服装。"给圣以马利医院的孩子

金斯说，"是我们这里做的。"我们穿过一道门，走上铺着

梯。这时候我已经不知道自己身在何处，好像永远也找不到

了。我想到那把仍然藏在书里、带在身上的钥匙。即使我能

福尔摩斯手里，又能有什么用呢？他需要十几把钥匙和一张

才能从这里逃出去。

前面有两扇玻璃镶嵌的门。门上的锁也要打开，门打开

是一个空荡荡的、非常干净的房间，没有窗户，只有上面透

光，房间中央的两张桌子上点了蜡烛，因为光线已经昏暗。

张床，四个一排，床单是蓝白条纹相间，枕套是条纹棉布。

使我立刻想到以前在军队时的医院，在那里我经常看着人们

军人应有的坚忍，无怨无悔地死去。只有两张床上有人。一

巴的秃顶男人，我看出他的眼睛已经在凝视着另一个世界；躺

张床上的蜷曲的身影，个头太小，不可能是福尔摩斯。

一个穿着带补丁的破旧大衣的男人，停下手里的工作，站

接我们。在那一刹那间，我觉得好像认出了他，并且突然想到

字也很耳熟。他脸色苍白憔悴，戴着一副笨重的眼镜，腮帮子

色胡子似乎毫无生气。我估计他四十出头，但是生活经历使他

负，形成了紧张、压抑的性情，看上去很显老。他身材颀长，

皙的手交叠在一起。他刚才在写字，钢笔漏水了，食指和大拇

着墨迹。

"霍金斯先生。"他对典狱长说，"我没有新的消息向您汇报，但是我担心会发生最坏的情况。"

"这位是约翰·华生医生。"霍金斯说。

"我是特里威廉医生。"他跟我握手时说，"很高兴认识您，真希望是在比较令人愉快的环境下见面。"

我肯定认识这个人。但是从他说话的口气，以及他握手时的那种不由分说，他似乎想表示——虽然我们不是第一次见面，但希望给别人的并不是这个印象。

"是食物中毒吗？"哈里曼问。他没有费心做自我介绍。

"可以肯定是服用了某种有毒物质。"特里威廉医生回答，"至于怎么实施的，我就不知道了。"

"实施？"

"这个区域的所有犯人吃的东西都是一样的，只有他病了。"

"您是在暗示有阴谋吗？"

"我要说的话已经说了，先生。"

"哼，我一个字也不相信。我可以告诉您，医生，我早就料到会出现这种事情。福尔摩斯先生在哪里？"

特里威廉迟疑着，那个狱警上前一步。"特里威廉医生，这位是哈里曼巡官。他负责您的病人。"

"病人在医务室的时候，由我负责。"医生回答，"我没有理由不让你们见他，但是必须要求你们不得打扰他。我给他用了镇静剂，他可能正在睡觉。他在一间耳房里。我认为最好把他跟其他犯人隔开。"

"那我们就不要浪费时间了。"

"里弗斯！"特里威廉大声呼喊一个瘦瘦长长的、圆肩膀的家伙，他刚才一直在墙角扫地，几乎像个隐形人。他穿着男护士的衣服而不是囚服。"钥匙……"

"是，特里威廉医生。"里弗斯缓慢地走到桌前，拿起一串钥匙，走向房间远端的一道拱门。他似乎是个瘸子，一条腿拖在后面。他脸色阴沉，五官粗糙，一头乱糟糟的姜黄色头发披散在肩膀上。他在门口停住脚步，不慌不忙地把钥匙插进锁眼。

"里弗斯是我的勤杂工。"特里威廉压低声音解释道，"是个不错的人，就是头脑简单。他在医务室值夜班。"

"他跟福尔摩斯交谈过吗？"哈里曼问。

"里弗斯很少跟人交谈，哈里曼先生。福尔摩斯住进来以后，也没有说过一句话。"

里弗斯终于转动钥匙。我听见锁芯落下，锁被打开。门外还有两个门闩，拔起后才能开门。里面是一个小房间，像修道院一样素白的墙壁，一扇方窗，一张床和一个厕所。

床上没人。

哈里曼一头冲了进去。他掀开床单，跪下来往床底下看。没有地方可以藏身。窗户上的栅栏也完好无损。"这是在搞恶作剧吗？"他咆哮道，"他在什么地方？你把他弄到哪儿去了？"

我凑过去往房间里看。没有任何疑问，牢房里空无一人。歇洛克·福尔摩斯失踪了。

第十六章
消失

哈里曼猛地站起来，几乎是扑到特里维廉医生跟前。他那精心打造的沉着冷静的形象第一次丢失了。"这里在搞什么名堂？"他喊道，"你认为你在干什么？"

"我不知道……"倒霉的医生张口说。

"我恳请您克制一些，哈里曼巡官。"典狱长插到两人之间，主持局面，"福尔摩斯先生原来在这个房间里？"

"是的，先生。"特里维廉回答。

"房门是像我刚才看到的那样，从外面锁着和闩着的？"

"是的，先生，这是监狱的规定。"

"最后看到他的人是谁？"

"应该是里弗斯，在我的吩咐之下，他给他拿了一杯水。"

"我拿了，可他没喝，"勤杂工嘟囔道，"他也没说什么，就是躺在那儿。"

"睡着了？"哈里曼走向特里维廉医生，直到两人相隔只有几英寸，"您真要告诉我他病了吗，医生？还是或许，像我一开始断定的那样，他是在装病——第一为了能被带到这儿来，第二为了找机会溜出去？"

"第一，他确确实实是病了，"特里维廉答道，"至少，他发着高烧，瞳孔放大，满头大汗。我可以证明，因为是我亲自给他做的检查。至于第二，他不可能从这里走出去，像您假设的那样。看看这门，老天啊！门是从外面锁的。只有一把钥匙，而它从来没离开过我的桌子。还有门闩，一直都闩着，里弗斯刚刚才把它们拉开。即使他有本事以某种蹊跷的、不可思议的方式走出这个房间，您认为他又能去哪儿？首先，他必须穿过这间病房，我整个下午都坐在桌前。你们三位先生进来的那道门是锁着的。在这里和前大门之间起码还有十几道门锁和门闩。您是要告诉我福尔摩斯幽灵般地穿过了所有这些吗？"

"的确，走出霍洛韦应当说是不可能的。"霍金斯附和道。

"没人能离开这个地方，"里弗斯咕哝道，他好像私下里想到什么笑话似的傻笑起来，"除非他叫伍德。伍德今天下午才离开这儿，但不是自己走出去的，我估摸不会有人想到问他去哪儿，或者啥时候回来。"

"伍德？谁是伍德？"哈里曼问。

"乔纳森·伍德在这医务室待过，"特里维廉医生答道，"你说得这么轻松是不礼貌的，里弗斯。伍德昨晚去世了，不到一小时前被人用棺材抬了出去。"

"棺材？你是说一口密闭的棺材从这个房间抬出去了？"我看得出警探脑子在转，并和他一样意识到这是福尔摩斯脱身的最明显的办法——实际上也是唯一的办法。他转向勤杂工，"你拿水进来时，棺材在这儿吗？"

"可能在的。"

"你有没有让福尔摩斯一个人待着，哪怕是几秒钟？"

"没有，先生。一秒钟也没有。我的眼光从来没有离开过他。"勤杂工的脚动了动，"哦，也许我去看了看发病的柯林斯。"

"你说什么，里弗斯？"特里维廉叫起来。

"我打开门，走进来，福尔摩斯先生在床上睡得很沉。然后柯林斯咳嗽起来，我把杯子放下，跑出去看他。"

"然后呢？你又看见福尔摩斯了吗？"

"没有，先生，我安顿好了柯林斯，就回去把门锁上了。"

一阵长长的沉默。我们都站在那儿，面面相觑，好像在等着看谁敢先说话。

是哈里曼。"棺材在哪儿？"他喊道。

"应该是抬到外头去了，"特里维廉回答，"有一辆马车等着把它送到马斯韦尔山的殡仪馆去。"他抓起了外套，"也许还不太晚。如果棺材还在那儿，我们可以在它离开前把它截住。"

我永远忘不了我们冲出监狱的过程。霍金斯冲在前面，怒气冲冲的哈里曼在他旁边。后面是特里维廉和里弗斯，我跟在最后，手里还拿着书和钥匙。它们现在看起来多么可笑啊，就算我能把它们交给我的朋友，再加一架梯子和一条绳子，他也不可能自己走出这个地方。霍金斯向各个卫兵打了信号，我们一行人才得以离开。一道又一道锁着的门被打开放行，没有人挡我们的路。我们走了一条跟我来时不同的路，这一次经过了一间洗衣房，人们在巨大的洗衣盆跟前流汗工作；另一间布满锅炉和弯曲盘绕的金属管的屋子，是给监狱供暖的。最后穿过一个较小的、长满青草的院子，来到了一处显然是边门的出口。只是在这里，才有一个警卫试图拦住我们的去路，要求出示通行证。

"别犯傻，"哈里曼厉声道，"不认得你的典狱长吗？"

"打开大门！"霍金斯跟着说，"没时间耽搁。"

警卫立即遵命，我们五人走了出来。

就在刚才走出来的时候，我不禁寻思起共同促成我朋友逃脱的那些奇异情形。他假装生病，居然瞒过了一位训练有素的医生。哦，那还算容易。他对我也做过类似的事。可是他正好在有一口棺材要送走的时候混进医务室病房，而且居然能依靠一扇打开的房门、一阵咳嗽，和一个头脑迟钝的勤杂工的笨拙。当然，我并不在乎这样还是那样，如果福尔摩斯真的找到了某种神奇的办法离开这里，我只会喜出望外。但即便如此，我仍然觉得有些地方不对头。我们可能匆匆得出了错误的结论，而这或许正是他所期望的。

我们来到了一条满是辙印的大道上，它贴着监狱的一侧，一边是高墙，另一边树木成行。哈里曼叫起来，指着前面。一辆马车停在那儿，两个人正在把一个盒子装到车后：从大小和形状看，显然是一口简陋的棺材。我必须承认，看到它时我感到一阵轻松。那一刻我几乎愿意交出一切，只要能看到歇洛克·福尔摩斯，亲自确定他的病确实是假装的而不是蓄意下毒的结果。但当我们快步走上前时，我短暂的欢喜被彻底的沮丧取代了。如果福尔摩斯被发现和拘捕，他会被拖回监狱，哈里曼会确保他永远不会有第二次机会，我将永远见不到福尔摩斯了。

"等一等！"哈里曼喊道，大步走向那两个男人。他们已经把棺材搬成斜对角位置，扶着它，准备搁进马车。"把棺材放回地面！我要检查。"那两人是粗鲁肮脏的搬运工，看上去是父子俩。他们疑惑地对视一下，照办了。棺材平放在砾石路面上。"打开棺材！"

这次两人迟疑了——抬一具死尸是一回事，打开棺材看却是另一回事。

"没关系。"特里威廉安慰他们说。奇怪的是，正是在这一刻，我才确信我认识他，并想起了我们以前在哪儿见过。

他的全名是珀西·特里威廉，六七年前他来过我们在贝克街的住所，迫切需要我朋友的帮助。我现在想起来了，是有一个病人，叫布莱星顿，行为相当诡异，最后被发现在自己房间里上吊而死……警察认定是自杀，福尔摩斯马上提出异议。很奇怪我没有立即认出他来，我以前是很仰慕特里威廉的，曾研究过他在神经疾病方面的工作——他获得过著名的布鲁斯·品克顿奖。但当时他的境遇不佳，显然后来又有所恶化，因为我这次见他衰老了许多，疲惫和失意的脸色改变了他的外貌。我记得，第一次见面时他并没有戴眼镜。他的健康状况显然下降了。但确实是他，沦落到了监狱医生的角色，一个远远低于他本人水平的职务。带着一阵被我小心掩藏的兴奋，我又想到，他一定在这次逃跑行动中起了同谋作用。他当然欠着福尔摩斯一份人情，若不是那样，又为什么要假装不认识我呢？现在我明白福尔摩斯是怎么睡进棺材里的了，特里威廉故意让勤杂工当班。否则他怎么会信任一个显然不适合这种职责的人呢？棺材大概就放在附近，一切都是事先计划好的。可惜的是两个搬运工干活那么慢，他们现在本应该在去马斯韦尔山的半路上。特里威廉的协助看样子也不能成功地帮福尔摩斯越狱了。

一个搬运工拿出了一根撬棍，我看着它被插进棺材盖底下。他往下一压，盖子被撬开，木头裂了。两人走上前把盖子拿掉。哈里曼、霍金斯、特里威廉和我都不约而同地靠到近前。

"是他，"里弗斯咕哝道，"是乔纳森·伍德。"

的确。躺在那里双眼望天的是一具脸色灰白、形容枯槁的人体，绝对不是歇洛克·福尔摩斯，而且绝对是死了。

特里威廉是第一个恢复镇定的人。"当然是伍德，"他大声说，"我告诉过你。他是夜里死的——冠心病。"他朝抬棺材的人点点头说，"你们可以盖上棺材，把他带走了。"

"可是歇洛克·福尔摩斯在哪儿呢？"霍金斯喊起来。

"他不可能离开监狱！"哈里曼答道，"他捉弄了我们，但他一定还在里面，等候时机。必须拉响警报，把这地方搜个底朝天。"

"可这得搜上一通宵！"

哈里曼的脸色跟他的头发一样苍白。他猛一转身，恼怒中几乎把腿甩出去。"搜上一个星期我也不在乎！必须找到这个人。"

结果却是一无所获。两天后，我一个人待在福尔摩斯的住所，读着我亲自见证的那些事的报道。

　　警方仍然无法解释著名咨询侦探歇洛克·福尔摩斯的神秘失踪。他因涉嫌铜门广场一名年轻女性被杀案而被拘押在霍洛韦监狱。负责调查此案的J.哈里曼警官指控狱方玩忽职守，而狱方竭力否认。事实是，福尔摩斯先生从上锁的牢房中神秘逃出，又以似乎违反自然规律的方式穿越了十几道上锁的门。警方悬赏五十英镑，希望有人能提供信息帮助找到并拘捕他。

哈德森夫人对这桩奇事表现出异常的无动于衷。当然，她读了报纸上的文章，在给我上早餐的时候只说了一句话。"这些都是胡说八道，华生医生。"她好像自己被冒犯了一样。多年之后的今天，想到她对她最著名的房客的绝对信任，我觉得相当欣慰。不过，也许她比任何人都更了解福尔摩斯。她在他借住的那么长时间里忍受了各种由他而生的种种怪异状况，包括绝望的、往往是不受欢迎的来访者，深夜的小提琴声，偶尔由可卡因造成的发作，长时间的忧郁，打进墙中的子弹，甚至烟斗里吐出的烟。诚然，福尔摩斯付给她优厚的租金。她很少抱怨，始终忠心耿耿。尽管她在我写的故事中出出进进，我实际上对她了解甚少，甚至不知道她是如何得到贝克街221B号那份房产的（我认为是从她丈夫名下继承的，那个男人后来怎样，我却说不上来）。福尔摩斯离开后，她就一个人住了。真希望我当时跟她多聊聊，我不该对她那么熟视无睹。

总之，这位女士的到来打断了我的沉思，与她一道的还有一位来访者。我实际上听到了门铃响和踏上楼梯的脚步声，但由于太聚精会神，这些声音没有引起我的注意。所以我对查尔斯·菲茨西蒙斯牧师（即乔利·格兰杰学校校长）的来访没有心理准备，可能是带着一脸茫然的表情迎接他的，就好像以前从未见过似的。他裹着一件厚厚的黑大衣，戴着礼帽，围巾蒙住了下巴，这打扮的确让他像个陌生人。这身衣着让他看上去比以前更圆胖了。

"请原谅我来打扰您，华生医生。"他说，一边脱去这些装扮，露出那本来一下就能唤起我记忆的牧师圆领。"我拿不准该不该来，但是觉得我必须……我必须！首先我必须问问您，先生。歇洛克·福尔摩斯先生的这桩奇事，是真的吗？"

"福尔摩斯确实被怀疑涉嫌一桩罪案，但他完全是无辜的。"我回答。

"我现在读到的是他已经逃跑，从法律的拘禁中金蝉脱壳。"

"是的，菲茨西蒙斯先生。他还设法躲开了控告他的人们，如何做到的是一个谜，连我也不得其解。"

"您知道他现在何处吗？"

"不知道。"

"还有那个孩子，罗斯，您有他的消息吗？"

"什么意思？"

"您找到他了吗？"

显然，菲茨西蒙斯没有看到那个男孩可怕的死讯——不过，我想起来，那些报道虽然耸人听闻，却没有提罗斯的名字。于是只好由我来告诉他实情。"很遗憾太晚了，我们找到了罗斯，可他已经死了。"

"死了？怎么会呢？"

"有人毒打过他。他被丢在河边死去，在南华克桥附近。"

校长眼睛忽然闪了几下，重重跌坐到一把椅子里。"亲爱的上帝啊！"他叫道，"谁会对一个孩子做出这种事情？这世上有怎样的邪恶啊？那么我的来访就是多余的了，华生医生。我以为能帮助您找到他。我发现了一个线索——准确地说，是我亲爱的妻子乔安娜发现的。我把它带来给您，希望您能知道福尔摩斯先生的下落，可以转交给他，希望他即使在自己的紧迫情况下，仍能……"他的声音微弱下去，"可是太晚了。那孩子就不应该离开乔利·格兰杰。我就知道不会有好结果。"

"什么线索？"我问。

"我把它带来了。我说过，是我妻子发现的，在寝室里面。她在翻床垫——我们每月一次这么做，给床垫通风消毒。有的男孩长虱子……我们与虱子战斗不止。不管怎样，罗斯睡过的那张床现在被另一个孩子占了，但那儿还藏了一个习字本。"菲茨西蒙斯拿出一个薄本子，封面粗糙，已经退色并皱巴巴的。上面有一个铅笔写的名字，字体稚拙。

罗斯·迪克森

"罗斯来的时候不会读也不会写，我们尽力教他一些基本功。学校给每个孩子都发了一个习字本和一支铅笔。你在他的本子里会看到他根本不做练习，乱七八糟的。他好像许多时候都是在乱涂乱画。不过仔细检查之后，我们发现了这个，好像有点意义。"

他把本子翻到中间，露出一张纸片，整齐地叠着插在里面，好像有意要藏起来似的。他把它拿出来，打开摊在桌上给我看。是一则广告，一张宣传某种娱乐场所的廉价传单，据我所知那种场所一度在伊斯灵顿和齐普赛街等地区兴起，但后来逐渐稀少。广告上装饰有一条蛇、一只猴子和一只穿山甲的图案。它写道：

丝金博士之神奇房屋

矮人、杂耍、胖夫人和活骷髅

馆藏天下珍奇

一便士入场费

白教堂区，寒鸦巷

"当然，我是反对我的男孩们进这种地方的，"菲茨西蒙斯牧师说道，"怪异表演、杂耍戏院、低级娱乐场所……我感到震惊，伦敦这样的伟大城市竟然能容忍这种娱乐，宣扬各种低俗和不自然的东西，令人想起所多玛和蛾摩拉®的教训。我这么跟您说，华生医生，是因为罗斯把这张广告藏起来，或许他知道这是违反乔利·格兰杰的规矩的，或许这是一种挑战行为。正如我妻子对您说的那样，他是一个非常任性的男孩——"

"但这张广告也可能与罗斯的案件有某种关联，"我插话说，"罗斯离开您之后，投奔过国王十字街的一户人家，也投奔过他姐姐。但我们不知道他以前在哪里，可能他加入了这群人。"

"完全正确。我相信它值得调查，所以才把它带来给您。"菲茨西蒙斯收拾起他的东西，站起身来，"您有可能与福尔摩斯先生联系吗？"

"我正在希望他能以某种方式联络我。"

"那您也许能看看他如何解释这个线索。感谢您的时间，华生医生。小罗斯的消息令我非常、非常震惊。这个星期天我们会在学校教堂为他祈祷。不，不用送我出去了。我认得路。"

他拿起外衣和围巾，走出了房间。我盯着那张纸，目光在那花哨的文字和粗糙的图案上游移。我大概读了两三遍之后，才看出一开始就应该显而易见的东西。错不了，丝金博士之神奇房屋，白教堂区，寒鸦巷。

我找到了"丝——之——屋"。

第十七章
消息

我妻子第二天回到了伦敦。她从坎伯威尔发来一封电报，告诉我她要回来。她的火车进站时，我就在霍尔邦高架桥等她。我必须说，其他任何原因都不会让我离开贝克街。我仍然相信福尔摩斯会设法联系我，生怕他冒着所有危险回到了原来的住所，却发现我不在那儿。可是我也不能设想让玛丽独自穿越这座城市。她最伟大的美德就是她的宽容，忍受我长期离家去跟歇洛克·福尔摩斯做伴。她一次都没有抱怨过，其实我知道她担心我正置身于危险之中。我现在理应向她解释她离开期间发生的事情，并且遗憾地告诉她我们还要过一阵才能长久团聚。我也很想她，盼着再次见到她。

现在是十二月的第二个星期，月初的坏天气已经过去，太阳高照，尽管天还是很冷，但一切都闪耀着一种繁荣和欢快的色泽。人行道几乎被熙熙攘攘的行人淹没：从乡村来的家庭带着瞪大眼睛的孩子，他们的人数本身就可以填满一座小城市；铲冰者和清道夫也出来了；糖果店和杂货店装饰得五彩缤纷，每个橱窗都打出烧鹅俱乐部、烤牛肉俱乐部和布丁俱乐部的广告，空气中弥漫着焦糖和水果馅的香气。当我下了马车走进车站，在拥挤的人群中穿行时，我想到是什么使我疏远了眼前的一切，疏远了伦敦节日里每天的乐趣。这或许是我与歇洛克·福尔摩斯交往的不利之处：它把我引到阴暗的地方，真正是没人会选择要去的地方。

车站也一样拥挤。列车准点运行，站台上满是拿着箱包、提篮的小伙子们，像爱丽丝的白兔子那样亢奋地跑来跑去。玛丽的车已经到站，车门打开，把更多的人们倾倒进这座大都市，我一时找不到她，但后来就看到了。她走下车厢的时候，一件事情引起了我的不安。有个男子忽然出现，拖着脚步从站台上走过去，好像要和她搭话。我只能从背后看到此人，除了一件不合身的夹克衫和红头发之外，无法再看清什么。他似乎还对玛丽说了句话，然后就登上火车，消失不见了。不过，也许我看错了。我走近时，玛丽看到了，露出笑容。我把她搂在怀里，我们一起往出口走去。我叫车夫等在那里。

玛丽有许多话要对我说，讲述她这次拜访朋友的经过。弗雷斯特夫人很高兴看到她，她俩成了最亲密的伙伴，家庭教师和女主人的关系早已成为过去。那个男孩理查德很懂礼貌，举止得体，从病中康复后就成了可爱的小伙伴。他还是特别爱读我写的故事！那个家庭就像她记忆中的那样，舒适而热情。整个拜访都很成功，只是她自己在最后几天有点头疼和嗓子疼，旅途中又有所加剧。她看上去有些疲倦，我追问之下，她抱怨说胳膊和双腿的肌肉感觉有点沉重。"可是不要对我大惊小怪，约翰。我休息一下，喝一杯茶就会恢复的。我想听到你所有的新闻。我读到了关于歇洛克·福尔摩斯的那桩奇事，究竟是什么情况？"

我不知道应该在多大程度上责怪自己没有更仔细地检查玛丽的病情。我当时无暇分心，她又把自己的病说得那么轻松，而且我还在想着那个跟她搭讪的陌生男人。很可能，就算我了解病情，其实也做不了什么。但即便如此，我还是永远要承受这个内疚：我对她的身体不适掉以轻心，没有看出伤寒病的早期症状。这病魔很快就要把她从我身边夺走。

是她提到了那个人，就在我们上路之后。"你看到刚才那个男人吗？"她问。

"在火车上的？看见了。他跟你说话了吗？"

"他叫出了我名字。"

我心中一惊："他说什么？"

"就是'早上好，华生夫人'。他非常笨拙，是一个工人，我估计。他把这个东西塞到我手里。"

她拿出了一个一直攥在手里的小布袋，刚才在我们见面的欣喜和出站难免的匆忙中，她几乎已经把这忘记了。现在她把它递给我。袋子里沉甸甸的有东西，我起先以为是硬币，因为听见金属的叮当声。当我打开，把袋里的东西倒在手心时，却发现是三枚坚硬的钉子。

"这是什么意思？"我问，"那人没说别的吗？你能不能描述一下他的样子？"

"不行，亲爱的。我几乎都没看他，因为我正望着你呢。他头发是栗色的，我想。脸上脏兮兮的，胡子拉碴。这要紧吗？"

"他没说别的？他有没有要钱？"

"我告诉过你。他打招呼叫我的名字，没别的。"

"可是为什么有人要给你一袋钉子呢？"这话刚一出口我就恍然大悟，兴奋地叫了起来，"钉袋！当然！"

"什么呀，亲爱的？"

"我猜想，玛丽，你可能刚刚见到了福尔摩斯本人。"

"一点儿也不像他呀。"

"那就对了！"

"这袋钉子对你有意义？"

意义太大了。福尔摩斯要我回到我们在寻找罗斯时曾经去过的两家酒馆中的一家。它们都叫"钉袋"酒馆，他想到的是哪一家呢？肯定不是第二家，朗伯斯区的那家，因为那是萨莉·迪克森工作过的地方，警方已经知道。总的来看，第一家，埃吉巷那家更有可能。他当然是担心被人看到的，从他与我联络的方式就可以领会到。他化了装，如果有人看到这次接触，在站台上拘捕玛丽或我本人，只会发现一只装着三根木工钉的布袋子，根本看不出传递了什么消息。

"亲爱的，我恐怕一回家就又不得不离开你了。"我说。

"你没有危险吧，约翰？"

"希望没有。"

她叹了口气。"有时我觉得你喜欢福尔摩斯先生超过喜欢我。"她看到我的表情，温柔地拍拍我的手，"我只是跟你说着玩的。你不用大老远的去肯辛顿，我们就在下个拐角停一下。车夫可以帮我拿行李，我自己回得了家。"我有些犹豫，她严肃地看着我说，"去福尔摩斯先生那儿吧，约翰。他费这么大周折来传递一个消息，一定是有困难需要你，就像他以前总是需要你那样。你不能拒绝。"

于是我跟她分别了，不仅把我的性命攥在手中，而且差点一不小心丢掉了性命：因为我溜出来混入车流中，险些被斯特兰德大道上的一辆马车撞倒。我想的是，如果福尔摩斯担心被跟踪，我也应该小心，所以绝对不能被人看见。我在各种车辆之间躲闪穿行，终于走到安全的人行道上。我小心地扫视了一下周围，然后沿着来路往回走，大约三十分钟后来到了肖迪奇那个凄凉落寞的区域。我对那家酒馆记得很清楚。一个破败的地方，在阳光下看起来也比在雾霾中好不到哪儿去。我过了街走进酒馆。

有一个男人坐在雅座酒吧间，不是歇洛克·福尔摩斯。令我大吃一惊并有些窘迫的是，我认出了里弗斯，他是在霍洛韦监狱给特里维廉医生当助手的那个男人。他没穿制服，但那茫然的表情、凹陷的眼睛和蓬乱的姜黄色头发是不可能认错的。他懒散地坐在桌前，喝着一杯烈性啤酒。

"里弗斯先生！"我叫道。

"陪我坐坐吧，华生。很高兴再次见到你。"

这说话的声音是福尔摩斯！——在那一瞬间我才醒悟自己是怎样被骗，他怎样在我的眼皮底下逃出监狱的。我承认我几乎是跌到了他指着的椅子上，带着一种窝囊的感觉看到那个我如此熟悉的笑容。此时他正从假发和化装的掩饰下朝我微笑。这就是福尔摩斯易容术的奇妙之处。并不是说他用了许多的戏剧手法或伪装。主要是他有一种绝技，能够化身成他想扮演的任何人物，只要他相信，你就也会相信，直到真相大白的那一刻。就好像凝视遥远风景中模糊的一点，一块石头或一棵树可能会变成一只动物。当你走近，看出它的本来面貌之后，它就不会再欺骗你了。刚才我坐到里弗斯身边，但现在明明是跟福尔摩斯在一起。

"告诉我——"我说。

"会有时间的，我亲爱的朋友。"他打断了我，"首先，让我确信没人跟着你来。"

"我确定是一个人。"

"但在霍尔邦高架桥有两个人尾随着你。他们看样子是警察，而且无疑是我们那位朋友，哈里曼警官的手下。"

"我没有看到。但我离开我太太的马车时非常小心，在斯特兰德大道中途下的车。我没有让车完全停下，而且躲到一辆四轮大马车后面。我可以向你保证，如果车站有两个人跟踪我，他们此时正在肯辛顿纳闷我到哪儿去了呢。"

"我可靠的华生！"

"可是你怎么知道我太太今天到呢？你怎么会在霍尔邦高架桥的？"

"那太简单了。我从贝克街跟踪了你，猜到你要接的是哪一趟车，然后在人群中钻到了你的前面。"

"这只是我的第一个问题，福尔摩斯，我坚决要求你完全满足我，因为光是看到你坐在这儿就让我脑袋发晕。让我们从特里维廉医生开始吧。我猜你认出了他，说服他帮助你逃跑。"

"正是如此。我们以前的当事人在监狱供职真是个幸运的巧合，不过我愿意认为任何医师都会被我的理由说服，尤其是当明显有人企图谋杀我的时候。"

"你知道？"

福尔摩斯敏锐地看了我一眼，我意识到如果不想打破我两天前那个夜晚对那位出言不祥的东道主的保证，就必须假装什么也不知道。"我从被捕那一刻起就料到了。我心里清楚，只要让我说话，对我不利的证词就会全部瓦解，所以敌人当然是不会允许的。我等着迎接任何形式的袭击，特别仔细地检查我的食物。与普遍认为的相反，很少有毒药是完全无味的，他们希望能结果我的砒霜当然不是。我在给我的一碗肉汤里发现了它，就在我入狱的第二个晚上……一次特别愚蠢的企图，华生，我倒要感激它，因为它正好提供了我需要的武器。"

"哈里曼也参与了吗？"我问，抑制不住语气中的愤怒。

"哈里曼警官要么拿了一大笔钱，要么就属于你我发现的那起阴谋的核心。我怀疑是后者。我当时想到去找霍金斯。典狱长在我看来是个文明的人，他尽力确保我在教养所没有受到不人道的待遇。可是，过早报警也许会促发第二次、更致命的袭击。所以，我只是要求见一下狱医，被带到医院后，惊喜地发现我们以前见过，这让我的工作容易了许多。我给他看了保留的肉汤样本。我向他解释了情况，说我被非法逮捕，我的敌人打算不让我活着离开霍洛韦。特里维廉医生大为震惊。他原本也愿意帮助我，因为在布鲁克街事件之后他仍然感到欠我的情。"

"他怎么会在霍洛韦的？"

"形势所迫，华生。你应该记得他在那位住院病人死后丢掉了工作。特里维廉是个有才华的人，但是命运从未青睐过他。漂荡了几个月后，霍洛韦的职位是他能找到的唯一工作，他不情愿地接受了。我们日后必须帮帮他。"

"是啊，福尔摩斯。但是接着说吧……"

"他的第一反应是报告典狱长，我告诉他说：针对我的这个阴谋太深，敌人势力太强，虽然重获自由对我非常重要，但不能冒险再牵扯别人，必须靠其他办法。我们开始讨论有什么办法。特里维廉认为——我也认为，我显然不能靠自己的体力逃出去。就是说，别想挖地道或是爬墙。在我的牢房和外面的世界之间至少有九道上锁的门，就算有最好的伪装，也别指望能不受怀疑地通过它们。显然，也不能考虑使用武力。我们商量了约有一个小时，我一直担心哈里曼巡官随时会出现，因为他还在继续审问我，为他那空洞虚假的调查装样子。

"后来特里维廉提到了乔纳森·伍德，一个在监狱里住了大半辈子的倒霉鬼，将要在狱中结束他的生命，因为他害了重病，估计活不过那一夜。特里维廉提议说，等伍德死后，我可以住进监狱的医院。他会藏起尸体，把我放在棺材里偷运出去。这是他的主意，我稍加思索就否决了。这里面有太多不切实际，特别是我的迫害者们疑心加重。他们可能已经在想为什么晚餐中下的毒没能结果我，可能已经怀疑我看穿了他们。在这种时候一具尸体抬出监狱太显眼，这正是他们料想我会采取的行动。

"但我在医院的时候，已经注意到那位勤杂工里弗斯，尤其让我感到幸运的是他的外表：懒散的样子和姜黄色的头发。我立刻看到所有必要条件都齐了——哈里曼、毒药、死人，我想有可能设计一个方案，来个声东击西。我告诉特里维廉我需要什么，值得大加赞赏的是，他没有怀疑我的判断，而是按我的要求做了。

"伍德在午夜前不久咽气。特里维廉亲自到我的牢房来向我通报情况，然后回家去拿了几样我要的东西。第二天早上，我声称病情加重。特里维廉诊断是严重食物中毒，让我住进医院，伍德已经在那儿被穿上寿衣。他的棺材运到时，我就在那儿，甚至帮忙把他抬放进去。但里弗斯不在。他被放了一天假，特里维廉拿出了假发和衣服，让我化装成里弗斯。棺材将近三点钟时被抬走，最后一切都到位了。你应该了解其中的心理学，华生。我们需要哈里曼来替我们办事。首先，要宣布我从一间严锁的牢房里不可思议地失踪了。然后，几乎是立刻，我们就告诉他有一口棺材和一具尸体刚刚离开。在这种情况下，我毫不怀疑他会马上得出错误结论，他正是那么做的。他那么确信我就在棺材里，甚至没有再看一眼那个迟钝的勤杂工，尽管此人似乎对刚刚发生的事情负有责任。他急忙去追，实际上给我出逃提供了方便。是哈里曼命令打开一道道门，是哈里曼破坏了本应把我关在里面的警卫措施。"

"对啊，福尔摩斯，"我叫道，"当时我根本没有仔细看你。我的注意力全在棺材上面。"

"我必须说，你的突然出现是我没有想到的一个状况。我生怕你会流露出认识特里维廉医生的神情。但你非常优秀，华生。我要说，你和典狱长的在场实际上增加了紧迫感，使哈里曼更加决心要在棺材运走前追上它。"

说这话时，他的眼睛里闪出那样一种光芒，我把它当成一种赞许，虽然我明白自己在这次冒险中实际扮演的角色。福尔摩斯像舞台上的演员一样喜欢观众，我们人数越多，他就会演得越自如。"我们现在怎么办呢？"我问，"你是一名逃犯，你的名声被败坏了。你选择越狱这个事实，只会让世人相信你有罪。"

"你描绘了一幅凄凉的画面，华生。就我而言，我要说自上星期以来，情况已经大大改善了。"

"你住在哪儿？"

"我没有告诉过你吗？我在伦敦有多处住所，就是为这种情形预备的。附近就有一处，我可以担保它比我刚刚离开的住宿条件宜人得多。"

"然而，福尔摩斯，看起来你无意中树了许多敌人。"

"看来的确如此。我们必须寻思，是什么阴谋把那么多不同人物联合起来：霍拉斯·布莱克沃特勋爵，英国最古老家族之一的后代；托马斯·阿克兰，威斯敏斯特医院的赞助人；还有哈里曼巡官，拥有在大都市警察局十五年无污点的任职记录。这是我在老贝利法院那不大宜人的环境中向你提出的问题。这三个人有什么共同点呢？嗯，首先他们都是男性。他们都很富有，社会关系优越。当迈克罗夫特哥哥说到丑闻，这些正是可能因丑闻而声名狼藉的人。后来，我了解到，你回温布尔顿去了。"

我想不出福尔摩斯是怎样、从谁那里得知了此事，但没时间讲这些细节。我只是点头承认并跟他简单叙述了我访问的情况。伊莱扎·卡斯泰尔的消息，她健康状况的急剧恶化，似乎特别令福尔摩斯感到不安。"我们在与一个极度狡猾和残酷的头脑打交道，华生。此案根子很深，我们必须将它了断，然后才能重访埃德蒙·卡斯泰尔。"

"你认为这二者有联系吗？"我问，"我看不出波士顿的事件，甚至奇兰·奥多纳胡在伦敦一家私人旅馆被枪击，怎么能把我们导向现在卷入的这桩可怕案件。"

"那只是因为你假设奇兰·奥多纳胡已经死了。"福尔摩斯答道，"嗯，关于这个我们很快会得到更多新闻。我在霍洛韦的时候，给贝尔法斯特发了一个信息——"

"他们让你用电报？"

"我不需要邮局。罪犯的社会网络更快捷、更便宜，可供任何混到了法律对立面的人使用。我那片楼里有一个伪造犯，叫杰克，是我在操场上认识的，他两天前被释放了。他带走了我的问询，一旦得到回答，你和我就要一起返回温布尔顿。但是，你还没有回答我的问题。”

"什么把那五个人联系在一起？答案显而易见，就是'丝之屋'。"

"'丝之屋'又是什么呢？"

"这我不知道。但我想我能告诉你到哪儿去找它。"

"华生，你让我吃惊。"

"你不知道吗？"

"我知道有一段时间了。不过，我非常有兴趣听到你自己的结论——以及它们是如何得出的。"

幸运的是，我正好带着那张广告，就把它打开给我的朋友看，同时讲述了我最近与查尔斯·菲茨西蒙斯牧师的会面。"丝金博士之神奇房屋"，他念道。有一刻他显得困惑，但随后脸色就明朗起来。"当然。这正是我们一直寻找的东西。我必须再一次祝贺你，华生。我在狱中萎靡不振时，你却做了很多事。"

"这是你预料的地址吗？"

"寒鸦巷？不完全是。不过，我相信它会提供我们一直寻找的所有答案。现在几点？将近一点钟。我想我们最好在黑夜的掩护下去访问这种地方。四小时之后，你能再到这儿来跟我会合吗？"

"非常乐意，福尔摩斯。"

"我知道我可以依靠你。建议带上你的手枪，华生。危险很多，我担心这将是一个漫长的夜晚。"

第十八章
算命人

我想，有时候你知道自己已经到了长途旅行的终点，虽然目的地还看不见，但是你感到只要过了前面那个拐角，它就在那里。我第二次走进钉袋酒馆时就是这种感觉。将近五点钟时，太阳已经落山了，阴冷、无情的黑暗笼罩了城市。到家时玛丽已睡着了，我没有打扰她。我站在诊疗室里，掂着左轮手枪，察看它是否装满子弹。我不禁寻思一个偶然的旁观者会如何看待这一幕：肯辛顿一位可敬的医生正在武装自己，准备去追查一起到目前为止已经涉及谋杀、酷刑、绑架和枉法的阴谋。我把武器塞进衣兜，抓起大衣，走出门去。

福尔摩斯没有再化装，只戴了一顶帽子，并用一条围巾遮住了面孔下半部。他点了两杯白兰地，以抵御夜晚的严寒。如果下雪我也不会惊讶，因为我到那儿时已经有几片雪花在风中飞舞。我们没说什么。记得当我们放下杯子时他看了我一眼，我看到了那么熟悉的愉快与坚决，在他眼睛里闪动。我知道他像我一样渴望了结这件事。

"怎么样，华生……"他问。

"是的，福尔摩斯，"我说，"我准备好了。"

"非常高兴再次有你在我身边。"

一辆出租马车把我们带到东边，我们在白教堂路下车，走到寒鸦巷去。这些巡回展览在夏季的乡村里到处可见，但天气一变就转到城市里。它们因为开到深夜和过分喧闹而名声不佳——真的，我不知道当地人怎么能忍受"丝金博士之神奇房屋"。你还没看到它便早就听见了它的嘈杂，风琴声、鼓点声，还有一个男人在夜色中高喊的声音。寒鸦巷是白教堂路和商业路之间的一条狭窄通道，两边的建筑有三层高，大多是店铺和仓库，窗户在砖石的包围中显得太小。靠近巷子中部有一条小弄堂，一个男人守在这里，身穿一件礼服大衣，戴一条老式的活结领带，一顶大礼帽已经不成形状，斜扣在脑袋上，好像要把它自己扔出去似的。他有山羊胡、八字须、尖鼻子，还有哑剧中魔鬼摩菲斯特®的亮眼睛。

"一便士入场费！"他高叫道，"进去吧，你不会后悔的。你会看到种种世界奇观，从黑人到爱斯基摩人，还有别的。来吧，先生们！丝金博士之神奇房屋，它会让你眼花缭乱，它会让你目瞪口呆。你永远也不会忘记今晚看到的东西。"

"您是丝金博士？"福尔摩斯问。

"我很荣幸，先生。阿斯魔德斯·丝金博士，来自印度，来自刚果。我的旅行让我走遍世界，而我所经历的一切您花一便士就可以在这里看到。"

一个穿着短呢大衣和军裤的黑皮肤侏儒站在他旁边，打着鼓点，每次说到一便士时就响亮地擂一阵鼓。我们付了两个硬币，被正式迎了进去。

等待我们的景象令我相当惊讶。我估计在白天无情的亮光中，它所有的俗丽拙劣都会显露无遗，但是夜晚，被一圈燃烧的火盆围着，它被赋予了某种异国情调。如果不细看，你真可能会相信被带到了另一个世界……也许是故事书里的世界。

我们站在一个鹅卵石院子里。周围的建筑，有的部分暴露在外，破烂的门框和快散架的楼梯不安全地挂在砖块上。有些入口挂着红帘子，还有广告，宣传再收半便士或四分之一便士就可提供的娱乐。没有脖子的人、世界上最丑的女人、五条腿的猪。另一些门则敞开着，有蜡像和西洋镜让人一睹种种恐怖怪象。这类景象我跟着福尔摩斯已经屡见不鲜。凶杀似乎是主导的题材，有玛利亚·马丁，还有玛丽·安·尼科尔斯②，躺在那里，喉咙被割断了，肚子被切开，就像两年前她在离此不远处被发现时那样。一所房子里开了个射击场，我能看到煤气火焰喷射，还有绿色的瓶子立在远处。

这些和其他玩意都处于外围，院子里面还有吉普赛大蓬车，中间搭了一些台子举行通宵表演。一对双胞胎，东方人，正用一打小球玩杂耍，球在两人之间流畅地抛来抛去，就像自动跳起的一样。一个裹着缠腰布的黑人男子举起在炭火中烧红的火钳，用舌头去舔它。一个戴着累赘的羽毛包头巾的女人在看手相。一个老魔术师在表演小戏法。周围有一大群人，比我预料的人数多得多——欢笑，鼓掌，随意溜达着观看一个个表演。一台手摇风琴在旁边不停地奏着刺耳的音乐。我注意到一个肥硕无比的女人走在我前面，还有一个女人身材如此娇小，如果不看那显老的长相，简直以为是个小孩。她们是观众还是展览的一部分呢？难以确定。

"现在做什么？"福尔摩斯问我。

"我真不知道。"我回答。

"你还认为这就是'丝之屋'吗？"

"看上去不像，我承认。"我突然意识到他刚刚这句话的含义，"你是在告诉我你觉得它不是吗？"

"我从一开始就知道它不可能是。"

这一次，我无法掩藏我的恼怒。"我不得不说，福尔摩斯，有时候你把我的耐心考验到了极点。如果你从一开始就知道这不是'丝之屋'，那你也许可以告诉我——我们为什么要来这儿？"

"因为我们应该来，我们受到了邀请。"

"那张广告……"

"它是有意要被发现的，华生，也是有意要你把它交给我的。"

对这些谜一般的回答我只能摇头，断定在霍洛韦监狱的磨难之后，福尔摩斯已经完全恢复了他的本性——神秘兮兮、过分自信、恼人之极。但我决心要证明他是错的。肯定不会是巧合吧，广告上丝金先生的名字，而且一张广告还藏在罗斯的床垫底下。如果有意要让人发现，为什么会放在那里呢？我环顾四周，寻找可能值得我注意的东西，但在一片纷纷攘攘和火光的闪烁跳跃中，几乎没法找到任何可能相关的东西。杂耍艺人现在抛接起刀剑来了。又是一声来福枪响，一个瓶子爆炸了，架子上玻璃四溅。魔术师把手伸向空中，变出了一把绢花。围在他身边的人们拍手喝彩。

"哦，我们还是……"我开始说。

就在这时，我看到了一个东西，呼吸一下子屏住了。当然，这也可能是一个巧合，可能什么意义也没有。也许我硬要给一个小小的细节赋予意义，只是为了证明我们在这儿的理由。我看到了那个算命人。她坐在那辆篷车前的某种平台上，面前是一张桌子，摆着她这一行的工具：塔罗牌、水晶球、银金字塔和几张写有奇异符文和图表的纸。她在朝我这个方向看。当我接触到她的目光时，我感觉她举起了一只手向我致意。有东西系在她的手腕上：是一根白丝带。

我马上想到的是提醒歇洛克·福尔摩斯，但几乎立刻又否决了。我觉得一晚上已经被嘲笑够了。所以，没有解释，我离开了他的身边，好像在无聊好奇心的吸引下溜达过去，登上了平台的那几级阶梯。那吉普赛女人打量着我，好像她不仅期望而且预知我会来一样。她是一个大块头、男性化的女人，有着方厚的下颌，忧郁的灰眼睛。

"我想算算命。"我说。

"坐下。"她答道。她有外国口音，说话的方式粗鲁冷淡。在这狭小的台子上，她面前有一张小凳子，我将就着坐下。

"您能看到未来吗？"我问。

"那您得付一个便士。"

我付了钱，她抓起我的手，摊在她自己的手掌上，那根白丝带刚好在我面前。她伸出一只枯皱的手指，开始抚摸我掌上的纹路，好像她能用手指将它们抚平似的。"医生？"她问。

"是的。"

"已婚，很幸福。没有孩子。"

"这三点您都说得不错。"

"您最近感到了分离的痛苦。"她是指我妻子去坎伯威尔做客，还是福尔摩斯短暂的监禁？她又怎么会知道这两件事？我无论现在还是当时都是一个怀疑论者。怎么能不是呢？跟福尔摩斯在一起，我调查过家族的诅咒、巨鼠和吸血鬼——结果这三者都找到了完全理性的解释。所以我等着吉普赛人向我显示她骗技的来源。

"您是一个人来的？"她问。

"不，我和一个朋友。"

"那我有个信息给您。您看见我们后面这栋房子里有个射击场吧？"

"是的。"

"在它楼上的房间您会发现您要找的所有答案。但走路要当心，医生。那是危房，楼板很糟糕。您的生命线很长，看到吧？但它有弱点。这一道道皱纹……它们就像朝您射来的箭，还有更多的要射来。您要当心，免得有一支射中……"

"谢谢你。"我缩回手，好像从火上抽回一样。我虽然相信那女人是骗子，但她的表演中有种东西让我不安。也许是夜晚的气氛，许多红色的影子在我周围扭动；也许是无休止的刺耳声响，音乐与人群，让我的感官应接不暇。我突然本能地感到这是一个邪恶的地方，我们根本不应该来。我下去回到福尔摩斯身边，对他讲了刚刚发生的事。

"这么说，我们现在要由算命的来指引了？"这是他犀利的应答，"好吧，看来没有其他的选择了。我们必须把这件事坚持到底。"

我们往前走去，路过了一个带猴子的人，那只猴子爬在他的肩膀上；又见到一个人赤裸着上半身，展示许多鲜艳的文身，并伸缩肌肉使它们活动。射击场就在前面，有一条楼梯曲折歪斜地通往上方。一阵来福枪齐射，有群新手正在瞄准瓶子试运气，但他们喝了酒，射出的子弹无关痛痒地消失在黑暗中。福尔摩斯领头，我们登上楼梯，走得很小心，因为那木楼梯让人觉得随时都会垮塌。在我们前面，墙上有个不规则的缺口——也许曾经是一扇门——阴森地张着，外面漆黑一片。我回过头，看到那个吉普赛女人坐在她的篷车里，用邪恶的眼光注视着我们。白丝带仍然悬在她的手腕上。还没走到顶部我就知道被骗了，我们不应该上这儿来。

到了楼上，这里大概以前是存放咖啡的地方，污浊的空气中还能闻到那种气味，但现在空荡荡的。墙壁腐朽，到处都积满灰尘，地板在我们脚下吱嘎作响。手摇风琴的乐声变得遥远，被隔离；人群的嗡嗡声完全消失了。露天游乐场上那些熊熊燃烧的火炬仍有反光照到这个房间，但光线不均匀，总在摇晃移动，在我们周围投下怪诞的阴影。而且越往里走，光线会越暗。

"华生……"福尔摩斯轻声说，他的语调已经告诉我他的意图。我掏出手枪，从它的重量中得到了安全感，冰冷的金属贴着我的手心。

"福尔摩斯，"我说，"我们在浪费时间，这儿没有任何东西。"

"但一个孩子在我们之前来过。"他答道。

我朝他前面望去，看见远处角落里躺着两个玩具，是以前丢弃在那儿的。一个是纺锤帽，另一个是锡兵，僵硬的立正姿势，油漆大部分都已磨掉。这两件东西有某种无限凄凉的感觉。它们曾经属于罗斯吗？这里是不是他被害之前的一个避难所？这些是不是他从未真正享有的童年的唯一纪念品？我的脚步不禁被它们吸引，离开了入口，似乎算计好的那样——当我看到从隐蔽处走出的那人时，已经为时太晚，根本无法避开那从空中向我挥来的棒子。它正打在我的胳膊肘上，我感到手指在白热的剧痛中痉挛张开。枪咔嚓掉在地上。我扑过去捡，但是又挨了一击，打得我趴在地上。与此同时，黑暗中传出另一个声音。

"两个人都别动，不然就打死你们。"

福尔摩斯没理会这命令。他已经赶到我身边，把我扶起来。"华生，你没事吧？如果他们把你伤重了，我永远也不会原谅自己。"

"没有，没有。"我握住自己的胳膊，检查有没有断裂的地方，马上知道只是严重瘀肿。"我没受伤。"

"胆小鬼！"

一个头发稀薄、鼻子朝天、肩膀圆厚的男人朝我们走来，让外面的光线照到他的脸上。我认出了是汉德森，那个海关监察员（也许是他自称的），就是他把福尔摩斯送进了克里尔鸦片馆。他对我们说他是鸦片鬼，这大概是他故事中唯一真实的部分，因为他仍然像我记忆中的那样眼睛充血，面色苍白。他举着一把手枪。与此同时，他的同伙捡起了我的武器，慢慢走上前来，枪口一直对准我们。这第二个人我不认识。他体格壮实，像只癞蛤蟆，剃着短短的平头，耳朵和嘴唇肿大，就像拳击手在恶战之后一样。他的棍棒实际上是一根沉重的拐杖，还在他的左手上挂着。

"晚上好，汉德森。"福尔摩斯说道，从那语气中我能听出的只有平静。那说话的样子，就像是在随意地跟一个老熟人打招呼呢。

"你看到我不惊讶吗，福尔摩斯先生？"

"恰恰相反，我完全料到了。"

"你还记得我的朋友，布拉特比吗？"

福尔摩斯点点头，随即转向我。"这就是在克里尔的办公室给我强行灌入鸦片时，一直摁住我的那个人。"他解释道，"我想到他也会在这儿的。"

汉德森有些迟疑，然后大笑起来。他当初来我们住所时表现出的虚弱和卑怯已经一扫而光。"我不相信你,福尔摩斯先生。我担心你太容易受骗上当。你在克里尔那儿没找到要找的东西,在这儿也没找到。在我看来你倒像一支焰火……四面开花。"

"你意图如何?"

"我以为你会一目了然呢。我们以为在霍洛韦已经把你处理了。总的说来,如果你留在那儿,对你要好得多。所以这次,我们的方式要稍微直接一点儿。我奉命杀死你,把你像狗一样用枪打死。"

"如果是那样,你能否行行好,满足一下我对两个问题的好奇心呢?是你杀死了'蓝门场'的那个女孩吗?"

"事实上,是的。她愚蠢地回到她打工的那家酒馆,这就很容易收拾她了。"

"还有她弟弟?"

"小罗斯?对,是我们。这是一件可怕的工作,福尔摩斯先生,但是他自找的。那男孩越过雷池了,我们必须拿他做个警告。"

"非常感谢你。这正和我想的一样。"

汉德森又大笑两声,但我从没见过比那更缺乏欢乐的表情。"哼,你是个够冷静的家伙,是不是,福尔摩斯?我猜你一切都算到了吧!"

"当然。"

"那个老女人把你们指到这儿来时,你知道她是在那儿等你的?"

"算命人跟我的搭档聊了一会儿,不是跟我。我猜你是花了钱让她照你说的做的吧?"

"往她手里扔个六便士,她什么都会做。"

"我料到了那又是个陷阱,是的。"

"快干活吧。"那个叫布拉特比的男人催促道。

"不到时候，詹森，还不到时候。"

这一次，我不需要福尔摩斯解释他们为什么要等了。我自己看得再清楚不过。我们上楼时，有一群人在射击场，楼下枪响不断。这一阵却静了下来。两个杀手在等来福枪声再度响起，它们会掩盖上面多出的两声枪响。谋杀是人类能犯下的最可怕的罪行，但这种冷酷的、精心算计的双重谋杀让我觉得特别邪恶。我仍然抓着自己的胳膊，被击中的部位完全没有知觉。我挣扎着站了起来，心里想着决不能跪着被这些人杀死。

"你们还是现在就放下武器自首吧。"福尔摩斯说道。他极为镇定，我开始想或许他真的早就知道这两人会在这儿。

"什么？"

"今晚不能杀人了。射击场已经关闭，展览会结束了。你们没听到吗？"

我这才发现手摇风琴已经停止，人群似乎已经散去。在这间废弃的空屋子外面，是一片沉寂。

"你在说什么？"

"我们第一次见面时我就不相信你，汉德森。不过那时候走进你的圈套倒是个权宜之计，哪怕只是为了看看你们在谋划什么。你真的相信我会第二次这么做吗？"

"把枪放下！"一个声音高喊。

在接下来的几秒钟里发生了那么多混乱的事，当时我简直一点儿都搞不清楚。汉德森把枪一转，想要向我还是向我身后射击，我永远不会知道了，因为他的手指没能扣紧扳机。与此同时枪声响成一片，枪口闪出白光，他被一下子掀倒在地，鲜血从他头上喷涌而出。汉德森的同伙，那个他称作布拉特比的男人急忙转身。我并不认为他打算射击，但他持有武器，这就够了。一颗子弹打在他肩上，另一颗打在胸口。我听到他向后栽倒时大叫了一声。我的手枪从他手中飞出。喀啦一声，他的拐杖掉在木地板上，滚落到一旁。他还没死，喘着气，在疼痛和惊恐中抽噎着，瘫在地上。然后是片刻的安静，这寂静几乎和刚才的暴力一样惊心动魄。

"您出手很晚啊，雷斯垂德。"福尔摩斯说。

"我有兴趣听听坏蛋们说什么。"那人答道。我回过头，看见他真的是雷斯垂德警官，带着三名警员，已经走进房间，去检查被射中的两人。

"您听到他承认谋杀了？"

"是啊，福尔摩斯先生。"他的一个手下来到汉德森跟前，迅速检查了一下，摇了摇头。我看到了伤口，所以并不意外。"恐怕他不能为他的罪行接受审判了。"

"也可以说他已经受到了审判。"

"虽然如此，我还是更希望他活着，哪怕只是作为证人。我可是为你提着脑袋呢，福尔摩斯先生。今晚的工作可能会让我付出很大代价。"

"代价只是再次受到嘉奖，雷斯垂德，您心里明白。"福尔摩斯把注意力转向我，"你怎么样，华生？有没有受伤？"

"只要来点儿药膏和一杯威士忌加苏打，就什么问题都没有了。"我回答，"可是告诉我，福尔摩斯，你一直都知道这是个陷阱？"

"我有强烈的怀疑。一个不识字的孩子会把一份广告藏在床垫下面，我觉得难以想象。正像我们已故的朋友汉德森所说，我们被骗过一次。我已经开始了解敌人的手法了。"

"你的意思是……"

"他们利用你来找我。跟你到霍尔邦高架桥的人不是警察，而是我们的敌人雇用的。他们给你提供了一个看上去不可抗拒的线索，希望你知道我在哪儿，把它送给我。"

"可是这名字，'丝金先生之神奇房屋'。你是说它完全不相干吗？"

"我亲爱的华生！丝金不是那么罕见的名字。他们还可以用卢德门广场的靴匠丝金，或巴特西木材场的丝金，或丝曼或丝路，或任何能让我们自以为是在接近'丝之屋'的东西。只需要把我引到一个地点，让他能够最终干掉我。"

"那您呢，雷斯垂德？您怎么会来这儿的？"

"福尔摩斯先生来找我，请我过来的，华生医生。"

"您相信他是无辜的！"

"我从一开始就没怀疑过。我调查了铜门广场的案子，很快就看出这里面有猫腻。哈里曼警官说他从白马路上一家被抢的银行过来，可那儿并没有发生抢劫案。我查了报案记录，去了那家银行。我觉得如果哈里曼能在法庭上对此说谎，他在其他不少事情上也可能说谎。"

"雷斯垂德赌了一把，"福尔摩斯插嘴说，"其实他的第一本能是把我送回监狱。但是他和我彼此非常了解，无论两人有什么样的不同；而且我们合作的次数太多了，不会因为一次诬告而决裂。对不对，雷斯垂德？"

"随您怎么说了，福尔摩斯先生。"

"打心底里，他和我一样急于了结这件事，把真正的罪犯绳之以法。"

"这一个还活着！"一个警员叫起来。福尔摩斯和我讲话的时候，他们在检查那两个袭击者。

福尔摩斯走到布拉特比躺着的地方，跪在他身边。"你能听见我说话吗，布拉特比？"他问。一阵沉默，然后是一声轻轻的哀号，像小孩疼痛时发出来的。"我们对你无能为力，但你还有时间做点弥补，在去见你的创造者之前弥补你的一些罪行。"

很轻很轻地，布拉特比抽泣起来。

"我知道'丝之屋'的一切。我知道它是什么。我知道在哪儿找到它……实际上，我昨晚还去过，但发现它是空的，无声无息。只有这个情报我没有办法自己发现，而如果我们想要彻底了结这件事的话，它是十分关键的。为了救赎你自己，告诉我，'丝之屋'下次聚会是在什么时候？"

一阵长长的沉默。我不禁对这即将咽气的人涌起一股怜悯，虽然他几分钟前还企图杀死我——还有福尔摩斯。在死亡的那一刻所有的人都是平等的，有一个更伟大的审判者等在那里，我们又有什么资格来审判他们呢？

"今晚……"他说完便咽了气。

福尔摩斯直起身来。"运气终于转到我们这边了，雷斯垂德。"他说，"您能再陪我走一段路吗？您有至少十个人吗？他们必须是坚毅果敢的。我向您保证，他们永远不会忘记我们将要揭露的阴谋。"

"我们跟着您，福尔摩斯。"雷斯垂德答道，"把这件事了结掉。"

福尔摩斯拿着我的枪，我没看到他是什么时候捡起来的。他把它重新塞进我的手中，望着我的眼睛。我知道他在询问什么，就点点头，我们一起出发了。

第十九章
丝之屋

我们回到了哈姆沃斯山的最高地段，回到乔利·格兰杰男生学校。调查还能把我们带到哪里呢？广告单是从这儿出来的。显然是有人把它放在罗斯的床垫下让校长发现，知道他会把它带给我们，把我们引向"丝金博士"的陷阱。当然，也可能查尔斯·菲茨西蒙斯一直都在说谎，他自己也是同谋。不过，我到现在仍然觉得这难以相信，因为他给我的感觉是个正派的典范：他的责任感，他对孩子们的关心，他那可敬的妻子，还有他听到罗斯死讯时那痛苦的样子。难以想象这一切都不过是伪装的。我到现在还相信，即使他被卷进了什么黑暗邪恶的事情，他本人也是不知情或不情愿的。

雷斯垂德带了十个人，分乘四辆马车，一辆接一辆默默往山上爬。山坡似乎从伦敦的北边向上蜿蜒。他仍然带着一把左轮手枪，福尔摩斯和我也是，但其他人没带武器，所以如果我们预备要有武力冲突，速度和突袭将是关键。福尔摩斯发出信号，马车停在离我们的目标不远处。目标不是学校，而是小路对面的方形建筑，那里曾是造车厢的工厂。菲茨西蒙斯对我们说那是用于音乐演出的，至少这一点他说的应该是实话，因为外面停了几辆马车，我能听到里面传出钢琴的

233

音乐声。

我们在一片树丛后面占好位置，在那里可以不被看见。时间是八点半，天开始下雪了，大片白鹅毛从夜空中飘落下来。地面已变成白色，这坡顶上比城里面寒冷得多。不久前挨的棍击仍让我相当痛楚，整条胳膊一抽一抽地痛，我的旧伤也呼应般地抽搐起来。我担心自己可能开始发烧了，但决心不表现出来。我已经走了这么远，一定要坚持到底。福尔摩斯在等着什么，我对他的判断有无限信心，哪怕我们必须在这儿站上一夜。

雷斯垂德大概感觉到了我的不舒服，他碰碰我，递给我一个小银酒壶。我把它举到嘴边，喝了一口白兰地，然后把酒壶还给这个小个子警探。他用袖子擦了擦，也喝了一些，然后把酒壶收了起来。

"有什么计划，福尔摩斯先生？"他问。

"如果您想当场抓住这些人，雷斯垂德，那我们就必须知道怎样进去才不会引起警觉。"

"我们要打断音乐会吗？"

"这不是音乐会。"

我听到又一辆马车驶来的轻响，回头看见一辆四轮马车，由两匹漂亮的灰马拉着。车夫用鞭子赶它们向前，因为山坡较陡，地面已经变得危险，泥浆和积雪使车轮打滑。我看了一眼福尔摩斯，他脸上有种表情与我以前见过的很不一样。我把它描述为冷峻的满意，就好像他被证明是正确的，现在终于可以复仇了。他目光炯炯，但颧骨下面却有深深的阴影，我觉得即使最终见到复仇天使，他的模样也不会比此刻的福尔摩斯更可怕。

"你看到吗，华生？"他小声说。

藏在树后，我们不会被看见，却能看到学校建筑，也能看到小路上下。福尔摩斯用手一指，在月光中，我看到四轮马车的壁上绘有一个金色符号，一只渡鸦和两把钥匙。那是拉文肖勋爵家族的纹章。我想起那个肿眼泡的傲慢男人，他的怀表被偷，我们在格洛斯特郡见过面。他也可能牵涉在里面吗？马车拐进车道停下，拉文肖勋爵走下车来，穿着黑斗篷和大礼帽，这么远我们也能认清楚。他走到门前敲了两下，门被一个看不见样子的人打开。但在黄色的灯光照射下，我看见拉文肖勋爵拿着什么东西，从手里垂下来。看上去像长长的纸条，当然并非如此，而是一根白丝带。新来者被迎进去，门关了起来。

"正像我想的那样。"福尔摩斯说，"华生，你能陪我吗？我必须警告你，你在门后即将遇到的东西也许会让你非常痛苦。这个案子十分有趣，我一直担心它只能导向一个结论。好吧，无法避免，我们必须看到不得不看的东西。你的枪上膛了吗？一声枪响，雷斯垂德。那就是您和您的人进来的信号。

"听您的，福尔摩斯先生。"

我们离开树丛的保护，穿过马路，脚下已经踩着一英寸厚的新雪。那所房子矗立在面前，窗子上挂着厚帘子，只有一方柔和的光亮透出。我还能听见钢琴声，但不再让我觉得是正式演出——有人在弹一首爱尔兰民谣，是那种可能在最低级的酒馆里演奏的乐曲。我们走过了还在等候主人的那排马车，来到正门前。福尔摩斯敲敲门，开门的是一个我上次来学校时没见过的年轻男子，黑头发贴在头上，眉毛弓起，神态既傲慢又恭敬。他的服装似乎有点军队风格，短夹克、灯笼小腿裤、铜钉靴。他还穿着一件淡紫色马甲，戴着同色的手套。

"什么事？"管家（如果这是他的身份的话）没有认出我们，怀疑地打量着我们。

"我们是霍拉斯·布莱克沃特勋爵的朋友，"福尔摩斯说，我吃惊地听到他说出了在治安法庭上控告他的人之一。

"他让您来的？"

"他向我特别推荐了您。"

"您的名字？"

"帕森斯，这位是我的同事，史密斯先生。"

"霍拉斯先生有没有向你们提供什么记号或者识别方式呢？我们一般不会深更半夜让陌生人进来。"

"当然。他叫我给您这个。"福尔摩斯把手伸进衣兜，掏出了一根白丝带。他把丝带举在空中停顿片刻，才递给对方。

效果立竿见影。管家低头鞠躬，把门开大了一点儿，伸出一只手示意。"请进。"

我们进到一个让我感到非常意外的门厅里，因为我记得马路对面那所学校简朴阴郁的风格，以为这里也差不多。结果却是再悬殊不过，我被一片富丽、温暖和明亮包围。荷兰风格、黑白地砖的走道通向远处，在各扇门之间靠墙摆着一张张优雅的红木桌子，都有花饰和弯曲的桌腿。煤气灯也安在非常华丽的装置上，调得很亮的灯光倾注到屋子里收藏的许多珍宝上。墙上挂着精美的洛可可风格的镜子，用光灿灿的银框镶着；墙壁本身也用红金两色的墙纸厚厚装饰。两尊古罗马的大理石雕像在壁龛中相对而立，虽然在博物馆里可能不显眼，在私宅中却显得极不合适。到处都有鲜花和盆栽，在桌上、壁柱和木底座上、它们浓重的气味弥漫在热烘烘的空气中。钢琴声是从远处一个房间传出的。一个人也看不见。

"请在这里等候，先生们，我去向主人通报一下。"

那位仆人带我们穿过一扇门，进了一个客厅，陈设与外面一样富丽。房间里铺着厚厚的地毯；一张沙发和两张扶手椅安放在壁炉周围，都装潢成深紫红色；炉中有几段木柴在熊熊燃烧。窗户上有沉重的窗帘盒，挂着厚厚的天鹅绒窗帘，这我们从外面已经看到；但还有一扇玻璃门，上面的帘子拉开，门内是温房，种满了蕨类植物和柑橘树，正中央一个黄铜的大笼子里面养着一只绿鹦鹉。房间的一面墙被书架占据；另一面有个长长的餐具柜，摆满各种装饰品，有蓝白相间的代尔夫特精陶、相框中的照片，还有两只小猫剥制标本坐在小椅子上，爪子相握，好像它们是夫妻一样。一张带拱边的茶几放在火炉边，上面有些杯子和瓶子。

"请随意。"管家说，"我给先生们倒点饮料好吗？"我们都谢绝了。"那请在此等候，我去去就来。"他离开房间，无声无息地踏着地毯走出去，关上了房门。只留下我们两人。

"老天爷，福尔摩斯！"我叫道，"这是什么地方？"

"这是'丝之屋'。"他冷峻地回答。

"是的，可什么……"

他举起一只手。他已经走到门边听外面有没有人。确信没人后，他小心地打开门，向我发出信号。"我们前面有场严酷的考验，"他小声说，"我几乎抱歉把你带来，老朋友。但我们必须了结此事。"

我们溜到外面，管家已经消失，但音乐还在弹奏，现在是一支华尔兹，我觉得琴键有点走调。我们沿着一条走廊前行，远离前门往房子深处走去。在高高的上方某处，我听到有人短促地喊了一声，令我血液凝结，因为我肯定那是一个孩子的声音。一只钟挂在墙上沉重地滴答滴答，差十分九点。但这里如此封闭，与外界完全隔离，感觉可以是夜里或白天的任何时候。正当我们走上阶梯时，我听到走廊上某处一扇门打开了；还有一个男人的声音，我觉得似曾相识。那是这房子的主人，他正要走过来见我们。

我们加快脚步，刚转过拐角，就有两个身影从下面走过——接待我们的管家和另一个人。

"往前，华生。"福尔摩斯小声说。

我们来到了第二条走廊，这里的煤气灯调暗了。铺着地毯，贴着印花的墙纸，又有很多扇门。走廊两边挂着画框厚重的油画，都是名画的俗气仿制品。空气中有一股甜腻而令人不舒服的气味。尽管真相还没有完全展现，但我的所有本能都想离开这个地方，希望自己根本没来。

"我们必须选择一扇门，"福尔摩斯喃喃道，"哪一扇呢？"

门上没有标志，全都一式一样，光滑的栎木门和瓷把手。他选了离他最近的那扇，把它打开。我们一起朝里面看。看到木地板、小地毯、蜡烛、镜子、罐子和盆；看到一个我们没见过的长胡子男人坐在那里，只穿了一件白衬衫，敞着领口；还看到在他身后床上的那个男孩。

这不可能是真的，我不愿意相信，但我也不能否认自己亲眼看到的证据。这就是"丝之屋"的秘密。它是一家声名狼藉的会所，就是如此。但它是专为那些有钱满足变态欲望的男人设计的。这些男人对小男孩有特殊偏好，而可怜的牺牲品就来自我在乔利·格兰杰学校看到的那些学生——从伦敦街头被拉走，没有亲戚朋友照顾，没有钱也没有食物，大部分时候都被社会忽略，对于社会来说他们只是累赘。他们被迫或被引诱进一种悲惨的生活，如果不服从就会受到折磨或死亡的威胁。罗斯也曾暂时成为他们中的一员。难怪他逃走了，难怪他姐姐要拿刀来刺我，以为我是来抓他回去的。我真不知道，我生活在一个什么样的国家，能够完全放弃自己的儿童！他们可能生病，他们可能挨饿，更糟糕的是，没人关心他们的死活。

在我们站在那儿的几秒钟里，所有这些想法涌过我的意识。接着那男人发现了我们。"见鬼，你们在干什么？"他吼道。

福尔摩斯关上了门。就在那一刻，楼下传来一声喊叫，这儿的主人进客厅，发现我们不见了。钢琴声戛然而止。我不知道下面该怎么办，但一秒钟后决定权就被夺走了。走廊上另一扇门打开，一个男人走出来，衣服穿得挺全，但显得凌乱，衬衫从后面耷拉出来。我一下就认出他来，是哈里曼警官。

他看到了我们。"你们！"他叫道。

他站住，面朝着我们。我没有再想，掏出左轮手枪，打出了会让雷斯垂德和他的警员冲进来帮助我们的那一枪。但我没有按约好的那样朝天射击。我瞄准了哈里曼，以一种我之前和之后都从未有过的杀人意图扣动了扳机。生平唯一的一次，我真正懂得了想要杀死一个人是什么感觉。

我的子弹没有打中。在最后一瞬间，福尔摩斯肯定看出了我的意图。他大喊一声，立即伸手来抓我的枪。这足以破坏我的瞄准。子弹打偏，击碎了一盏煤气灯。哈里曼闪身逃跑，从另一道楼梯冲下去不见了。与此同时，枪声在整所房子里引起了惊恐。很多扇门一下打开，许多中年男人跟跄着冲到走廊上，四下张望，满脸惊慌和惶恐，好像他们多年来一直暗中提防自己的罪恶将被发现，这会儿猜到那一刻终于来了。下面传来木头碰撞声和叫喊声，前门被冲开了，我听到雷斯垂德在高喊。第二声枪响，有人尖叫起来。

福尔摩斯已经冲向前去，推开所有挡着他的人，一路追赶哈里曼。苏格兰场的那个人显然断定大势已去，他要逃脱似乎是不可想象的——雷斯垂德已经赶到，他的手下会在各处把守。然而，这却显然是福尔摩斯所担心的。他已经跑到楼梯口，匆匆下楼。我跟在后面，我们一起下到底层黑白地砖的走廊里。这里一片混乱。前门开着，一股寒风吹进走廊，煤气灯闪烁不定。雷斯垂德的手下已经开始工作。拉文肖勋爵已脱去了斗篷，穿着一件天鹅绒吸烟衫从一个房间里跑出来，手里还拿着一支雪茄烟。他被一名警察抓住按在墙上。

"把手拿开！"他嚷道，"你不认得我是谁吗？"

他还没有意识到很快全国都会知道他是谁，并且无疑会对他和他的名字感到厌恶。"丝之屋"的其他顾客也已经被逮捕，跌跌撞撞，毫无勇气和尊严，很多人哭出了自怜的眼泪。管家瘫坐在地上，鼻孔流着血。我看到罗伯特·威克斯，那个贝利奥尔学院毕业的教师，被反扭着手臂从一个房间里拖出来。

房子后面有一扇门，敞开着，通向一个花园。雷斯垂德的一名警员躺在门前，鲜血正从他胸口的一个弹孔涌出。雷斯垂德已经在给他包扎，看到福尔摩斯，他抬起头来，脸气得通红。"是哈里曼！"他吼道，"他下楼时开的枪。"

"他在哪儿？"

"跑了！"雷斯垂德指着敞开的门说。

二话没说，福尔摩斯马上冲出去追哈里曼。我紧跟在后，一方面因为我的位置总是在他身旁，另一方面也因为我想亲眼看到最后算账的那一刻。哈里曼也许只是"丝之屋"的一个会员，但他把这件事私人化了，非法监禁福尔摩斯并密谋要杀死他。我很乐意一枪打死这家伙，我还在遗憾刚才那枪没有射中。

来到外面的黑夜和旋舞的风雪中，我们沿着一条小径绕过房子侧面。夜晚已经变成一个黑白的大旋涡，连马路对面的建筑都看不清楚。这时我们听到一声鞭响和马嘶的声音，有辆马车猛冲向前，朝大门口狂奔。谁握着缰绳是毫无疑问的。我的心一沉，嘴里泛起苦涩的滋味，意识到哈里曼已经逃脱。我们只有等待，但愿日后他能够被找到，逮捕归案。

但是福尔摩斯不肯罢休。哈里曼乘的是一辆两匹马拉的四轮马车。福尔摩斯没有停步，从剩下的马车中挑选，而是径直跳上了离自己最近的一辆。那是辆脆弱的双轮小马车，只有一匹马拉着——而且还不是特别健壮的一匹。还好我总算爬到了后座上，我们驱车追了出去，没有理会车夫的叫喊。他刚才正在旁边吸烟，发现我们的时候已经太晚了。我们猛地冲出门外，疾速拐上马路。在福尔摩斯的鞭策之下，那匹马表现出超乎我们预料的劲头。小马车简直是在积雪的路面上飞行。我们比哈里曼少一匹马，但我们的车子更轻便、更灵活。坐得那么高，我只有拼命抓牢，心想要是掉下去肯定会摔断脖子。

这不是一个适合追踪的夜晚。风雪横扫过来，一阵阵地冲击着我们。我不明白福尔摩斯怎么能看得见，因为我每次试图朝黑暗中望去，马上就被迷住了眼睛，我的脸颊也已经冻得麻木。但哈里曼就在那里，离我们不到五十米。我听到他烦躁的叫喊，听到他的鞭子声。福尔摩斯坐在我前面，向前猫着腰，两手紧握缰绳，只靠双脚保持平衡。每个坑洼都可能把他甩出去，最小的拐弯也使我们在结冰的路面上直打滑。我担心横木能不能吃得消，在想象中已看到即将临头的灾难：马追得兴起，最后把我们摔得粉身碎骨。山坡很陡，我们好像在朝着深渊俯冲，身边飞雪旋舞，狂风把我们往下吸去。

四十米，三十米……我们居然在渐渐缩小距离。另两匹马的蹄声如同雷鸣，四轮马车的车轮在疯狂地旋转，整个车身嘎嘎摇晃，好像随时都会散架。哈里曼已经发现了我们，我看到他朝后望，他的白发像罩在头上的疯狂的光晕。他伸手拿什么东西，我看到它时已经太晚了。小小的红光一闪，一声枪响几乎淹没在震耳欲聋的车声中。我听到子弹打在木头上，离福尔摩斯只差一点儿，离我更近。追得越近，就越容易瞄准。但我们还是向前疾驰。

远处出现了灯光，一个村庄或一片郊区。哈里曼又开了一枪。我们的马发出尖啸，趔趄了一下。小马车整个飞了起来，然后重重落下，震得我脊椎骨生疼，肩膀火辣辣的。幸好这匹马只是受了伤，没有被打死，而且险遭大难反倒让它跑得更加坚决了。三十米，二十米。再有几秒钟我们就赶上了。

但是福尔摩斯拉紧了缰绳，我看到前面出现一个急弯——马路突然向右拐去。如果要按原速度转弯，我们必死无疑。小马车在路面上划出一条深沟，冰雪和泥浆从轮子下面喷溅而出。我一定是被甩离了座位。我连忙抓紧，狂风吹打着我，整个世界一片模糊。前面传来一声爆响——不是第三颗子弹，而是木头断裂的声音。我睁开眼，看到四轮马车拐弯速度太快，仅有一只轮子着地，给木头车身造成了难以想象的压力，它就在我眼前散架了。哈里曼被从他的座位上猛甩到空中，缰绳拉着他向前。有那么短暂的一秒钟，他悬在那儿，然后整个车子翻向一侧，哈里曼就不见了。两匹马还在狂奔，但它们已经与车子分离，冲进了黑暗中。马车打着滑转圈，最后在我们面前停下。有一刻我以为我们会撞上去。但福尔摩斯还握着缰绳，他引导马儿绕过障碍，拉它停下。

我们的马站在那儿，气喘吁吁。它肋部有一道血迹。我觉得自己浑身骨头都散架了。我没穿外套，冻得瑟瑟发抖。

"哎，华生，"福尔摩斯声音嘶哑地说，呼吸粗重，"你觉得我当马车夫有前途吗？"

"你可能还真有，"我回答，"但别指望能得到太多小费。"

"我们去看看能为哈里曼做点什么。"

我们爬下车来——一眼就看得出追踪已经在所有意义上结束了。哈里曼浑身是血，脖子已经折断，他手掌朝下趴在路面上，那空洞呆滞的眼睛却瞪着天空，整个面孔扭曲成一副可怕的痛苦表情。福尔摩斯看了他一眼，点点头说："这只是他应得的。"

"他是个邪恶的人，福尔摩斯。这些都是邪恶的人。"

"你说得很精辟，华生。你能忍受回到乔利·格兰杰去吗？"

"那些孩子，福尔摩斯。那些可怜的孩子。"

"我知道。雷斯垂德现在应该已经控制了局面。我们看看能做些什么。"

我们的马充满了狂热与愤怒，它的鼻孔在黑夜里冒着热气。我们好不容易把它拉回头，慢慢驱车上山。我惊讶已经走出了那么远，下山只是几分钟的事，回去却花了半个多小时。但雪似乎轻柔了一些，风势已经减弱。我很高兴有时间镇定一下，跟我的朋友单独在一起。

"福尔摩斯，"我说，"你最早是什么时候知道的？"

"关于'丝之屋'？我们第一次去乔利·格兰杰时我就感觉有点不对劲。菲茨西蒙斯和他太太是高超水平的演员。但你记得吧，当我们问话的那个小孩——那个金发男孩丹尼尔提到罗斯有个姐姐在钉袋酒馆工作时，菲茨西蒙斯有多么恼火。他掩饰得很好，试图让我们相信他是生气这情况没有早点告诉我们。实际上他是生气有人告诉了我们线索。我还对学校对面那座建筑的性质感到困惑。我一眼就能看出辙印来自多种车辆，包括一辆轿式四轮马车和一辆活顶四轮马车。这种昂贵车辆的主人为什么会来听一群不起眼的穷孩子的音乐演出？这解释不通。"

"但你没有意识到……"

"那时还没有。这是我学到的一个教训，华生，也是我以后会记得的。在追查罪案时，一个侦探有时必须靠他最坏的想象来指引——也就是说他必须把自己放到罪犯的思想角度。但有些界限本是文明人不允许自己超越的。这就是一例。我没有想象到菲茨西蒙斯及其同伙可能干的勾当，只因为我不愿意那么去想。以后不管喜不喜欢，我都必须学会不那么拘泥。直到发现了可怜的罗斯的尸体，我才看到我们进入了一个与以前经历的一切都不同的圈子。不只是罗斯所受伤害的残酷性，还有他手腕上的白丝带。能够对一个

244

死去的孩子做这种事的人，其心智一定是彻底、完全堕落的。对于这种人，什么事都是可能的。"

"那白丝带……"

"你看到了，它是这些人相互识别的记号，它让他们能够进入'丝之屋'。但它还有第二个用途。把它系在那孩子的手腕上，这些人就是要拿他来杀一儆百。他们知道这会登在报纸上，因而可以作为警告，有谁胆敢挡他们的路，这就是下场。"

"还有这名字，福尔摩斯。这就是他们称为'丝之屋'的原因吗？"

"这不是唯一的原因，华生。恐怕答案一直就在我们面前，但也许只是在回顾时才看得出来。你还记得菲茨西蒙斯说到支持他工作的那家慈善机构吧？伦敦儿童教养协会（SILC）。我倒觉得我们在追SILC——而不是Silk（丝）之屋。不管怎样，那一定就是它的由来。那家慈善机构可能正是为这些人而建立的。它给了他们找到儿童的途径，还为他们凌辱儿童提供了伪装。"

我们已经来到学校。福尔摩斯把小马车还给车夫，道了个歉。雷斯垂德在门口等我们。"哈里曼呢？"他问。

"他死了。他的车子翻了。"

"我没法说我很难过。"

"你的警员怎么样，中弹的那一位？"

"伤得很重，福尔摩斯先生。但他会活下来。"

我实在不愿意第二次走进这栋房子，但我们还是跟着雷斯垂德回到里面。一些毯子被拿下来盖在那个被哈里曼打中的警员身上。当然，钢琴声停止了。但除此之外，"丝之屋"与我们第一次进去时差不多。再次进去令我不寒而栗，但知道我们还有事情没办完。

"我已经去调更多的人来。"雷斯垂德告诉我们，"这里的事情骇人听闻，福尔摩斯，要比我级别高许多的人才能理清楚。我告诉你们，孩子们都被送回马路对面的学校里了，我让两名警员照看他们。因为这个可怕地方的所有教师都卷在里面，我把他们都逮捕了。其中两个——威克斯和沃斯珀，我想你们见过。"

"菲茨西蒙斯和他太太呢？"我问。

"他们在客厅，我们很快就会见到他们。不过有个东西我想先让你们看看，如果你们忍受得了。"我难以相信"丝之屋"还能藏有更多的秘密。我们跟着雷斯垂德回到楼上，他边走边讲。"这里还有九个人。我该称他们什么呢？客人？顾客？包括拉文肖勋爵和另一个你们大概很熟悉的人，一个名叫阿克兰的医生。现在我明白他为什么那么积极地做伪证来陷害您了。"

"那霍拉斯·布莱克沃特勋爵呢？"福尔摩斯问。

"他今晚不在这儿，福尔摩斯先生，不过我相信我们会发现他也是常客。这边走，来看看我们找到了什么，看你们能不能解释这个。"

我们走到先前撞见哈里曼的那条走廊上。门现在都敞开着，可以看到卧室里面全都陈设豪华。我不想走进任何一间——我的皮肤都感到难受，但我还是跟着福尔摩斯和雷斯垂德走了进去，发现自己站在一间挂着蓝缎子的房间里。那儿有一张铸铁大床、一个矮沙发，还有一扇门通往有水管的浴室。对面的墙边有个矮柜子，上面有只玻璃箱盛着一些矿石和干花，布置成一个微型盆景，也许是一个博物学家或收藏家的物品。

"我们进来时这个房间没人使用。"雷斯垂德解释道，"我的手下沿着走廊去搜下一个房间，那不过是个小储藏室，他们打开它也很偶然。现在，看这边，这就是我们发现的东西。"

他把我们的视线引向那个玻璃箱，一开始我看不出为什么要观察它，但后来发现它后面墙上有个小孔，巧妙地被玻璃挡住，几乎看不出来。

"一个窗眼！"我叫起来，随即明白了它的意义，"在这个房间发生的一切都能被看到。"

"不光是看到。"雷斯垂德阴沉地说。

他把我们带到走廊上，然后打开了储藏室的门。里面空空荡荡，只有一张桌子，上面摆着一只红木匣子。起先我搞不清看到了什么，雷斯垂德拿起匣子，它能像六角手风琴那样打开，我这才意识到它实际上是一架照相机，滑管一端的镜头就贴在我们刚才看到的窗眼那头。

"四分之一底板尺寸，名威牌，伯明翰的J.兰卡斯特制造，如果我没有看错的话。"福尔摩斯说。

"他们必须把发生的事都记录下来，"雷斯垂德问，"这也是他们腐败的一部分吗？"

"我想不是。"福尔摩斯答道，"但我现在明白了，为什么我哥哥迈克罗夫特开始调查时会遇到那样的敌意，为什么他不能来帮我。您说菲茨西蒙斯在楼下？"

"还有他老婆。"

"那我想我们可以算算账了。"

客厅的炉火还在燃烧，屋里又闷又热。查尔斯·菲茨西蒙斯牧师和他太太坐在沙发上。我很高兴看到他把牧师服换成了黑领带和小礼服。我想我实在受不了他再装扮成教会的一员。菲茨西蒙斯太太僵硬而孤僻地坐在那儿，拒绝与我们目光接触。她在接下来的对话中始终一言不发。福尔摩斯坐了下来。我背对炉火站着，雷斯垂德守在门口。

"福尔摩斯先生！"听菲茨西蒙斯的语气，好像见到我们很惊喜。"我想应该祝贺您，先生。事实证明您的确像我了解的那样难以对付。您逃脱了我们为您设下的第一个陷阱；您从霍洛韦的失踪匪夷所思；汉德森和布拉特比都没有回来，我估计您在寒鸦巷也占了上风，他们两个都被捕了？"

"都死了。"福尔摩斯说。

"反正最后也会被绞死的，所以我想这没有多大关系。"

"你准备好回答我的问题了吗？"

"当然。我完全看不出为什么不能。我并不为我们在乔利·格兰杰做的事而羞耻。有些警察对我们非常粗暴……"他朝门口的雷斯垂德喊起来，"……我保证会正式提出投诉。事实是，我们只不过提供了许多世纪以来某些男人所要求的东西。我相信你们研究过希腊、罗马人和波斯人的古代文明吧？对美少年的迷恋是光荣的，先生。你会对米开朗基罗的作品，甚至莎士比亚的十四行诗反感吗？哦，我相信你们不想讨论其中的语义学。您占了上风，福尔摩斯，您想知道什么？"

"'丝之屋'是你的主意吗？"

"完全是我的。正如我告诉过您的，克里斯平·奥格威尔勋爵出资购买了乔利·格兰杰。但我向您保证，伦敦儿童教养协会和捐助人一家对我们所做的事并不知情，我相信他们会像你们一样震惊。我不需要保护别人，我只是在告诉您实情。"

"是您下令杀死罗斯的？"

"我坦白承认，是的。我并不为此感到自豪，福尔摩斯先生，但必须要保证我自己的安全，保证业务持续发展。我不是承认杀人行为本身，您明白吧。那是由汉德森和布拉特比执行的。不妨多说一句，如果你们以为罗斯是无辜的、是个误入歧途的小天使，那你们就是在欺骗自己。菲茨西蒙斯太太说得对，罗斯是个坏家伙，完全是自食其果。"

"我相信您为某些顾客照相保留记录。"

"你们进了蓝房间？"

"是的。"

"有时候是必要的。"

"我猜你的目的是敲诈。"

"敲诈，有时候是的，只有当绝对必要的时候。因为，你大概不会惊讶，我已经从'丝之屋'赚到了大量钱财，并不特别需要其他形式的收入。不，不，不，这更多是出于自我保护，福尔摩斯先生。您认为我怎么能说服阿克兰医生和霍拉斯·布莱克沃特勋爵在公开法庭上露面呢？那是他们的一种自我保护行为。正是由于同样的原因，我现在可以告诉您，我太太和我永远不会在这个国家受到审判。我们知道这么多人的这么多秘密，他们有些地位极高，我们把证据小心地收藏着。你们今晚看到的这些绅士，不过是我那些心怀感恩的顾客中的一小部分。我们有部长和法官、律师和爵爷。不仅如此，我还能说出本国最高贵的家族中的一位成员，他也是这里的常客，当然他有赖于我的谨慎，就像必要时我能够依靠他的保护一样。您明白我的意思吗，福尔摩斯先生？他们永远不会允许你把这件事曝光。六个月后我太太和我就会获得自由，悄悄地，我们会重新开始。也许有必要远赴欧洲大陆，我一直对法国南部很有好感。但无论在哪儿，总有一天，'丝之屋'都会重新出现。您记住我这话。"

福尔摩斯没有回话。他站起身来，我跟他离开了房间。他当晚没有再提菲茨西蒙斯，第二天早上也没有对这件事再说什么。但那时我们已经又忙了起来，整个冒险故事当然是从温布尔顿开始的，我们现在就要再回到那儿去。

第二十章
奇兰·奥多纳胡

前一天夜里的降雪，以惊人的方式改变了"山间城堡"的面貌，更加凸显了它的对称感，使它带有某种永恒的意味。我前两次来访，都觉得这是一座漂亮的豪宅，而在歇洛克·福尔摩斯的陪伴下最后一次接近它时，却认为它像玩具商店橱窗里的那些小房子一样完美。我们的车轮碾过雪白的车道，简直就是一种暴殄天物的行为。

这是第二天下午两点钟左右，必须承认，如果有可能的话，我宁愿把这次拜访推迟至少二十四小时。前一天夜里弄得我筋疲力尽，受伤的胳膊痛得厉害，左手的手指都捏不拢。我过了痛苦的一夜，急于入睡，忘记我在乔利·格兰杰学校看到的一切。然而正因为那些画面在记忆中鲜活清晰，使我无法进入梦乡。我来到早饭桌前，恼火地看到福尔摩斯神清气爽，完全恢复了原来的状态，口齿清楚地跟我打招呼，就好像没有发生过任何令人不快的事。就是他坚持过来拜访，并在我起床前给埃德蒙·卡斯泰尔发了一封电报。我记得我们在钉袋酒馆碰面时，描述了那家人的遭遇，特别是伊莱扎·卡斯泰尔的病情。福尔摩斯当时和现在都很担心，显然认为伊莱扎突然病倒是一件非同小可的事。他坚持要亲自去看她，我实在想不明白，我和这么多医生都束手无策，他又能给她提供什么帮助呢？

我们敲了门。开门的是帕特里克，就是我在厨房见过的那个爱尔兰帮厨小杂工。他面无表情地看看福尔摩斯，又看看我。"哦，是你，"他皱着眉头说，"没想到还会看见你。"

我从没有在别人家门口遭到这样无礼的对待，但福尔摩斯却似乎觉得很有趣。"主人在家吗？"他问。

"我该说来访的是谁呢？"

"我叫歇洛克·福尔摩斯，是跟他约好了的。你是谁？"

"帕特里克。"

"如果我没有弄错的话，你有都柏林口音。"

"跟你有什么关系？"

"帕特里克？是谁呀？柯比怎么不在？"埃德蒙·卡斯泰尔出现在走廊里，向前走来，一副焦躁不安的样子，"请您千万要原谅我，福尔摩斯先生。柯比肯定在楼上陪我姐姐。没想到会是一个帮厨的小杂工给你们开门。帕特里克，你可以走了，回到你该待的地方去。"

卡斯泰尔衣冠楚楚，打扮得无懈可击，我每次见他都是这样，但是这些日子的焦虑使他脸上出现了明显的皱纹，而且，我怀疑他像我一样睡眠不佳。

"您收到了我的电报。"福尔摩斯说。

"收到了，可是您显然没有收到我的电报。我明确指出不再需要您的服务，并且已经向华生医生表达过这个意思。抱歉说一句，福尔摩斯先生，您对我的家人没有什么帮助。我还要补充一点，我知道您曾被逮捕，惹上了很麻烦的官司。"

"那些事情已经解决了。至于您的电报，卡斯泰尔先生，我确实收到了，并饶有兴趣地读了您要说的话。"

"可您还是来了？"

"您第一次去找我是因为受到一个低顶圆帽男人的恐吓，您相信那个人是来自波士顿的奇兰·奥多纳胡。我可以告诉您，我现在掌握了关于那件事的一些真相，愿意与您分享。我还可以告诉您，是谁杀死了我们在奥德摩尔夫人的私人旅馆里发现的那个男人。您可以让自己相信这些事情不再重要，那样的话，我就简单地告诉您：如果您希望您姐姐死去，就把我打发走。如果不希望，就请我进去，听听我要说的话。"

卡斯泰尔迟疑着，我看出他在进行激烈的思想斗争。不知为什么，他看上去简直有点害怕我们。最后，他的理智占了上风。"请进，"他说，"我来帮你们拿大衣。不知道柯比在做什么。有时候我觉得整个家里都混乱无序。"我们脱去外衣，他示意我们进入第一次来访时去过的那间客厅。

"如果您允许的话，我想先看看您姐姐再坐下来。"福尔摩斯说。

"我姐姐现在看不见任何人，她的视力减退，几乎连话也说不出来了。"

"不需要说话。我只希望看看她的房间。她仍然拒绝吃东西吗？"

"已经不是拒绝不拒绝的问题了。她吃不下固体的食物。我只能时不时地喂她喝几口热汤。"

"她仍然相信有人给她下毒。"

"在我看来，这种毫无根据的想法，正是她患病的主要原因，福尔摩斯先生。我跟您的搭档说过，她吃的每一口东西我都尝过，没有任何不良反应。真不明白我这是遭了什么诅咒。在遇到您之前，我是个幸福的男人。"

"衷心希望您还会幸福起来。"

我们上楼来到那个我曾经来过的阁楼房间。走到门口，男仆柯比用托盘端着一碗原封未动的汤出现了。他看了一眼主人，摇摇头，表示病人又一次拒绝进食。我们走进房间。我一看见伊莱扎·卡斯泰尔的样子，就感到心往下一沉。我上次见到她才多久？最多一个星期。在这么短的时间里，她的病情显然急剧恶化，使我想到在丝金博士的海报上看到的活骷髅。她的皮肤十分恐怖地紧绷在脸上，只有垂危病人才会这样；嘴唇往后咧着，露出牙床；床单下的身体枯瘦干瘪。她的眼睛直直地瞪着我们，却什么也看不见。伊莱扎·卡斯泰尔的双手叠在胸前，看上去像比她年长三十岁的老妪的手。

福尔摩斯简单地看了看她。"她的浴室在隔壁吗？"他问。

"是的。可是她身体太弱，走不过去。她就躺在这里，柯比夫人和我妻子给她擦身体……"

福尔摩斯已经离开了房间。他走进浴室，我和卡斯泰尔不安地沉默着，跟那个两眼发直的女人一起待在房间里。最后福尔摩斯回来了。"我们可以下楼了。"他说。我和卡斯泰尔跟着他走出房间，心里迷惑不已，整个探视不到三十秒钟。

回到楼下的客厅，凯瑟琳·卡斯泰尔坐在温暖宜人的炉火前，正在看一本书。我们刚走进去，她就合上书，快速地站起身来。"哎呀，福尔摩斯先生，华生医生！真没想到你们俩会来。"她看了一眼丈夫。"我还以为……"

"我确实按我们商量的做了，亲爱的。可是福尔摩斯先生还是决定过来拜访我们。"

"您竟然不愿意看见我，真让我感到吃惊，卡斯泰尔夫人。"福尔摩斯说，"特别是在您的大姑子病倒之后，您还第二次找我寻求帮助。"

"那是一段时间以前的事了，福尔摩斯先生。我不想出言不逊，但是我早就不再希望您能对我们有所帮助了。那个闯入这座房子、盗走我们的钱和首饰的男人已经死去。我们想知道是谁把他刺死的吗？不！知道他不会再来麻烦我们就足够了。如果您没有办法帮助可怜的伊莱扎，就没有理由待在这里。"

"我认为我能挽救卡斯泰尔小姐。也许现在还来得及。"

"如何挽救？"

"让她远离毒药。"

凯瑟琳·卡斯泰尔一脸惊愕。"没有人给她下毒！根本就不可能。那些医生不清楚她的病因，但是在这一点上看法一致。"

"那么他们都错了。我可以坐下来吗？我有很多话要对你们说，我认为大家坐下来会更舒服一些。"

妻子怒气冲冲地看着福尔摩斯，但是这次，丈夫站在了福尔摩斯一边。"很好，福尔摩斯先生。我愿意听听您要说什么。请您记住，如果我认为您在试图欺骗我，我就会毫不犹豫地请您离开。"

"我的目的不是欺骗您，"福尔摩斯回答，"实际上正好相反。"他在离炉火最远的那张扶手椅坐下。我坐在他旁边的椅子里。卡斯泰尔夫妇一起坐在对面的沙发上。福尔摩斯终于言归正传。

"卡斯泰尔先生，您在会计师的建议下来到我的住所，因为担心自己的生命受到一个从未见过的男人的威胁。那天晚上您正要去看歌剧，我记得是瓦格纳的作品。但是您离开我们的时候已经晚了。我估计您没有赶上第一幕。"

"不，我赶上了。"

"这无关紧要。我觉得您的故事有许多方面不同寻常，最重要的一点是这个黑帮土匪奇兰·奥多纳胡的古怪行为——如果那个人真的是他的话。我可以相信他一路跟踪您到伦敦，弄清了您在温布尔顿这里的地址，一心只想置您于死地。毕竟，您对他孪生哥哥罗尔克·奥多纳胡的死负有责任，至少负有部分责任，而双胞胎之间关系是很密切的。他已经对康奈利斯·斯蒂尔曼实施了报复。斯蒂尔曼先生从您手里购买了那几幅油画，后来花钱雇佣平克顿事务所的律师追查波士顿的圆帽帮，并在枪战中结束了他们的土匪生涯。如果您愿意，请提醒我一下：你们聘请的那位律师叫什么名字？"

"比尔·麦科帕兰。"

"不错。我刚才说了，双胞胎之间的关系经常十分密切，奇兰想要把您干掉不足为奇。那么他为什么没有杀死您呢？他发现了您的住处，为什么不马上行动，把刀子插进您的身体？如果是我就会那么做。谁也不知道他在这个国家。没等您进入停尸房，他就可以乘船返回美国。然而，他却做了恰恰相反的事情。他站在您家外面，戴着他知道会暴露身份的低顶圆帽。更糟糕的是，他又出现了，这次您和卡斯泰尔夫人刚从萨伏伊剧院出来。您认为他是怎么想的呢？他简直就像在挑逗您，看您敢不敢报警把他逮捕。"

"他是想恐吓我们。"卡斯泰尔夫人说。

"然而这不是他第三次来访的动机。这次他带着一张纸条回到你们家，把纸条塞进您丈夫手里。他要求中午在你们当地的教堂见面。"

"他没出现。"

"也许他根本就不打算赴约。他最后一次介入你们的生活，是破窗而入，从你们的保险箱里偷走了五十英镑和一件首饰。这个时候，我就觉得他的行为极其不同寻常了。他不仅知道选择哪扇窗户，而且居然弄到了钥匙，那是您妻子几个月前丢失的，那时候他还没有来到这个国家。他更感兴趣的不是谋杀，而是钱财，因为他竟然半夜三更站在这座房子里，这不是很有意思吗。他完全可以上楼把你们俩杀死在床上——"

"我醒过来，听见了他的动静。"

"确实如此，卡斯泰尔夫人。可是那个时候，他已经打开了保险箱。顺便说一句，我猜想您和卡斯泰尔先生睡在不同的房间，是吗？"

卡斯泰尔的脸红了。"我不明白我们的家事跟这个案子有什么关系。"

"但是您没有否认这点。很好，让我们继续讲述这位古怪的、有点优柔寡断的夜盗者。他逃到了伯蒙齐的一家私人旅馆。这时事情出现了令人意想不到的转折。第二位谋杀者，对于此人我们一无所知，他追上了奇兰·奥多纳胡——我们依然只能假定是他——把他刺死，不仅拿走了他的钱，还拿走了能证明他身份的所有东西，只漏掉了一个香烟盒。但它本身说明不了问题，因为上面印的姓名首写字母是WM。"

"您说这些是什么意思，福尔摩斯先生？"凯瑟琳·卡斯泰尔问。

"我只是向您说明，卡斯泰尔夫人，从一开始我就觉得这番讲述完全不合逻辑——除非，您换一个前提：到这个家里来的不是奇兰·奥多纳胡，他想要联系的不是您的丈夫。"

"可是这太荒唐了。他给了我丈夫那张纸条。"

"却没有在教堂露面。我们站在这位神秘访客的位置上或许会有所帮助。他想跟这个家里的某个成员私下见面，但是事情没有这么简单。除了您和您丈夫，还有那位姐姐，各种各样的仆人——柯比夫妇，埃尔西和帮厨的小杂工帕特里克。他一开始远远地注视，最后带着一张纸条走近房子，纸条上字写得很大，没有折叠，也没有信封。显然，他的意图不可能是上门投递。或许，很有可能的是，他希望看见想要联系的那个人，只需把纸条举起来，让对方从吃早饭那个房间的窗口看见上面的字，不需要摁门铃，不需要冒险让纸条落到别人手里。只有他俩知道，他们可以过后私下里商量事情。然而，不幸的是，就在那个男人有机会达到目的之前，卡斯泰尔先生出人意外地提早回家。那么他是怎么做的呢？他把纸条高高举起，然后递给了卡斯泰尔先生。他知道吃早饭的房间里有人注视着他，现在他的意思完全变了。'来找我，'他仿佛在说，'不然我就把我知道的一切告诉卡斯泰尔先生。我会在教堂跟他见面。我会在我喜欢的任何地方跟他见面。你阻止不了我。'当然，他没有到教堂去赴约。他不需要那么做。警告一下就够了。"

"可是，如果他不想跟我说话，想跟谁说话呢？"卡斯泰尔问。

"当时谁在吃早饭的房间里？"

"我妻子。"他皱起眉头，似乎急于改变话题，"如果这个人不是奇兰·奥多纳胡，那么是谁呢？"他问。

"这个问题答案非常简单，卡斯泰尔先生。他是比尔·麦科帕兰，平克顿律师事务所的侦探。考虑一下吧。我们知道麦科帕兰先生在波士顿的枪战中受了伤，而我们在旅馆房间发现的那个人右边脸颊上有一道很新的伤疤。我们还知道麦科帕兰跟他的雇主康奈利斯·斯蒂尔曼闹翻了，因为斯蒂尔曼拒绝支付他觉得应得的那么多钱。于是他怀恨在心。还有他的名字。比尔，我可以想象，这是威廉的简称，而我们发现的香烟盒上的缩写字母是——"

"WM。"我插嘴说道。

"完全正确，华生。现在事情就完全清楚了。让我们从考虑奇兰·奥多纳胡本人的命运开始吧。首先，关于这个年轻人我们知道什么？卡斯泰尔先生，您的叙述出奇地全面，为此我要向您表示感谢。您告诉我们，罗尔克和奇兰·奥多纳胡是双胞胎，奇兰个头较小。他们在胳膊上文着对方的姓名首写字母，证明他们之间非同寻常的亲密关系。奇兰脸上没有胡子，沉默寡言。他戴一顶低顶圆帽，可以想象，使人很难看清他的脸庞。我们知道他身材纤瘦，只有他能够挤进通到河里的阴沟，成功逃跑。但是，特别引起我注意的是您提到的一个细节。圆帽帮的土匪们都住在南海角简陋肮脏的出租房里——只有奇兰一个人享受自己独立的房间。我从一开始就纳闷为什么会这样。

"当然，考虑到我刚才摆出来的各种证据，答案一目了然。我很高兴地告诉你们，我得到了凯特琳·奥多纳胡夫人的证实，她仍然住在都柏林的萨克维尔街，开一家洗衣店。是这样。在一八六五年的春天，她生下的不是一对孪生兄弟，而是一对孪生兄妹。奇兰·奥多纳胡是个女孩。"

此言一出，顿时一片绝对的沉默。冬日的静寂挤进房间，就连壁炉里的火苗，刚才还在欢快地跳跃，现在也似乎屏住了呼吸。

"一个女孩？"卡斯泰尔惊讶地看着福尔摩斯，嘴唇上浮现出一种病态的笑容，"率领一伙土匪？"

"一个女孩，要在这样的环境里生存，就必须隐瞒自己的身份。"福尔摩斯回答，"其实是她的哥哥罗尔克在领导匪帮。所有的证据都指向这一个结论。不可能有别的选择。"

"这个女孩在哪里呢？"

"很简单，卡斯泰尔先生。您跟她结婚了。"

我看见凯瑟琳·卡斯泰尔脸色变得煞白，但没有说话。坐在她旁边的卡斯泰尔突然身体僵硬。他们俩使我想起了在寒鸦巷看见的那些蜡像。

"您对此并不否认吧，卡斯泰尔夫人？"福尔摩斯问。

"我当然否认！我从来没听过这么荒唐可笑的事情。"她转向丈夫，眼睛里突然噙满泪水。"你不会允许他这样对我说话的，是吗，埃德蒙？竟然说我可能跟一帮可恶的罪犯和恶棍有关系！"

"我认为，您这是对牛弹琴了，卡斯泰尔夫人。"福尔摩斯说。

确实如此。福尔摩斯宣布了这条惊人的消息后，卡斯泰尔就一直失神地瞪着眼睛，表情惊恐诡异，使我感到他内心深处早已隐约知道了真相，至少是有所怀疑。现在，他终于被迫正视现实。

"求求你，埃德蒙……"妻子伸手去拉他。卡斯泰尔退缩了一下，转过身去。

"我可以继续说下去吗？"福尔摩斯问。

凯瑟琳·卡斯泰尔刚要说话，随即放松了神态。她的肩膀耷拉下来，似乎一层面纱从她脸上揭去。突然，她带着一股刚硬和仇恨的表情瞪着我们，这表情跟任何一位英国淑女都不相称，但无疑支撑了她一辈子。"哦，好吧。哦，好吧。"她恶狠狠地说，"我们听听下面还有什么。"

"谢谢。"福尔摩斯朝她那边点了点头，继续说道，"哥哥死了，圆帽帮被消灭了，凯瑟琳·奥多纳胡——这是她出生时的名字——发现自己的处境可以说是极度窘迫。她在美国举目无亲，受到警方通缉。她还失去了哥哥，那是她在这个世界上最亲近的人，是她一直深爱的人。她首先想到的是报仇。康奈利斯·斯蒂尔曼非常愚蠢，竟然在波士顿的媒体上大肆宣传他的壮举。凯瑟琳·奥多纳胡乔装打扮，跟踪斯蒂尔曼来到他在普鲁登斯住宅的花园，开枪打死了他。但是那则启事上不止提到他一个人。凯瑟琳恢复了女性角色，跟踪斯蒂尔曼的那位年轻搭档登上库纳德航运公司的'卡塔卢尼亚号'客轮。她的想法非常清楚。她在美国已经没有任何前途，应该返回都柏林的家中了。她作为一个单身女人，在一位女仆的陪伴下远渡重洋，不会引起任何人的怀疑。她带着过去为非作歹聚敛下来的财产，在大西洋中的某个地方与埃德蒙·卡斯泰尔迎面相遇。在汪洋大海上实施谋杀简直易如反掌。卡斯泰尔会消失无踪，她的复仇就圆满了。"

福尔摩斯此刻直接对着卡斯泰尔夫人说话。"然而有什么东西使您改变了主意。请问，是什么呢？"

那女人耸了耸肩膀。"我看见了埃德蒙的真实面目。"

"跟我想的完全一样。这个男人对异性没有任何经验，只有一个母亲和一个姐姐一直在控制他。他生着病，内心惶恐。如果您这个时候去帮助他，成为他的朋友，最后把他引诱到您的网罗中，这是多么有趣的一件事。您想办法劝说他不顾家人的反对娶您为妻——这种复仇方式，比您最初计划的美妙多了。您跟一个您所仇恨的男人建立了亲密的关系。您需要扮演贤惠妻子的角色。由于您选择睡在不同的房间，使得伪装比较容易。而且，我设想您从来没让别人看到您裸体的样子。那个文身会带来麻烦，对吗？即使到美丽的海边旅游，您当然也是不会游泳的。

"本来一切都很顺利，没想到比尔·麦科帕兰从波士顿跑来了。

他怎样寻到您的蛛丝马迹，发现了您的新身份？我们永远不会知道。他是一位侦探，而且是一位非常出色的侦探，无疑会有自己的办法。他在这座房子外面，在萨伏伊发送暗号，针对的不是您丈夫，而是您。到了这个阶段，他感兴趣的不再是将您逮捕归案。他是来索要自己应得的那笔钱。他对金钱的欲望，他的冤屈，他新近受的伤——所有这些都促使他铤而走险。他跟您见面了，是不是？"

"是的。"

"他向您要钱。如果您给他足够的钱，他就让您守住您的秘密。当他把那张纸条递给您丈夫时，实际上是有效地警告了您。他随时都会把他知道的一切透露出去。"

"您什么都知道了，福尔摩斯先生。"

"没有，差得很远。您需要给麦科帕兰一些东西让他闭嘴，可是您自己没有财产。因此必须造成入室抢劫的假象。您夜里来到楼下，用灯光引导他走向那扇窗户。您从里面开窗让他爬进来。您打开保险箱，用的是那把实际上并未丢失的钥匙。即使这个时候，您也忍不住要做点坏事。除了钱之外，您还给了他一串项链，项链属于已故的卡斯泰尔老夫人。您知道它对您丈夫来说意义非凡。在我看来，似乎任何一个伤害他的机会您都无法抵御，总是会轻快地一把抓住。

"麦科帕兰犯了一个错误。您给他的钱——五十英镑——只是第一笔。他还要更多，而且愚蠢地把他下榻旅馆的名字告诉了您。可能是您那种英国贵妇人的漂亮优雅的装扮欺骗了他，他忘记了您以前是什么货色。趁您丈夫在阿比马尔街的画廊里，您瞅准时机，溜出家门，由一扇后窗翻进旅馆。您躲在麦科帕兰的房间里等他回来，从后面出击，一刀刺中他的脖子。顺便问一句，您穿的是什么衣服？"

"是我过去的着装风格。层层叠叠的长裙短裙有点太累赘了。"

"您结果了麦科帕兰，消除了可以证明他身份的所有痕迹，只漏掉了那个香烟盒。把他消灭之后，就没有什么能够妨碍您的下一步计划了。"

"还没有完吗？"卡斯泰尔恼怒地问。他的脸上已经血色全无，我觉得他随时可能晕过去。

"是的，卡斯泰尔先生。"福尔摩斯又转向那位妻子，"您给自己安排这场没有感情的婚姻，只是为了达到一个目的。您打算将埃德蒙家的人一个个置于死地：他的母亲，他的姐姐，最后是他自己。然后，您就会继承属于他的全部财产。这座房子，金钱，这些艺术品……所有的一切都将成为您的。很难想象是什么样的仇恨推动着您的行动，什么样的喜悦伴随着您完成自己的使命。"

"确实很有乐趣，福尔摩斯先生。我享受其中的每分每秒。"

"我的母亲？"卡斯泰尔喘着粗气说出这四个字。

"最有可能的解释是您一开始向我提出的，她卧室里的煤气炉被风吹灭。但是仔细深究，就发现站不住脚。您的男仆柯比告诉我们，他为老夫人的死责怪自己，因为他把房间里的每道裂缝和罅隙都堵死了。您母亲不喜欢风，因此不可能有风把火吹灭。您的姐姐却得出了另外一个结论。她相信是已故的卡斯泰尔夫人被您的婚姻弄得心烦意乱，自己结束了生命。然而，伊莱扎虽然憎恨您新娶的妻子，并本能地知道她言行虚伪，却也没能发现真相。真相就是凯瑟琳·卡斯泰尔进入卧室，故意把火吹灭，让老夫人窒息而死。看到了吧，谁都活不下来。财产是她的，每个人都必须死去。"

"伊莱扎呢？"

"您的姐姐正在被慢慢毒死。"

"那是不可能的，福尔摩斯先生，我告诉过您——"

"您告诉过我，您仔细检查她吃的每样东西，这只能使我想到她是通过别的原因中毒。卡斯泰尔先生，答案就是洗澡。您姐姐坚持经常洗澡，而且使用气味强烈的薰衣草浴盐。我必须承认，这是一种极为新颖的投毒方式，竟然如此有效，令我深感惊讶。我认为，浴盐里定期添加了少量的乌头碱。它通过皮肤进入卡斯泰尔小姐的身体，而且我可以想象，还通过她必须吸收的水分和气体摄入。乌头碱是一种剧毒生物碱，可溶于水，如果大剂量使用，会让您姐姐立刻毙命。然而，您注意到您姐姐是缓慢地、持续不断地衰弱下去。这真是一种惊人的、富有创造性的谋杀方式，卡斯泰尔夫人。我相信这应该添加到犯罪大全里去。顺便说一句，您的胆子实在不小，竟然趁我被监禁的时候去拜访我的同事。当然啦，您假装对我的遭遇一无所知。您的这个举动无疑使您丈夫相信您对大姑子的一片诚心，实际上您却在暗暗嘲笑他们两个。"

"你这个魔鬼！"卡斯泰尔惊恐地扭身躲开她，"你怎么可能？这世上怎么会有你这样的人？"

"福尔摩斯先生说得对，埃德蒙。"妻子回答。我注意到她的声音变了，变得强硬，爱尔兰口音非常明显。"我要把你们全家都送进坟墓。先是你母亲，然后是伊莱扎。你根本想不到我为你准备的是什么！"她转向福尔摩斯，"还有什么，我聪明的福尔摩斯先生？是不是有一位警察等在外面？我是不是应该上楼收拾几件东西？"

"确实有一位警察在等着，卡斯泰尔夫人。但是我的话还没有说完。"福尔摩斯挺起身子，我看见他眼睛里透出一种冷酷的、复仇的光，是我以前从未见过的。他是即将宣判的法官，是个打开活板门的刽子手。一股寒意在房间里弥漫。再过一个月，"山间城堡"就会成为一座无人居住的空宅——如果我说冥冥中有声音悄悄告知这种结局，这座房子似乎已然知道它的命运，我是否过于想入非非了？"还有那个孩子罗斯的死需要解释。"

卡斯泰尔夫人放声大笑。"我对罗斯一无所知。"她说，"您一直很有智慧，福尔摩斯先生，但是现在您得意忘形了。"

"我现在不是在对您说话了，卡斯泰尔夫人。"福尔摩斯回答，然后转向她的丈夫，"罗斯被谋杀的那天夜里，我对您那些事情的调查出现了一个意想不到的转折。卡斯泰尔先生，这不是我经常使用的一个词，因为我习惯于预料一切。我所调查的每一起罪案都有所谓的叙述连续性——也就是一条无形的线索。我的朋友华生医生总是能够准确无误地发现它，所以他才把我的故事写得这么精彩。但是这次我意识到自己的注意力被转移了。我在调查一条线索，突然之间，简直是非常偶然地，就被引入了另一条线索。从我到达奥德摩尔夫人的私人旅馆的那一刻起，就把波士顿和圆帽帮抛在了脑后。我朝着一个新的方向进发，它最终使我揭开了一个惊天迷案，比我之前遭遇过的任何案件都要骇人听闻。"

卡斯泰尔听到这里，退缩了一下。他妻子好奇地打量着他。

"让我们回到那天夜里，当时您是跟我在一起的。我对罗斯了解不多，只知道他是那伙街头流浪儿中的一员，他们经常向我提供帮助，我曾亲切地称他们为贝克街侦探小队。他们对我有用，我给他们报偿。这似乎是一种有益无害的安排，至少以前是这样。当时，罗斯留在那里监视旅馆，他的同伴维金斯过来找我。我们四个——您，我，华生，维金斯——一起乘车去黑衣修士街。罗斯看见了我们。我立刻看出这个男孩被吓坏了。他询问我们是谁，您是谁。华生试图安慰他，把您的名字和地址都告诉了男孩。我想，恐怕正是这点给男孩带来了杀身之祸。我并没有责怪你，华生，我同样也犯有错误。

"我想当然地以为罗斯害怕是因为在旅馆里看见了什么。这是一种很自然的推测，因为我们后来发现那里发生了凶杀。我断定罗斯肯定看见了凶手，并且出于他自己的原因，决定保持沉默。然而我错了。让男孩惊愕和恐惧的事情，跟那件凶杀案毫无关系，而是因为他看见了您，卡斯泰尔先生。罗斯决定弄清您是谁，在哪里能找到您，因为他认出了您。上帝知道您对那个孩子做过什么，即使现在我也不愿意细想。你们两曾在'丝之屋'见过。"

又是一阵可怕的沉默。

"'丝之屋'是什么？"凯瑟琳·卡斯泰尔问。

"我不会回答您的问题，卡斯泰尔夫人，也不需要再跟您说话。我最后要说的是：您的整个计划，您的这场婚姻，只在某一种类型的男人身上行得通——他想要一个妻子建立家庭，使他得到一定的社会地位，而不是因为爱和感情。用您自己非常考究的说法，您知道他的真实面目。从我们见面的第一天起，我就奇怪究竟是在跟一个什么样的人物打交道，我总是感到迷惑不解。一个男人对我说他去看瓦格纳的歌剧要迟到了，而那天晚上城里根本就没有瓦格纳的歌剧。

"罗斯认出了您，卡斯泰尔先生。这是可能发生的最糟糕的事情。因为我可以想象，身份保密是'丝之屋'的座右铭。你们夜里来，做了要做的事，就离开了。在整个事情里，罗斯都是个牺牲品。但是他的成熟超出了他的年龄，贫困和绝望促使他不可避免地走向犯罪。他已经从欺凌他的一个男人那里偷了一块怀表。从碰到您的震惊

266

中恢复过来之后，他肯定立刻看到有机会捞到更多的好处。毫无疑问，他就是这样告诉他的朋友维金斯的。他第二天是不是来找您了？他是不是威胁说，如果您不给他一大笔钱，他就把您的事情曝光？或者，您是不是已经匆匆去找查尔斯·菲茨西蒙斯和他那帮打手，要求他们把这件事摆平了？"

"我绝对没有叫他们做任何事情。"卡斯泰尔嘟嚷着说，他声音发紧，费力地吐出了这句话。

"您去找菲茨西蒙斯，说您正在受到威胁。您根据他的指示，打发罗斯去赴约。罗斯以为会拿到一笔封口费。就在我和华生医生赶到钉袋酒馆的前一刻，他前去赴约，我们到得太晚了。罗斯见到的不是菲茨西蒙斯或您本人，而是两个打手，自称汉德森和布拉特比。他们确保罗斯以后不会再来找您的麻烦。"福尔摩斯顿了顿，接着说，"罗斯因为大胆狂妄被折磨致死，一根白丝带系在他的手腕上，以警告那些有同样念头的不幸的孩子。卡斯泰尔先生，也许不是您下的指令，但我想让您知道，我认为您个人负有责任。您凌辱了他。您害死了他。您是我遇到的品质最卑鄙、最恶劣的男人。"

他站起身来。

"现在我要离开这座房子，不想再在这里逗留。我突然想到，从某些方面来说，您的婚姻也许并不像您认为的那样判断失当。你们俩是天造地设的一对。好吧，你们会发现警车在外面等待你们，不过会带你们去往不同的地方。华生，准备好了吗？我们自行离开这里吧。"

埃德蒙和凯瑟琳·卡斯泰尔一动不动地并排坐在沙发上。他们谁也没有说话。但是我感觉到他们专注地目送我们离开。

尾声

任务即将完成，我的心情却无比沉重。写故事的过程就好像重新经历这一切。其中有些细节我情愿忘记；但是由此我能够回到福尔摩斯身边，跟随他从温布尔顿到黑衣修士街，到汉姆沃斯山，再到霍洛韦，总是比他落后一步（从各方面来说）。享受近距离观察这位稀世天才的宝贵特权，这种感觉多么令人愉快。很快就要写到最后一页了，我又一次发现自己置身于那个房间，窗台上放着叶兰，暖气片总是烧得有点太热。我的手酸痛，所有的记忆都已经付诸笔端。但愿我还有东西要写，一旦结束，就会发现自己又是孤单一人。

我不应该抱怨。我在这里生活得很舒适。女儿们隔三岔五地来看我，还把外孙们也带了来。其中一个外孙甚至起名为歇洛克。他的母亲认为这是在向我和福尔摩斯长期的友谊表示敬意，但孩子从来不用这个名字。这个周末他们会来，我要把这份手稿交给他们，并吩咐他们妥善保存，然后我的工作就完成了。现在只需要最后再读一遍，也许我会听从今天早晨照顾我的那位护士的建议。

"快要写完了吗，华生医生？我相信肯定还有一些细节需要交代清楚。推敲斟酌，精益求精，然后您必须让我们大家读一遍。我一直在跟别的姑娘说这件事，她们简直都等不及了！"

确实有些细节需要补充。

查尔斯·菲茨西蒙斯——我避免使用"牧师"这个词——在"丝之屋"的最后那天晚上对我们说的话非常正确。他确实没有接受审判。但是另一方面，他也没有像他乐观估计的那样获得释放。在他关押的监狱里似乎发生了一起事故。他从楼上摔下来，脑壳破裂。是被推下来的吗？似乎很有可能。因为正如他吹嘘的那样，他知道许多重要人物的不可告人的秘密，甚至暗示说他跟王室家族都有联系，但愿我没有误会他的意思。我知道这很荒唐，但是我记得迈克罗夫特·福尔摩斯，以及他那次破天荒地来到我们住所。从他对我们说的话，以及他的行为举止判断，他显然是受到很大的压力才来的；而且……不，我根本不会去考虑那种可能性。菲茨西蒙斯是在说谎。他是在被捕、押走之前拼命夸张自己的影响力。事情已经结束了。

那么我们就说政府里有人知道他在做什么，但不敢将他曝光，因为害怕有照片为证的丑闻——确实，在之后的几个星期，最高层接二连三有人辞职，让国人既惊讶又惶恐。然而我十分希望菲茨西蒙斯不是遭遇暗杀。他无疑是一个恶魔，但是没有哪个国家可以仅仅考虑利害关系而把法律抛在一边。现在我们处于战争状态，我对这一点看得尤为清楚。他的死也许只是一个意外事故，不过从各方面来看，这都是一次幸运的事故。

菲茨西蒙斯夫人失踪了。雷斯垂德告诉我，菲茨西蒙斯夫人在丈夫死后精神失常，被送到遥远北方的一所疯人院。这也是一个幸运的结果，她在那里可以爱说什么就说什么，没有人会相信她。据我所知，她至今还在那里。

埃德蒙·卡斯泰尔没有被起诉。他和姐姐一起离开了这个国家。他姐姐虽然恢复了健康，但后半辈子一直身体虚弱。卡斯泰尔和芬奇的画廊停止营业。凯瑟琳·卡斯泰尔以其婚前的名字接受审判，被判有罪，获终身监禁。她能逃脱断头台已经很幸运了。拉文肖勋爵拿着一把左轮手枪走进书房，饮弹自尽。可能还有另外一两起自杀事件，但是霍拉斯·布莱克沃特勋爵和托马斯·阿克兰医生逃脱了法律的制裁。我知道应该用务实的态度看待这些事情，但仍然感到气恼，特别是他们曾经试图向歇洛克·福尔摩斯下毒手。

当然啦，还有那天夜里跟我搭讪，请我吃了一顿奇异晚餐的陌生绅士。我一直没有把这件事告诉福尔摩斯，直至今日都没有提到他。有些人可能觉得这很奇怪，但是我已经许下承诺。即使他自诩为罪犯，我作为一名绅士，觉得除了信守诺言外别无选择。当然，我相信我的东道主不是别人，正是詹姆斯·莫里亚蒂教授。此后不久他就在我们生活中扮演了一个那么重要的角色。我要拼命忍耐，假装自己从没见过他。就在我们动身去莱辛巴赫瀑布之前，福尔摩斯跟我详细谈到了他，我那个时候就确信正是此人。我经常反思莫里亚蒂性格中这一不同寻常的一面。福尔摩斯敬畏地谈到他的狠毒，以及他涉嫌的无数罪案。福尔摩斯同时也赞叹他的智慧和他的公平原则。直到今天，我都相信莫里亚蒂当时是真心想要帮助福尔摩斯，希望看到"丝之屋"垮台。他身为一名罪犯，发现了"丝之屋"的存在，又觉得他本人不适合、不愿意采取行动。但是他感情上觉得难以容忍，就给福尔摩斯寄来了那截白丝带，并向我提供那把牢房钥匙，希望他的对手能替他完成这项工作。事情果然就是这样发生了。不过，据我所知，莫里亚蒂从没有寄来感谢信。

圣诞节期间我在家中陪伴妻子玛丽，没有看见福尔摩斯。那时候玛丽的健康已经令我十分担忧。一月份的时候，玛丽离开伦敦，到朋友家去小住。我在她的建议下再一次回到以前的住所，看看福尔摩斯在这次冒险经历之后是否恢复了精神。就在这段时间，发生了最后一件事，我必须把它记录下来。

福尔摩斯已被判定完全无罪，对他不利的所有指控记录都被撤销。然而，他的心情并不平静。他焦虑，烦躁不安，经常把目光投向壁炉架，我（不需要他那样的推理能力）能看出他受到液体可卡因的诱惑，那是他最可悲的一个恶习。如果他在调查案子倒会好些，可是现在无案可查。我经常注意到，当他无所事事的时候，不能把精力引向某个待解的谜案，就会心烦意乱，陷入长时间的抑郁。这次，我意识到不仅如此。他没有提到"丝之屋"或与此有关的任何细节，但是一天早晨读报纸的时候，他让我注意一篇关于最近刚刚关闭的乔利·格兰杰男生学校的短文。

"这是不够的。"他嘟囔道。他用双手把报纸揉成一团，放在一边，又说了一句，"可怜的罗斯！"

从这句话，以及他行为的其他蛛丝马迹——比如，他提到再也不会雇佣贝克街侦探小队——我得出结论，他仍然认为自己对那个男孩的死负有部分责任。我们那天夜里在汉姆沃斯山目睹的场景在他意识中留下了不可磨灭的印迹。没有人像福尔摩斯那样了解罪恶，但是有些罪恶最好不要知道。他在享受成功的奖赏时，总是会想起那些罪恶把他带入的阴暗场所。我自己也做噩梦。但我有玛丽需要操心，还有诊所需要照料。福尔摩斯被囚禁在自己特殊的世界里，被迫苦思冥想那些最好被遗忘的事情。

一天晚上，我们一起吃过晚饭之后，他突然宣布要出门。雪没有再下，但是一月份跟十二月份一样寒冷。我不愿意这么晚还出去活动，不过还是问他是否愿意我陪伴他。

"不用，不用，华生。太感谢你了。但我情愿独自一人。"

"可是这么晚了你上哪儿去呢？我们回到炉火边，一起喝点威士忌吧。不管什么事情，都可以留到明天再说。"

"华生，你是这世界上最好的朋友；我发现，我却是一个不合格的同伴。我需要一点儿独处的时间。不过明天早晨我们会一起吃早饭，到时候你肯定会发现我情绪好转。"

于是我们这么做了，他果然精神大振。那一天我们过得愉快、和谐，参观了大英博物馆，在辛普森餐厅吃了午饭。直到回家的时候，我才看见报纸上报道了汉姆沃斯山大火的事情。一座原本用作慈善学校的建筑被夷为平地，火焰高高地冲上夜空，即使远在温布利也能看见。我一个字也没有向福尔摩斯谈及这件事，没有提任何问题，也没有指出那天早晨，挂在平常位置上的他的大衣上有一股浓浓的烟味儿。那天晚上，福尔摩斯这段时间以来第一次拉响了他的斯特迪瓦里斯小提琴。我们分坐在壁炉两边，我愉快地听着那悠扬的旋律。

现在我仍然能听见。我放下笔，躺到床上，意识到琴弓拉过琴马，乐音飘向夜空。多么遥远，几乎听不真切——然而，它确实在！一段弹拨音，然后是一段颤音。这种风格毫无疑问，是歇洛克·福尔摩斯在拉琴。肯定是的。我希望他是在为我演奏……

注释

①埃德加·爱伦·坡（1809—1849），美国诗人、文艺评论家，现代侦探小说的创始人。在其侦探小说《莫格街凶杀案》中塑造了侦探卢平这个角色。

②贝尔法斯特，英国北爱尔兰东部港市。

③根据古罗马传说，罗慕路斯和勒莫斯是战神玛尔斯的孪生儿子，一出生就被放到盆子里扔到台伯河，被母狼喂养，然后被国王的牧羊人发现。后来兄弟帮助外公重登国王宝座，获准建立新城。

④在古希腊神话中，太阳神阿波罗和月亮女神阿尔忒弥斯是孪生兄妹，为万神之王宙斯和暗夜女神勒托所生。

⑤在希腊和罗马神话中，卡斯托耳和波吕丢刻斯是天神宙斯的孪生儿子。

⑥瑞德（1838—1875），英国历史学家、探险家、哲学家，其作品《人类的殉难》是一部非宗教的西方历史。

⑦凡是英国当铺，都会在门前悬挂统一的标识——三颗金球，向外探出，十分显眼。据说这个标志来源于意大利，曾是权倾一时的银行家梅迪奇家族大衣袖口上的装饰。

⑧几尼，指等于21先令即1.05英镑的币值单位。

⑨布列塔尼，法国西北部一地区。

⑩伦敦警视厅区，指由伦敦警视厅提供服务、一条长约7英里（11公里）半径内的近似圆形的区域。

⑪由世界著名小提琴制造家意大利的安东尼奥·斯特拉迪瓦里（1644—1737）制作的小提琴。

⑫见《圣经·约伯记》第一章第二十一节。

⑬贝利尔学院（Balliol College，Oxford）是牛津大学最著名、最古老的学院之一，以活跃的政治氛围著称，曾经培养出了多位英国首相和其他英国政界的重要人物。

⑭法新，英国旧时铜币，相当于四分之一便士。

⑮克朗，英国旧币制的五先令硬币。

⑯沙弗林，英国旧时面值一英镑的金币。

⑰梅奇尼科夫（1845-1916），俄国动物学家、微生物学家，因在动物体内发现噬细胞，于1908年获诺贝尔医学奖。

⑱伦敦一街名，以俱乐部多而著名。

⑲天主教西多会中的一个派别，强调缄口苦修。

⑳老贝利，伦敦中央刑事法院的俗称。

㉑柯南·道尔所著"福尔摩斯探案集"《临终的侦探》一书中的罪犯。

㉒柯南·道尔所著"福尔摩斯探案集"《诺伍德的建筑师》一书中的罪犯。

㉓巴纳德博士（1845-1905），生于都柏林，人类学家，创办多家穷苦儿童收容院。从1870年第一家巴纳德博士孤儿院创办直到他去世，有近10万儿童得到救助和教育。

㉔这三个地方都是伦敦的高级住宅区。

㉕见基督教《圣经·旧约》的《创世纪》，所多玛和蛾摩拉都是因居民罪恶深重而被上帝焚毁的古城，此处指罪恶渊薮之地。

㉖摩菲斯特，欧洲中世纪关于浮士德的传说中的主要恶魔。

㉗"撕人魔"杰克的被害者之一。"撕人魔"杰克是1888年3月至11月间在伦敦东区至少杀死七名妓女而始终未查明身份的一名杀人犯。

图书在版编目（CIP）数据

丝之屋：柯南·道尔产权会唯一认证的福尔摩斯新故事 ／（英）赫洛维兹（Horowitz, A.）著；马爱农 马爱新译. —南京：译林出版社，2011.10
书名原文：The House of Silk
ISBN 978-7-5447-2374-9

Ⅰ. ①丝… Ⅱ. ①赫… ②马… ③马…Ⅲ. ①长篇小说－英国－现代 Ⅳ. ①I561.45
中国版本图书馆CIP数据核字（2011）第200828号

著作权合同登记号　图字：10-2011-509

书　　名　丝之屋：柯南道尔产权会唯一认证的福尔摩斯新故事
作　　者　〔英国〕安东尼·赫洛维兹
译　　者　马爱农　马爱新
责任编辑　王振华
特约策划　王楠
特约编辑　陶鹏旭
原文出版　The Orion Publishing Group Limited, 2011
出版发行　凤凰出版传媒集团
　　　　　凤凰出版传媒股份有限公司
　　　　　译林出版社
　　　　　凤凰阿歇特文化发展（北京）有限公司
地　　址　南京市湖南路1号，邮编：210009
电子邮箱　yilin@yilin.com
网　　址　http://www.yilin.com
集团地址　南京市湖南路1号，邮编：210009
集团网址　http://www.ppm.cn
印　　刷　北京九天志诚印刷有限公司
开　　本　889×635毫米　1/16
印　　张　18
字　　数　200千
版　　次　2011年11月第1版　2011年11月第2次印刷
书　　号　978-7-5447-2374-9
定　　价　29.80元
译林版图书若有印装错误可向承印厂调换